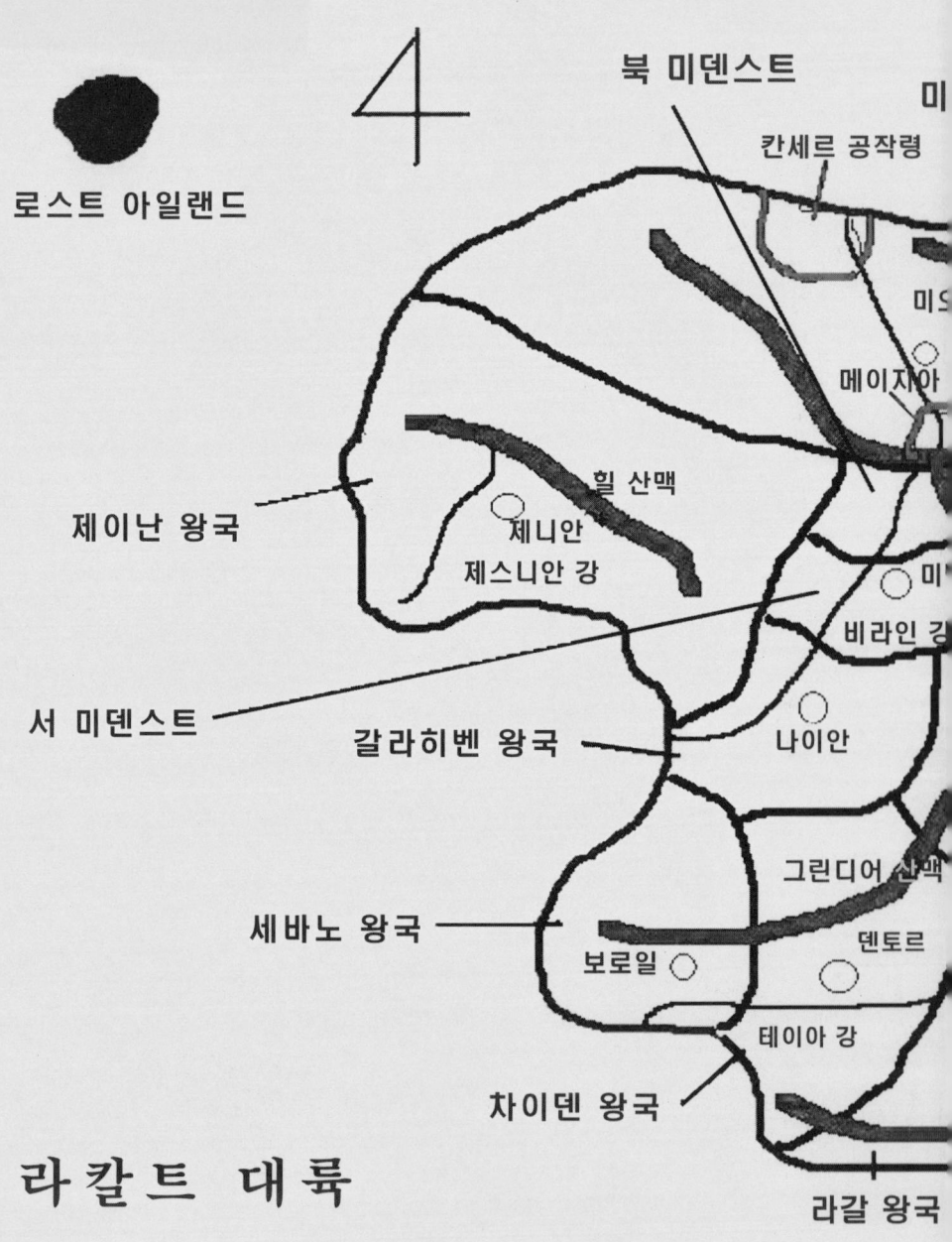

로스트 아일랜드

4

북 미덴스트

미

칸세르 공작령

미

메이지아

힐 산맥

제이난 왕국

제니안

제스니안 강

미

비라인 강

서 미덴스트

갈라히벤 왕국

나이안

그린디어 산맥

세바노 왕국

덴토르

보로일

테이아 강

차이덴 왕국

라칼트 대륙

라갈 왕국

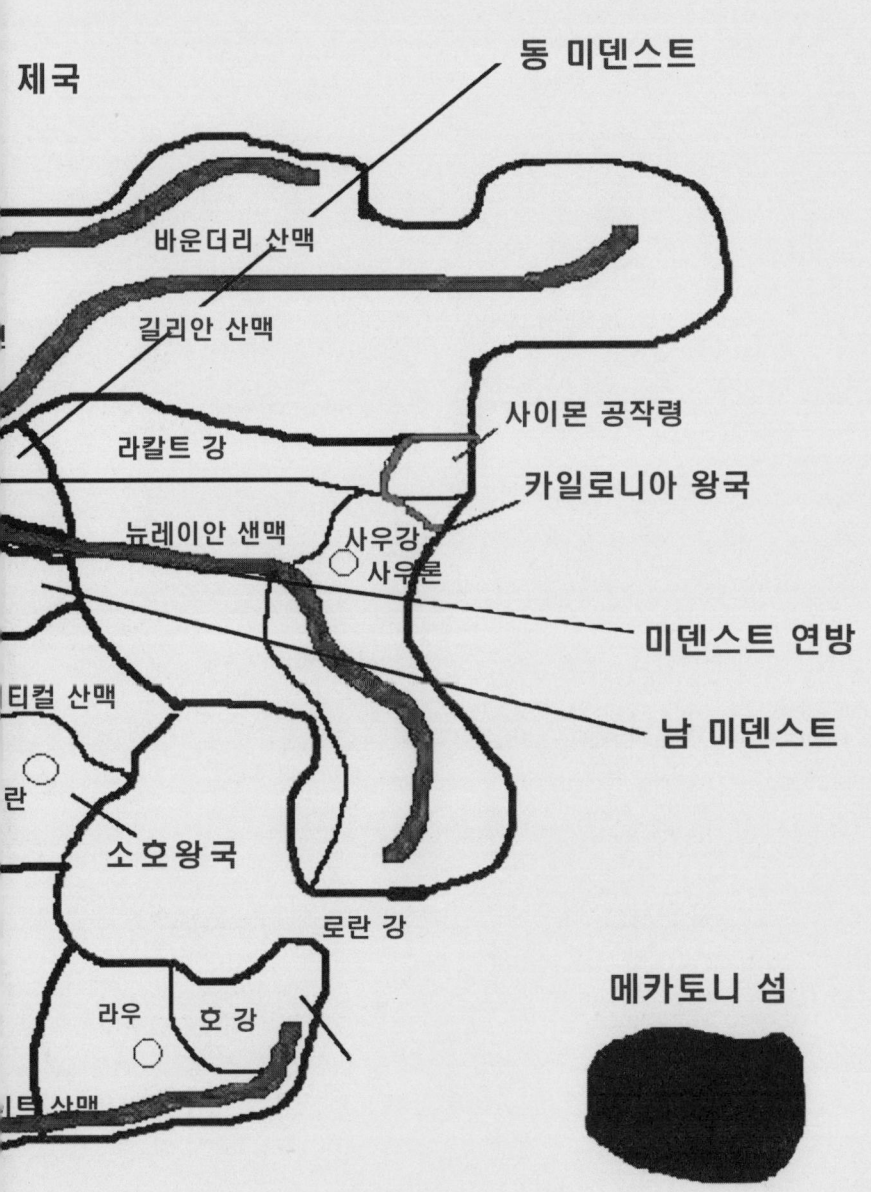

제국

동 미덴스트

바운더리 산맥

길리안 산맥

라칼트 강

사이몬 공작령

카일로니아 왕국

뉴레이안 샌맥

사우강

사우론

미덴스트 연방

남 미덴스트

티컬 산맥

란

소호왕국

로란 강

메카토니 섬

라우

호 강

트 사맥

GUARDIAN
SWORD
휘파람 소리

가디언 소드

FANTASY FRONTIER SPIRIT

신마 판타지 장편 소설

가디언 소드 5

신가 판타지 장편 소설

초판 1쇄 찍은 날 § 2006년 8월 16일
초판 1쇄 펴낸 날 § 2006년 8월 26일

지은이 § 신가
펴낸이 § 서경석

편집장 § 문혜영
편집책임 § 김민정
편집 § 이재권 · 서지현

펴낸곳 § 도서출판 청어람
등록번호 § 제1081-1-89호
등록일자 § 1999. 5. 31
어람번호 § 제1-0737호

주소 § 경기도 부천시 원미구 심곡1동 350-1 남성B/D 3F (우) 420-011
전화 § 032-656-4452 팩스 § 032-656-4453
http://www.chungeoram.com
E-mail § eoram99@chollian.net

© 신가, 2006

ISBN 89-251-0268-4 04810
ISBN 89-251-0047-9 (SET)

GUARDIAN
SWORD

휘파람 소리

가디언 소드

신가 판타지 장편 소설

FANTASY FRONTIERS

5

은타의 정체

도서출판 청어람

Contents

Chapter 1

첫, 그런 검법이 있을 줄이야

챗, 그런 검법이 있을 줄이야

    연무장의 모습이 보임에 따라 이니안이 나가고 있는 곳의 정반대편의 입구에서 그의 상대가 보였다.

    길게 기른 흑발.

    갸름한 얼굴선.

    '여자인가?'

    남자의 모습으로는 생각되지 않았다.

    흑발의 여성 소드 마스터.

    오늘 이니안 자신이 싸울 상대다.

    무언가 익숙한 특징. 분명 너무나 친숙했다.

    흑발, 여성, 소드 마스터.

    이 세 단어는 이니안으로 하여금 한 사람을 떠올리게 하였다.

    '설마?'

    앞으로 가던 이니안은 우뚝 멈춰서 머리를 세차게 흔들었다. 자신의 머리에 떠오른 인물의 모습을 날려 버리기 위해서였다.

그럴 리 없었다. 이곳은 갈라히벤이다. 카일로니아가 아닌 것이다. 그런데 그 사람이 여기에 있을 리 없었다.

'하지만… 현재 대륙에 여자의 몸으로 소드 마스터의 경지를 이룬 사람은…….'

한 명이다.

혹시 대륙의 3대 여기사 중 나머지 한 명이 그사이 소드 마스터의 경지에 올랐으면 모르되 그렇지 않다면 단 한 명이다.

로레인 케이 사이몬.

이니안의 큰누나.

그녀만이 현재 대륙에서 유일하게 여자의 몸으로 소드 마스터의 경지에 올라 있었다.

두근두근.

불길한 기분에 심장이 세차게 뛰기 시작했다.

"상당히 재미있을 거야. 즐기라구. 크크크크!"

케라우가 마지막에 남긴 말이 목에 걸렸다.

'설마?'

케라우가 그렇게 음흉한 웃음을 지은 것은 분명 무언가 있기 때문이다. 그 녀석이 무언가를 꾸민 것이다. 그러고 보니 이니안은 자신의 상대에 대해 아무런 사항도 알지 못했다. 그저 소드 마스터 이상의 실력을 가졌다는 것만을 알 뿐이다.

왜냐면 사이에 케라우가 끼어 있기 때문이다.

즉, 케라우는 이니안이 받아야 할 정보를 중간에서 은폐하거나 바꿀 수 있다는 말이다.

이니안은 다시 걸음을 옮겼다.

상대는 이미 연무장에서 팔짱을 끼고 자신을 기다리고 있다. 하지만 이니안의 시선은 상대의 얼굴을 향하지 않았다. 도저히 마주 볼 수 없었던 것이다. 이미 그의 시력이라면 충분히 상대를 분간할 수 있는 거리에 있음에도 말이다.

"우와!"

"용자님이시다!"

"우오오오오오! 용자님!"

이니안이 연무장에 모습을 드러내자마자 엄청난 함성이 실내를 뒤덮었다.

갑작스러운 함성에 이리아와 메이린은 귀를 막으며 얼굴을 찡그렸다.

포르시아도 살짝 얼굴을 찡그렸다.

'크크크. 짜식, 대강 눈치를 챈 모양이네. 시선이 아래를 향한 것을 보면 말이야. 흐흐흐. 그렇다고 피할 수는 없지. 자아, 어서 고개를 들어. 그리고 현실을 직시해. 그때의 네놈의 표정 이 몸이 똑똑히 지켜봐 주마. 크흐흐흐.'

이니안이 모습을 드러내자 케라우의 얼굴에 짙은 미소가 어렸다. 드디어 그가 고대하던 순간이 다가온 것이다.

"이니안."

이리아와 메이린이 동시에 이니안의 모습을 보고 중얼거렸다.

그사이 더 늠름해진 동생의 모습.

4년 전 가출을 할 때에는 덩치만 컸지 여전히 아이의 얼굴을 하고 있던 녀석이 이제는 제법 어른의 얼굴을 하고 있었다.

"경험을 했다는 거겠지?"

메이린은 어딘가 처연해 보이는 미소를 지었다. 그 경험이 얼마나 힘든 고생이었을지 생각하니 절로 마음이 아파왔다.

　"이니안 형."

　마일론과 파르미안 역시 감격에 찬 얼굴로 연무장의 이니안을 바라보았다.

　이니안은 다시 한 번 자신을 향하는 친숙한 시선을 느꼈다.

　이것은 나르센 산으로 가던 그날 대로에서 느꼈던 그것과 같은 것이었다.

　이니안이 천천히 고개를 들었다.

　그에 따라 상대의 모습이 하나하나 눈에 들어왔다. 발, 다리, 허리, 몸을 지나 볼록 솟은 가슴.

　분명 여자다.

　이윽고 얼굴에 도달한 시선.

　차가운 미소를 짓고 있는 입을 지나 오뚝한 코,

　그리고…

　살기를 풀풀 날리며 차갑게 가라앉아 있는 순수한 검은색의 눈동자.

　너무나 잘 알고 있는 눈이다.

　너무나 잘 알고 있는 모습이다.

　"로레인 누나……."

　고개를 당당히 들고 상대를 마주본 이니안의 입에서 나직한 소리가 새어 나온다.

　"훗. 드디어 만났구나."

　로레인의 미소가 더욱 짙어진다.

　싸우러 나오기 전까지는 내키지 않은 로레인이었으나 막상 이니안을 보자 투지가 무럭무럭 솟아올랐다. 그간 이니안 덕에 한 마음고생, 몸 고생이 모두 투지로 바뀌어 그녀의 몸에서 뿜어져 나온 것이다.

"어떻게……."

이니안은 제대로 말을 잇지 못했다. 그럴 수밖에. 무작정 마나 스피어를 파괴하고 집을 뛰쳐나와 4년 만에 만난 것이니.

스스로 가문을 버리겠다고 편지 한 장 달랑 남기고는 뛰쳐나왔다.

그리고 지금 가족을 만났다.

무어라 할 말이 없었다.

이니안은 로레인으로부터 시선을 돌렸다. 익숙한 시선이 계속 느껴지는 그곳을 바라보았다.

역시 그곳에 다른 사람들이 있었다.

'이리아 누나, 메이린 누나, 그리고 마일론과 파르미안 녀석까지…….'

이니안과 눈이 마주치자 이리아와 메이린은 오랜만에 본 막내 동생을 향해 미소를 지어주었다. 이니안은 어떤 반응을 보여야 할지 도저히 갈피를 잡을 수 없었다.

이니안은 다시 시선을 로레인에게로 돌렸다.

어쨌든 지금은 그와 싸워야 할 상대였다, 용자에게 도전한 전사.

그것이 그의 누나였다.

"이니안, 각오는 되었겠지?"

스산한 기운이 느껴지는 한마디.

늘 이랬다, 로레인은.

익숙해졌지만 언제부턴가 들을 수 없었던 말.

정말 오랜만에 들었다.

자신도 모르게 이니안의 입가에 미소가 만들어졌다.

이니안은 고개를 끄덕였다.

이니안과 로레인의 분위기에 관람석에서는 웅성거림이 여기저기에서 생겼다. 두 사람의 분위기가 심상치 않음을 느낀 것이다.

"마치 저 두 사람 서로 잘 알고 있는 사이 같은데요?"

이니안과 로레인, 두 사람의 대화는 극히 작은 소리였기에 포르시아가 앉은 곳까지 들리지 않았다. 아니, 가장 앞쪽에 앉은 사람도 두 사람의 입이 살짝 움직이는 것을 보았을 뿐, 대화 내용은 들을 수 없었다.

그럼에도 포르시아는 예리한 눈썰미로 두 사람 사이의 미묘한 분위기를 읽었다.

"크크크크!"

이제는 어느 정도 익숙해진 케라우의 웃음소리가 울렸다.

"뭐, 그건 모르죠."

빙긋 웃는 케라우.

"왠지 케라우 씨는 굉장히 즐거워 보이네요."

케라우의 모습에 포르시아가 무언가 마음에 안 든다는 듯 말했다.

찌릿.

포르시아의 반응에 대번에 다프네의 사나운 눈빛이 케라우를 향했다. 단지 이니안이 절친한 친구라는 이유로 평민 용병 주제에 공녀님의 옆에 있는 자다. 예의 바르게 행동해도 봐줄까 말까인데 저렇게 제멋대로인 행동이라니. 이니안이나 케라우나 다프네의 마음에 드는 구석이 없었다.

"하하하. 뭐, 그렇게 보셨다면 오해이십니다. 친구가 결투를 하러 나갔는데 기분이 좋다니요. 하하하!"

다프네의 사나운 눈빛에 케라우는 어색한 웃음을 터뜨렸다.

"후우—"

그 모습에 한숨을 쉰 포르시아는 다시 이니안을 향해 시선을 돌렸다.

스릉.

가벼운 울림과 함께 두 사람은 검을 뽑았다.

"어디 그 몸으로 얼마나 버틸 수 있는지 지켜봐 주지, 용자님."

비꼬는 듯한 말과 미소.

로레인의 몸 주위로 마나가 넘실거리기 시작했다.

곧 그 마나는 오러의 형체로 로레인의 검 위에 맺혔다.

새빨간 붉은빛의 오러.

그녀와는 너무나 잘 어울리는 오러였다.

'으음.'

붉은빛의 오러에 가장 놀란 것은 다프네였다.

이니안의 상대가 여자란 것을 안 순간부터 혹시나 했다. 그녀가 아는
한 여자의 몸으로 소드 마스터의 경지를 넘은 이는 한 명이었으니까.

"라토시스 씨."

다프네가 케라우를 불렀다. 케라우는 평민임에도 불구하고 성이 있었
다. 몰락 귀족이 평민이 된 경우 종종 그런 일이 있었기에 특별히 이상하
게 여기지는 않았다. 다만 케라우가 자신은 이름으로 불러달라 부탁했지
만 다프네만은 끝까지 성으로 불렀다.

사실 '씨'라는 호칭도 붙이기 싫었고 경어를 쓰기도 싫었다. 하지만
그녀의 주인인 포르시아가 그러는 것을 어찌 자신이 그렇게 하지 않을
수 있을까. 마음에 들지 않지만 어쩔 수 없었다.

"설마 상대가 로레인 케이 사이몬 경인가요?"

대결에 관한 내용은 전부 케라우가 진행했기에 상대를 제대로 알고 있
은 이는 케라우뿐이었다.

"네."

케라우가 빙긋 웃으며 대답했다.

"세상에! 그 사이몬 가의 소드 마스터라고요?"

포르시아가 놀라서 고개를 돌렸다.

"네."

역시 웃으며 대답하는 케라우.

"어째서 세이버 경에게 그 사실을 말해주지 않았죠? 소드 마스터라도 사이몬 가의 소드 마스터는 다른 마스터와는 달라요."

질책이 분명했다. 그렇게 케라우를 향해 소리를 지른 포르시아는 더욱 걱정스러운 눈으로 이니안을 바라보았다.

'뭐, 저 녀석도 사이몬인걸.'

그 사실을 말로 꺼내지는 않았다, 그랬다가는 이니안에게 죽을 테니까.

"엄청난 사실을 잘도 숨겼네요."

다프네가 무언가 마음에 안 든다는 듯 말했다. 뭐, 케라우는 하나부터 열까지 마음에 안 들었지만.

"미리 안다고 해서 달라질 건 없으니까요. 하루의 여유로 준비할 것도 없고요."

여전히 웃는 케라우. 요즘 이니안이 항상 웃는 모습에 그도 물들어가고 있었다, 다만 이니안과는 달리 그 웃음이 능글맞았지만.

마음에 들지 않지만 케라우의 말이 맞았다.

다프네는 더 이상 아무 말도 하지 않고 연무장으로 시선을 돌렸다.

사이몬 가의 검을 눈앞에서 볼 수 있다. 운이 좋았다. 이니안이 어떻게 되든 그건 그녀가 알 바 아니었다.

눈앞에서 붉게 타오르고 있는 오러를 만들어낸 누나.

누나의 오러를 본 것은 정말 오랜만이다.

이니안도 마나 스피어의 마나를 끌어올렸다. 마이너스 마나가 온몸을 치달렸다. 그리고 검으로 솟아오른 오러.

여전했다.

여전히 맑은 푸른빛을 내는 오러다.

청광의 오러.

자신의 오러 블레이드이건만 정말 오랜만에 봤다. 힘을 되찾은 다음 오러 블레이드를 뽑아 올린 것은 처음이었다.

카르세온과 싸울 때는 능력이 안 되었고, 칼의 레어에서 소드 마스터의 경지에 이르렀을 때도 굳이 오러 블레이드를 만들지 않았다, 꼭 만들어야 아는 것이 아니었기에.

이니안도 자신의 마나 스피어를 파괴한 후 처음 보는 오러 블레이드인 것이다.

'훗. 여전히 푸른빛이군.'

반가웠다. 마나의 속성이 변해서 빛깔이 변하지 않았을까 했는데 여전히 푸른빛을 띠고 있었다.

"우와와와!"

"오러 블레이드다!"

로레인이 오러 블레이드를 만들 때부터 관람석의 열기는 뜨거워지고 있었다. 거기에 이니안 마저 오러 블레이드를 만들어내자 곧 관람석에서는 커다란 함성이 터져 나왔다.

"역시 용자님!"

"오러 블레이드와 오러 블레이드의 대결이라니!"

장내는 두 사람의 사정 따위와는 상관없이 흥분의 도가니에 빠져들고 있었다.

"오러 블레이드라니. 세이버 경이 소드 마스터였나요?"

포르시아가 놀란 듯이 물었다. 그녀로서는 짐작도 못했던 사실이다.

"크크크. 그렇죠. 저 친구 괴물같이 강하거든요."

여전한 특유의 웃음소리와 함께 케라우가 대답했다.

"으음."

추측이 사실로 드러나자 심사가 편치 않은 다프네가 신음을 흘렸다. 그녀로서는 심사가 복잡했다.

하지만 이곳에서 가장 놀란 사람들은 따로 있었다.

"네, 네가… 어떻게……."

이니안과 대치하고 있는 로레인은 믿을 수 없다는 듯 말을 제대로 잇지 못했다.

분명 마나 스피어를 파괴했다고 했다. 그런 것을 거짓으로 말할 녀석이 아니라는 것은 잘 알았다. 게다가 오빠가 알아본 바로도 분명 마나 스피어를 파괴했다고 하지 않았던가.

카르세온과의 전투 이야기에서 제법 실력을 키웠다고 생각했지만 그것은 한계가 있다, 마나 스피어가 파괴된 이상 강해진 방법은 보통의 기사들과 같을 것이라 생각했기에. 그런데 눈앞에서 청광의 오러를 피어올리고 있다.

"설마 거짓말을 한 거니?"

도저히 믿을 수 없었기에 뻔히 대답을 아는 질문을 던졌다.

이니안은 고개를 저었다.

그렇지. 절대 거짓말할 녀석은 아니다.

"대체 어떻게?"

"이게… 대체……."

관람석의 이리아와 메이린도 믿을 수 없기는 마찬가지다, 마나 스피어가 없는 녀석이 저렇게 선명하고도 맑은 오러라니.

대륙의 일반적인 소드 마스터들의 오러 블레이드는 저렇게 맑은 빛을 내지 못한다. 어딘가 탁한 빛이 섞여 있기 마련이다.

심연까지 들여다볼 수 있을 정도인 저 맑디맑은 오러 블레이드는 오직 사이몬 가의 사람들만이 가능했다.

"응?"

믿을 수 없다는 눈으로 이니안의 오러 블레이드를 바라보던 이리아가 무엇인가를 느낀 듯 고개를 갸웃거렸다.

"무언가 다른데……."

유심히 정신을 집중해 이니안의 모습을 살피는 이리아.

그녀의 모습에 무언가 있다고 느낀 메이린은 또 이니안을 살피고 있는 이리아를 유심히 바라보았다, 곧 그녀가 무언가를 알아낼 것을 기대하면서.

그사이.

오러 블레이드를 뿜어내며 대치 중인 두 사람은 조금의 움직임도 없었다. 서로 상대가 허점을 드러내기를 기다리며 기세를 뿜어낼 뿐. 기세와 기세의 대결. 이 싸움에서 밀리면 허점을 드러내게 되고 그러면 득달같은 상대의 공격이 이어지리라.

두 사람은 그 사실을 너무도 잘 알았기에 상대가 쏘아내는 기세를 흘리지 않고 정면으로 맞섰다.

"역시……."

그런 두 사람의 모습을 지켜보던 이리아가 고개를 끄덕였다.

"무언가 알아냈어, 언니?"

이리아의 변화를 유심히 관찰하던 메이린이었기에 그녀가 변화를 보이자 바로 반응을 보였다.

"응. 로레인 언니와 비교를 하니까 확실해졌어."

"뭔데?"

"마나가 달라."

"뭐?"

"그, 네가 예전에 나에게 가르쳐 줬잖아, 세상에 있는 마나는 유일한 하나가 아닌 둘이라고. 서로 다른 성질의 마나가 뒤섞여 존재한다고."

이리아의 말에 메이린은 고개를 끄덕였다.

분명 그랬었다. 마법의 진전이 없어 고민하던 언니에게 실마리라도 되겠지라는 생각으로 해줬던 조언이다.

가문의 지하 서고에서 발견한 책에 적힌 내용을 이야기해 준 것이다. 신선하고도 파격적인 이론이 적혀 있던 책이었기에 메이린이 아주 재미있게 읽었다. 한 가지 아쉬운 점이라면 보다 근원적인 이론이 쓰인 상권은 도저히 찾을 수가 없어 마나의 운용에 관해 쓰인 하권만으로 만족해야 했다는 것이다.

"그때 네가 말했었지? 우리가 사용하는 마나는 플러스 마나. 그리고 또 다른 성질로서 존재하는 마나는 마이너스 마나. 너에게 그 이야기를 듣고 나름대로 연구해서 그 존재를 밝혀냈어. 그 마나는 주로 흑마법사들이 사용한다는 것까지 말이야."

그랬다. 그 이야기를 해주고 일 년쯤 지났을 때쯤일까? 이리아가 상기된 얼굴로 자신을 찾았다, 덕분에 새로운 길을 찾았다고. 그리고 그때 그 이야기를 해줬었다.

"그랬지. 그리고 언니는 마이너스 마나가 흑마법사가 사용한다고 해서 꼭 나쁜 것은 아니라고도 했고. 그래서 두 마나를 적절히 융합시켜서 마법을 익혀보겠다고 했지? 덕분에 지금 괴물같이 강해져 버렸고."

"어머, 마지막 말은 좀 그렇다?"

'괴물'이라는 말에 반응하는 이리아. 하지만 분명 그녀는 괴물같이 강했다. 사람들이 알기를 현재 이리아의 실력은 7서클 익스퍼트다. 20대의 여인의 몸으로 그런 경지를 이루었다는 것 자체가 충분히 괴물이다. 하지만 그녀의 본 실력은 그 정도가 아니었다. 플러스 마나와 마이너스 마나를 조합하는 마법을 연구한 이후로 서클의 경계는 무의미하게 만들어 버리는 위력의 마법을 익힌 것이다. 그 사실을 아는 이는 메이린이 유일했다. 그래서 그녀는 진정 괴물이라는 표현을 사용한 것이고.

"지금 중요한 건 그게 아니잖아. 그래서 이니안이 어쨌는데?"

메이린은 언니의 표정이 살짝 변하는 것을 보고는 재빨리 화제를 바꿨다.

"이그, 아무튼 너를 어떻게 당하니?"

메이린이 말을 돌리려 한다는 것을 알았지만 이리아는 순순히 당해줘야 했다. 어쨌든 중요한 것은 이니안에 대한 일이니까.

"이니안은 지금 마이너스 마나를 사용하고 있어, 그것도 엄청나게 순수한. 플러스 마나라고는 한 점도 없어. 결국 이니안은 마나 스피어를 파괴하고 플러스 마나를 모두 잃은 후 새로이 마이너스 마나를 익혔다는 거지. 모든 사람은 플러스와 마이너스 두 개의 마나 스피어를 가지고 있다는 나의 생각을 이니안이 몸소 보여줄지는 몰랐네."

"흐음. 그래?"

이리아의 말에 메이린은 강한 흥미를 보였다. 그리고 짚이는 것도 있었다.

아까부터 서로 노려만 보고 있는 두 사람의 대결보다 이리아의 설명이 훨씬 재미있었다.

"뭐, 분명 가문의 모든 무공을 버린 것은 맞네. 우리 가문에 마이너스 마나를 사용하는 무공은 없으니까. 조금 애매하긴 하지만."

메이린은 턱을 괴고 이니안 쪽으로 시선을 돌리며 중얼거렸다.

'아마도 그 책의 상권을 네가 가지고 있었나 보구나. 후훗!'

메이린 자신이 읽었던 책.

마령천참공 운용편

그렇게 적혀 있었다. 운용에 관한 책이었기에 메이린은 자신의 편의대로 하권이라 부르는 것이다, 운용이 있다면 그 기본이 되는 것이 먼저 있을 테니까. 그 책을 상권이라 부르는 것이고 말이다. 하지만 지하 서고에서는 찾을 수 없었다.

콰앙!

그때 요란한 폭음이 터졌다.

메이린이 잠시 생각에 잠기느라 두 사람으로부터 시선을 떼는 사이 결국 첫 격돌이 이루어진 것이다.

검과 검이 부딪치는데 울리는 소리는 폭음이었다.

"우우우우와와와!"

그 요란한 폭음에 사람들은 환성을 질렀다.

이제나저제나 하고 기다리던 장면이 드디어 펼쳐진 것이다.

푸른빛과 붉은빛의 오러 블레이드가 서로 맞부딪쳐 화려한 섬광을 사방에 뿌렸다.

검을 맞댄 두 사람의 얼굴은 한 치의 변화도 없었다.

서로를 강하게 밀어 다시 거리를 벌이는 두 사람.

"역시, 예전의 실력을 찾은 모양이네."

"그사이 많이 강해졌어."

두 사람은 서로를 보며 웃었다. 도무지 서로의 허점을 찾을 수 없어서 동시에 이루어진 격돌.

결과는 무승부였다.

"뭐, 진짜는 지금부터니까."

일단 한 번의 격돌이 있자 이니안은 적극적으로 움직였다. 마령보의 방위를 밟으며 재빠르게 움직이는 이니안.

이니안의 움직임이 빨라지자 로레인 역시 오행매화보의 방위를 밟으며 이니안의 움직임에 대항했다.

연무장 전체를 사용하며 여기저기 번쩍이는 두 사람의 모습. 일반 기사들의 대결에서는 절대로 볼 수 없는 광경이었다. 관람석의 사람들은 그저 입을 벌리고 그런 환상적인 움직임을 지켜볼 뿐.

'오행매화보라… 하지만 난 그 변화를 이미 다 꿰고 있다고.'

마령보를 펼치며 로레인의 보법의 변화를 관찰하던 이니안은 로레인보다 한발 먼저 오행매화보의 다음 방위를 밟았다. 그리고 천천히 그러나 섬광같이 움직이는 검.

하지만 그곳에 로레인은 나타나지 않았다. 오행매화보의 변화대로라면 분명 나타나야 할 로레인의 모습은 어디에도 없었다.

"어머, 가문이 준 모든 것을 버리겠다더니, 오행매화보는 안 버렸나 보네? 아, 기억은 지울 수 없어서 어쩔 수 없다고 했던가?"

명백한 비꼼의 말과 동시에 이니안의 옆구리 쪽에서 로레인의 검이 나타났다, 새빨갛게 불타오르는 오러 블레이드와 함께.

이니안은 자신이 움직일 수 있는 최대한의 속도로 몸을 비틀었다. 로레인의 검은 스쳐 지나갔고 흉갑의 옆구리 부분이 길게 베어졌다.

"쳇. 만혼금쇄!"

이니안의 검이 곧 로레인의 모든 방위를 차단했다. 본디 상대를 완벽하게 에워싸 공격하는 검의 움직임이었지만 이번만은 방어를 목적으로 사용했다. 로레인이 자신을 가득 에워싼 검영에 대항하는 순간 이니안은 로레인과의 거리를 벌렸다.

'젠장. 방심했어, 4년이면 누나도 변했을 텐데. 그리고 내가 아는 변화는 기본적인 거야. 누나가 사용하면서 얼마든지 그 변화를 조절할 수도 있는데 말이야.'

그랬다.

로레인은 이니안이 그렇게 나올 것을 알고 이니안이 알고 있는 오행매화보의 변화를 그대로 따르면서 대신 완급을 조절했다. 덕분에 이니안이 생각한 타이밍에 로레인은 아직 그곳에 당도하지 않았고 오히려 한발 늦게 당도하면서 검을 움직인 이니안의 허점을 찌른 것이다.

'아직이야. 집중하자.'

이니안은 검을 중단의 위치에 곧추 세우며 로레인에게 집중했다. 그러자 그의 기세가 달라졌다.

로레인의 얼굴도 달라졌다. 긴장한 빛이 역력했다.

로레인이 이니안에게 낭패를 줄 수 있었던 것은 어디까지나 이니안이 과거의 버릇대로 움직였기 때문이다. 그때의 로레인은 아직 오행매화보를 자유자재로 변화시킬 수 없었으니까.

하지만 이제 이니안은 그 사실을 안다. 분명 다르게 나올 것이다.

이니안이 한 발짝 앞으로 내딛었다.

내딛었다 싶은 순간 사라졌다.

그리고 순식간에 로레인의 옆으로 이동했다. 하지만 로레인도 이미 움직임을 시작했다. 유연하게 몸을 돌려 이니안을 마주 보며 검을 뻗었다.

"매화춘개!"

이니안을 향해 피어나는 한 송이의 꽃.

"마령소혼!"

음산한 기운이 이니안의 검에서 피어오르며 봄날의 따뜻함을 안고 날아오는 꽃을 꿰뚫었다.

"칫!"

로레인은 자신의 공격이 무효화되자 재빨리 몸을 빙그르 돌리며 검으로 이니안의 다리를 쓸어갔다.

"매화분분!"

그와 동시에 사방에 피어나는 꽃송이.

이니안의 하체는 꽃밭에 들어온 듯 완전히 로레인의 검이 만들어낸 꽃에 둘러싸였다.

"귀혼천검!"

이니안은 자신을 둘러싸고 솟아오르는 꽃송이들을 향해 검을 떨쳤다. 사방에 위에서 아래로 떨어지는 검의 그림자.

하나의 검이 하나의 꽃을 꿰뚫는다.

챙! 챙! 챙!

검이 꽃을 뚫을 때마다 울리는 소리.

이니안은 검과 꽃의 그림자에 뒤덮였다.

"우오오오!"

환상적인 모습에 관람석에서 터져 나오는 함성.

그들의 놀람과는 상관없이 이니안과 로레인은 사력을 다해 검을 휘둘렀다.

[놀랍군. 이니안과 막상막하로 싸우는 인간이라니.]

칼은 두 사람의 모습에 경악했다. 이니안이 얼마 전 어새신의 습격 때 아버지와 형의 이야기를 살짝 꺼내다가 마는 것을 들었다. 그때 이니안은 자신이 아버지나 형보다 약하다는 듯 이야기를 했었는데 누나 역시 이니안 못지않게 강했다.

[대체 이니안의 집안은 어떤 집안이라는 건지…….]

자신이 알고 있는 인간에 대한 상식이 깨지자 칼은 이니안의 가문에 강한 호기심을 느꼈다.

"차앗!"

"타핫!"

칼의 호기심과는 상관없이 이니안과 로레인은 거센 기합과 함께 서로의 검을 살벌하게 휘둘렀다.

누구도 남매의 대결이라고는 믿지 못할 흉험한 모습이 몇 차례 나타났다가 사라졌다.

훌쩍 뛰어오르는 듯하더니 어느새 모습이 사라져 자신의 뒤에서 모습을 드러내는 이니안의 검에 로레인은 재빨리 바닥을 구른 후, 몸을 일으키면서 검을 뻗어 반격했다.

반격을 피하는 것과 동시에 상대의 목을 노리고 은밀히 다가가는 이니안의 검.

생사를 건 결투였다.

점점 관람석은 조용해졌다.

평생을 가도 볼 수 없는 엄청난 대결에 사람들은 말을 잊고 빠져들었다. 그들의 꽉 쥔 주먹은 땀으로 흥건히 젖어들었다.

"세이버 경……."

포르시아의 눈에 어린 걱정도 더욱 짙어졌다.

그녀의 시력으로는 두 사람의 검을 제대로 따라가지 못했다. 자신 같은 보통 사람은 보지도 못할 정도로 빠른 움직임. 지금의 대결이 얼마나 격렬한가를 말해주는 단적인 증거다.

'강하군. 역시 사이몬 가란 말이지. 이니안 녀석과 막상막하라니…….'

케라우 역시 로레인의 실력에 상당히 놀랐다. 아무리 자신이 뱀파이어라도 로레인이 작정을 하고 덤빈다면 승부를 장담할 수 없을 것 같았다. 아니, 보통의 뱀파이어라면 그녀의 일 검에 소멸할 것이다. 자신이기에 겨우겨우 버틸 가능성이나 있는 것이다.

"이니안, 실력을 되찾은 지 얼마 안 됐나 보네."

"그러게. 로레인 언니한테 밀리는 기색인걸?"

메이린은 보통 사람임에도 불구하고 두 사람의 검의 움직임을 똑똑히 지켜보고 있었다. 건강을 이유로 매일같이 수련한 자하신공의 효용 덕이었다.

"헉헉헉!"

이니안은 숨을 몰아쉬었다.

지난 4년. 큰누나는 몰라보게 강해져 있었다. 항상 자신에게 패하기만 했던 누나의 모습은 어디에도 없었다.

'훗. 어쩌면 두 번째 패배를 기록할지도 모르겠는걸.'

아주 오래된 옛날 일. 왕립학교의 편입 시험 때가 잠시 기억에서 떠올랐다가 사라졌다. 그때 이니안은 처음으로 로레인에게 패했었다. 그 이후 패배는 없었다.

이니안은 이제 완전히 누나의 실력을 인정했다. 칼의 레어에서의 수련으로 4년 전의 자신보다 오히려 실력이 높아졌지만 역시 그동안 누나도 놀고 있었던 것이 아니다. 자신이 4년을 허비하고 나서 한 걸음을 내딛을 동안 누나는 다섯 걸음, 열 걸음을 내딛었다.

'그래. 그저 이렇게 다시 검을 잡은 것에 감사해야지.'

이니안은 그날, 나르센 산에서 깨달은 것을 떠올렸다. 오랜만에 만난 누나와의 대결에, 몰라보게 달라진 누나의 모습에 평상심을 잃었던 것도 같았다. 마음을 정갈히 했다.

'으응?'

로레인은 어느 순간 갑자기 이니안의 검의 움직임이 변한 것을 깨달았다. 위력은 죽은 듯했지만 움직임이 부드러워졌다. 조금 전처럼 어딘가 과격한 듯하면서 급한 듯 보였던 움직임이 정리된 것이다.

점점 로레인의 공격의 맥이 끊기는 횟수가 많아졌다. 전혀 위력이 없는 듯하면서 부드럽게 적재적소에서 로레인의 공격을 차단하고 반격을 하는 이니안의 검.

마음을 가라앉히면서 오히려 이니안의 검은 더욱 강해졌다. 더욱 맑아지는 푸른빛의 오러 블레이드.

그 앞에 활활 불타오르는 로레인의 붉은 오러 블레이드가 조금씩 밀리기 시작했다.

하지만 이니안은 그런 것에 개의치 않고 검을 펼쳤다.

순서대로.

하나하나.

칼의 레어에서 수련하던 그때처럼 이니안의 손끝에서 마령천참검은 1초식부터 차례차례 그 모습을 드러냈다.

마령소혼의 수법에 따라 홀연히 나타난 검.

귀혼천검의 움직임으로 사방으로 흩어져 로레인을 검영으로 둘러싸며.

혈화만천의 초식으로 붉은 꽃을 만방에 피워냈다.

로레인이 겨우겨우 붉은 꽃송이를 떨쳐낼 때쯤 청검밀밀의 초식으로 은밀히 사라진 검은 예상치 못한 방향에서 로레인을 찔러가고.

로레인이 그 검을 막아내자 이어서 펼쳐진 만혼금쇄.

로레인을 옥죄어 들어가는 그 검의 움직임에 그녀가 당황하는 사이, 창천광휘의 초식이 로레인을 향해 터져 나왔다.

"치잇. 매화만천하!"

이번에 자신을 향해 쏟아지는 검의 위력이 만만치 않음을 느낀 로레인은 자신이 펼칠 수 있는 최강의 위력의 검초로 이니안의 검에 맞섰다.

쿠아아아콰콰콰콰쾅!

요란한 폭음과 함께 엄청난 충격파가 두 사람을 중심으로 휘몰아쳤다.

"꺄악!"

그 충격파는 소용돌이치며 연무장을 완전히 감싼 후 관람석으로까지 뻗어나갔다.

자신들을 향해 휘몰아쳐 오는 어마어마한 충격파에 관람석의 사람들은 비명을 지르며 어쩔 줄을 몰라 했다.

"언니, 저거 막아야 하는 거 아니야?"

메이린 역시 눈앞에서 자신들을 향해 몰려오는 충격파를 기가 막힌 듯 바라보았다.

두 사람이 격돌에 쏟아 부은 힘은 그 정도로 엄청났다. 단지 부딪친 후의 충격파가 이렇게 굉장할 정도라니……

대체 관람석에 있는 사람들을 생각이나 한 거란 말인가?

"괜찮아. 어제 뭘 들었어?"

이리아의 말에 메이린은 자신이 너무 놀라 깜빡 잊은 사실을 떠올렸다. 분명 이곳은 파손을 방지하기 위한 방어 마법이 백마법과 신성 마법으로 이중으로 쳐져 있다고 했었다.

"그래도 버틸 수 있을까? 이 정도면 어지간한 7서클, 아니, 8서클 마법은 될 거 같은데."

"으음. 이 정도면 7서클 익스퍼트 정도는 되겠네. 그리고 내가 잠시 살펴봤는데 이 연무장의 방어 마법은 9서클의 헬 파이어 스톰(Hell Fire

Storm)이라도 막아낼 수 있어. 물론 두 방어 마법이 모두 발현되어야겠지만. 저 충격파는 백마법의 방어 마법만으로도 끄떡없어. 우리한테는 아무 영향 없을 거야."

이리아가 여유롭게 두 사람의 모습을 지켜보는 이유가 있었다. 당장에라도 해일처럼 관람석을 덮쳐 모든 것을 부수어 버릴 것 같은 충격파지만 결코 방어 마법을 뚫을 수 없다는 믿음.

지이잉.

충격파가 관람석 제일 앞부분에 닿은 순간.

묘한 소리가 울리며 관람석을 둘러싼 하얀 막이 생겼다. 이리아가 끄떡없을 거라 한 방어 마법이 펼쳐진 것이다.

과연 이리아의 말대로 충격파가 한동안 거세게 밀어붙였지만 마법으로 만들어진 하얀 막은 끄떡도 하지 않았고 이윽고 충격파는 잠잠하게 가라앉았다.

그리고 드러난 광경.

마법의 방어막은 하얀 빛깔이었지만 투명해서 건너편의 이니안과 로레인의 모습을 지켜볼 수 있었다.

그 모습은.

검을 들고 담담히 서 있는 이니안.

검에 의지해 한쪽 무릎을 땅에 꿇고 거친 숨을 몰아쉬고 있는 로레인.

승부는 났다.

보아닌의 용자가 사이몬 가의 소드 마스터에게 이겼다.

"우와와와와와와!"

"용자님 만세!"

"마라! 보아닌의 은총이여! 마라!"

드러난 결과에 관람석에서 터져 나오는 엄청난 함성.

어떤 이는 두 눈 가득 눈물을 흘리고 있었다.

보아닌의 은총을 눈앞에서 보았다며 연신 눈물을 흘리며 무릎을 꿇고 기도하는 사람.

곁에 있는 이와 손을 꼬옥 잡고 감격스러운 얼굴로 이니안을 바라보는 사람.

사람들은 각양각색의 모습으로 기쁨과 환희에 빠져 있었다.

"후우~ 이겼네요."

다만 단 한 사람.

포르시아는 그저 가슴을 쓸어내리며 안도하는 얼굴을 했을 뿐이다. 사실 그녀는 이니안의 승패에는 관심이 없었다. 그저 크게 다치지 않고 무사하기만을 바랐을 뿐. 하얀 막 건너편으로 보이는 이니안의 모습은 크게 몸을 상한 것 같지는 않았다.

"네. 역시 괴물입니다, 저 녀석은. 쳇!"

케라우의 말에 포르시아의 입가에 살짝 웃음이 떠돌았다.

"호홋. 조금 전의 모습을 보니까 케라우 씨의 말도 이해가 가네요. 조금 전 그 엄청난 충격파에는 저도 무척이나 놀랐어요. 여기 있는 사람이 모두 휩쓸려 가는 게 아닌가 싶어서 말이에요."

이제 대결이 끝났기 때문일까? 포르시아는 한결 가벼운 얼굴로 이야기했다. 그녀의 말에서 느껴지던 어딘가 억눌린 듯한 기색도 사라졌다.

'강하다. 나는 상상도 못할 정도로.'

다프네는 케라우와 포르시아 사이의 대화에는 관심없이 이니안을 노려보며 입술을 깨물었다. 손아귀에는 힘이 잔뜩 들어가 주먹을 꽉 쥐고 있었다, 그 힘에 손톱이 손바닥을 파고들 정도로.

"후후. 내가 이겼어. 역시 누나는 나한테 안 돼. 그때 한 번만 빼고는 말이지."

개운한 얼굴로 웃으며 이니안이 로레인에게 손을 내밀었다.

"쳇, 그런 검법이 있을 줄이야……."

진 것이 분한 듯 말했지만 로레인의 입가에도 웃음이 맺혀 있었다.

Chapter 2

빌어먹을 무투회

빌어먹을 무투회

　이니안이 머쓱한 표정으로 앉아서 맞은편의 누나들을 바라보고 있었다. 세 자매는 제각각의 표정으로 어쩔 줄 몰라 하는 막내 동생을 지켜본다. 그 곁에 앉은 마일론과 파르미안만이 어색한 웃음과 함께 양쪽을 번갈아 바라보았다.

　"자, 그럼 불어."

　당연히 로레인의 간결하고도 직접적인 물음이다. 세 자매 중 저렇게 말하는 이가 그녀말고 또 누가 있을까.

　"뭘?"

　역시 이니안의 반응은 시큰둥했다.

　로레인이 얼굴을 험상궂게 일그러뜨린다. 하지만 예전과는 다르다는 듯 이니안은 끄떡도 하지 않는다.

　"호홋!"

　메이린이 그 모습에 웃음을 터뜨렸다.

"이니안, 4년 동안 변하기는 변했구나, 이제 언니의 눈빛에 버틸 수도 있고."

"뭐, 이 정도는."

이니안이 어깨를 으쓱한다.

"흥."

로레인은 또 그 모습이 마음에 들지 않았다.

"그래, 그동안 무슨 일이 있었던 거야? 편지 하나 달랑 남겨 놓고 사라졌던 애가 여기에서 보아닌의 용자라니, 뭐가 어떻게 된 건지 알 수가 없잖아."

"누나들이야말로 여기에는 어쩐 일이야? 나야 집을 뛰쳐나왔다지만 누나 셋이서 이 멀리까지 올 수 있을 리가 없는데."

이니안은 메이린의 물음에 답하지 않고 오히려 그가 궁금한 것을 물었다.

"뭐 하러 오긴. 너 찾으러 왔지."

"내가 여기에 있는 줄 어떻게 알고? 또 그걸 허락할 아버님이 아니잖아."

메이린의 대답에 이니안은 여전히 의문스럽다는 얼굴이다.

"그야, 무투회 구경 왔다가 정말 우연히 널 발견한 거야. 솔직히 우리도 널 발견하고 얼마나 놀랐다고. 마일론이나 파르미안도 무투회를 보러 왔다가 우리랑 마주친 거고."

"빌어먹을 무투회."

이니안이 작게 중얼거린다.

"뭐야?"

그 중얼거림을 들은 로레인, 당연 얼굴이 또 일그러진다.

"쳇, 귀는 밝아가지고."

이제는 로레인의 얼굴이 붉게 변한다.

"호홋."

"호호호."

이리아와 메이린은 재미있다는 듯 그 모습에 기분 좋게 웃었다. 정말이지 4년 만에 보는 그리운 모습이다.

이니안으로서는 정말이지 빌어먹을 무투회이다. 그 역시 무투회를 보고 싶다고 한 포르시아 덕에 이곳으로 오지 않았던가. 그리고 여러 가지 일에 엮이게 되었다. 그리고 결국은 이렇게 누나들까지 만났다.

"물론 너를 찾으러 간다고 하면 아버지가 허락하실 리 없지. 그래서 다른 핑계 대고 나왔어."

메이린이 로레인을 바라보았다. 이니안의 시선도 자연 메이린을 따라 로레인에게로 향한다. 로레인의 얼굴이 조금 전과는 다른 의미로 붉게 물들었다.

"응? 큰누나랑 관련있는 거야?"

"응. 언니 아직 시집 안 갔거든."

메이린이 방긋 웃으며 말했다. 이니안은 그 말만 듣고도 대강의 사정을 추론할 수 있었다.

"하아, 아직 시집 안 갔어?"

한숨과 함께 로레인을 향하는 한심하다는 눈빛.

또다시 로레인의 얼굴이 붉어진다. 붉어졌다가, 하얘졌다가, 로레인의 얼굴은 잠시 동안 몇 차례나 그 색을 달리했다.

"설마 아직도 그 말도 안 되는 조건을 걸고 남편 감을 찾는 거야?"

"그렇단다."

로레인이 시선을 돌리며 아무 말도 하지 않자 이리아가 대신 대답했다.

"차라리 그냥 평생 혼자 살겠다고 선언을 하는 편이 낫지 않아?"

"뭐, 그래도 그 덕에 이렇게 같이 나올 수 있었잖니."

이리아의 말에 이니안은 고개를 끄덕였다.

"뭐, 남편 감 찾아 나왔다는 거네? 그럼 아버지께서 허락하실 만하지. 어머니는 등을 떠미셨을지도 모르고. 덕분에 나만 이렇게 잡혔네. 그러게 대강 아무 남자나 잡아서 시집가지 그랬어?"

"너, 자꾸 그렇게 까불다가 죽는 수가 있다."

결국 로레인의 입술 사이로 흘러나오는 음산한 목소리.

이니안은 더 이상 아무 말도 하지 않았다. 자신이 로레인을 놀리는 것은 여기까지라는 것을 잘 알기 때문이다. 이 이상 더 했다가는 저 무서운 큰누나가 폭발한다. 그러면 말릴 사람은 아버지밖에 없다. 물론 아버지는 저 멀리 카일로니아의 왕도 사우론에 계신다. 그런 것이다.

"그래도 제법 괜찮은 사람은 찾았어."

입에 가져갔던 찻잔을 테이블에 올려놓으며 메이린이 말했다.

"그래? 제법 괜찮은 이라고 하는 걸 보니 물론 졌겠네?"

"그렇지. 너도 아는 사람이야. 아주 인연이 깊은."

그 말에 이니안의 얼굴에 흥미가 돌았다.

"페르마타 카르세온."

짧막하게 이름만 말한 메이린은 이니안이 어떤 반응을 보일지 흥미로운 눈으로 그를 지켜보았다.

"아아, 그 녀석. 뭐 그 녀석 정도면 제법 괜찮지. 어쨌든 나를 이겼었으니까."

하지만 이니안의 반응은 담담했다.

이니안과 카르세온. 그때 서로는 서로의 의무에 충실했을 뿐이다. 이니안은 그 일로 카르세온에게 악감정은 없다, 단지 패배가 치욕적이었을 뿐.

"언젠가 그 빚은 갚기는 해야겠지만."

그 말을 하는 순간 이니안의 눈이 투기로 가득 차는 것을 놓칠 메이린이 아니었다.

'호호. 역시 너는 너구나, 이니안.'

"그러니까 그게 궁금하단 말이야."

그때 로레인이 끼어들었다.

"내가 싸워본 바로는 그 녀석이 제법 강한 축에 속하기는 했지만 너를 이길 정도는 아니야. 네가 그때 소드 마스터가 아니었다고 해도 나를 상대한 그 검법을 보면 결코 질 수 없는 상황이라고."

"뭐, 그렇게 생각할 수도 있겠지만 진 건 사실이야. 대략 삼천 명 정도의 어새신이랑 싸우고 나서 또 다크 크리스 길드의 어새신과 싸운 후 그 녀석과 붙었지만 말이야."

이니안은 시선을 돌린 채 지나가듯 중얼거렸다.

'분하긴 상당히 분했나 보네, 변명 같은 건 안 하는 녀석이.'

메이린은 동생이 보여준 의외의 모습에 입을 가리고 나직이 웃었다.

"훗. 그래도 진 건 진 거지. 패배자 녀석."

약점을 잡았다는 것일까? 로레인은 바로 이니안에게 공격해 들어갔다. 로레인이 말한 것은 분명 사실이었기에 이니안은 입술만 샐쭉거릴 뿐 아무런 대꾸를 하지 않았다.

"자자, 그럼 우리 이야기는 여기까지로 됐고 이제 네 이야기를 할 차례지?"

메이린은 느긋한 얼굴로 자신의 동생을 바라보았다. 이야기를 시작할 때까지 기다리겠다는 얼굴이다. 잠시 막내누나의 얼굴을 바라보던 이니안의 시선이 이리아에게로 향했다가 다시 로레인에게로 향했다. 셋 모두

어서 이야기하라는 무언의 압력을 보내고 있었다.

"후우……."

짧은 한숨.

이윽고 이니안이 이야기를 시작했다.

"그러니까 집을 나와서……."

편지를 남기고 집을 떠났을 때의 이야기부터 시작되었다.

하지만 몇 달 전의 이야기까지는 그다지 흥미로울 것이 없었다. 그리고 이미 이슈데인이 조사해서 알고 있던 내용이기도 했다. 이니안으로서도 별로 중요한 일은 아니었기에 건너뛸 부분은 건너뛰었다.

"그리고 로즈라는 아이를 만났어. 죽을 뻔한 날 살려준 거지."

"멍청한 녀석."

트롤에게 쫓겨 죽을 뻔했다는 말에 로레인은 간단하게 대꾸했다. 하지만 그 속은 좋지 않았다. 소드 마스터의 경지에 있던 녀석이 겨우 트롤에게 쫓겨 죽을 위기에 처했었다니 기분이 좋을 리 없었다.

"그렇게 된 거야. 알고 보니 로즈가 기억을 잃은 포르시아 공녀였고 난 약속을 지키기 위해서 결국 나의 마나 스피어를 복구했어."

물론 그 말에는 거짓이 섞여 있다. 마나 스피어의 복구 따위 가능할 리가 없다는 것 다들 잘 알고 있다.

마일론은 이니안의 이야기에서 나온 마나 스피어가 무엇인지 궁금했지만 묻지 않았다. 그것이 사이몬 가의 비전이라는 것을 어렴풋이 눈치챘기 때문이다. 사실 자신이 이런 이야기를 들을 수 있는 것도 행운이라면 행운이었다.

"뭐, 그리고 어쩌다가 길들인 은색 늑대가 이곳 갈라히벤에서는 신수였던 거고, 케이로스 그 녀석이 포르시아 공녀도 잘 따라서 성녀가 된 거고 말이야."

상당히 많은 부분의 이야기가 생략되었다. 이니안으로서는 마일론과 파르미안까지 있는 자리에서 모든 이야기를 할 수 없었다. 둘도 없는 소중한 친구들이지만 자신이 하는 이야기를 듣는 것이 오히려 그들에게는 화가 될 수 있기 때문이다.

"이야기, 그걸로 끝은 아니지? 일단 마나 스피어를 복구했다는 것부터 말이 안 되니까. 오늘 밤 자정. 이곳에 다시 올게."

이니안은 자신의 머리에 울린 이리아의 마법에 쓴웃음을 지었다. 마나 스피어 부분은 누나들에게도 대강 얼버무리고 넘어갈 생각이었는데 그대로 걸려 버린 것이다.

"그래, 그럼 우린 이만 갈게. 용자님께 도전했다가 패한 주제에 이렇게 오랫동안 잡아두는 것도 예의는 아니지. 도전자의 권리로 잠시 이야기를 나눌 수는 있지만."

용자에게 도전한 자에게 주어지는 한 가지 권리. 그것은 용자와 잠시 동안 독대를 할 수 있는 것이다. 갈라히벤 사람들에게 있어 용자와 딘돌이 대화를 나누는 것은 대단한 영광이다. 해서 과거의 갈라히벤에는 용자에게 도전하여 그와 대화를 나누기 위해 소드 마스터의 경지를 꿈꾸던 검사도 존재했었다.

로레인이 자리에서 일어나자 다른 이들도 모두 일어났다. 이니안은 왕궁의 정문까지 누나들을 배웅하고는 포르시아가 있는 방으로 돌아왔다.

"그분들은 모두 돌아가셨나요, 세이버 경?"

"네."

"대단하네요. 사이몬 가의 검을 꺾다니요."

포르시아의 칭찬에 이니안은 머쓱하게 웃었다.

"운이 좋았습니다."

"제가 검술은 잘 모르지만 예전부터 기사 분들의 대련은 많이 지켜봤어요. 제가 보기에는 결코 운이 좋아 이긴 것은 아닌 것 같던데요."

"칭찬, 감사합니다."

이니안은 웃으며 고개를 숙였다.

이니안은 포르시아에게 자신과 로레인들과의 관계에 대하여 말하지 않았다. 아직 이 자리에 있는 사람들은 이니안이 사이몬 가의 인물인 것을 모른다. 이니안이 밝히지 않은 것이다.

그랬기에 다들 로레인이 도전자의 권리로 이니안을 만나기를 원했고 이니안은 용자로서 그 요청에 응한 것으로 알고 있었다.

"아, 세이버 경이 사이몬 가의 분들과 대화를 나누는 동안 앞으로의 일정에 대한 이야기가 있었어요."

포리시아가 생각났다는 듯 말했다.

"무마타 라온의 말씀으로는 앞으로 일주일 후에 무투회가 열릴 거라고 해요. 그리고 사흘 후부터 무투회가 열리기 전날까지 성녀의 출현을 기념하는 축제가 열린다나요? 곤란하게 말이죠."

포르시아는 자신으로 인해 축제가 열린다는 사실이 못내 어색하고 부담스러운지 난처한 얼굴을 했다.

"그래서 축제 첫날은 아무래도 나가봐야 할 것 같아요. 세이버 경과 저는 말이죠. 그리고 무투회가 열리기 전날 왕궁에서 무도회가 있다고 하네요. 저희를 배려해서 대륙 양식으로 준비했다고 꼭 참석해 달라고 했어요. 이것도 나가봐야겠죠? 그리고 무투회 관람. 이것이 대략적인 일정이네요. 그 외에는 큰일이 없는 것 같아요."

포르시아가 생긋 웃었다.

지금까지의 빡빡했던 일정에 비해 비교적 여유로운 것이 마음에 든 듯하다. 사실 일정이 이렇게 여유로워진 것도 케라우가 알게 모르게 무마타를 압박했기에 가능한 일이다.

"그 사이사이 시간은 나이안의 명소를 둘러보거나 쉬면서 지내도록 하죠."

"네, 알겠습니다."

포르시아는 그렇게 긴장 속에서 보낸 하루를 마쳤다. 이니안이 로레인과 싸우기로 결정이 된 순간부터 그 대결이 끝난 순간까지 그녀는 이니안에 대한 걱정으로 내내 긴장한 상태였다.

대결을 마치고 무사한 얼굴로 들어온 모습을 보자 그 긴장이 풀리며 몸에 피곤이 몰려왔다.

어느새 서쪽 하늘에 노을이 지고 있었다.

벽에 걸린 괘종시계가 자정을 알리며 열두 번을 울었다. 이니안은 오후에 누나들을 만났던 방으로 향했다. 본래 보아닌의 용자인 이니안을 위해 준비된 건물에 있던 방이다.

이니안이 포르시아를 지키기 위해 그 건물에 머무는 것을 고사했기에 현재는 빈 건물이다. 보아닌의 용자가 언제든 와서 쉴 수 있도록 한 왕궁의 배려였다.

이니안이 방에 들어서자 이미 그곳에는 세 사람이 도착해 있었다. 소파에 단정히 앉아서 이니안을 기다리고 있었다.

"늦었네."

"누나들처럼 한가하게 유람하는 입장이 아니라서."

이니안이 웃으며 자리에 앉았다.

"하긴 공녀를 호위하는 것이 상당히 피곤한 일이긴 하겠지. 호호호."

이니안의 맞은편에 앉은 세 명의 공녀.

이들은 겁도 없이 단 셋이서 대륙을 여행하고 있었다. 사실 그 셋이면 거의 걱정이 없는 조합이지만 말이다.

"자, 그럼 낮에 빼먹었던 것 모조리 말해. 우선 네가 사용하고 있는 그 힘부터. 마나 스피어가 복구가 불가능하다는 것은 상식 중의 상식이다."

물론 사이몬 가 사람들만의 상식이다. 로레인이 눈을 사납게 떴다.

"으음. 이런 말하면 믿으려나? 세상에 마나는 두 가지 성질로 나뉜다는 것 알아?"

"역시."

이니안의 물음에 메이린은 고개를 끄덕였다. 자신의 추측이 맞은 것이다.

"응? 알아?"

메이린의 반응에 이니안이 놀랐다. 자신이 본 그 책은 지하 서고에 없는 것이다. 저택의 비밀 통로를 다니다가 우연히 발견한 책. 그것이 마령천참공이었기에 아무리 지하 서고의 모든 책을 읽은 메이린이라 하여도 알 리가 없었다.

"물론. 지금 네가 말하지 않은 것도 알고 있어. 거기에 더해 네가 모르는 것도 알고 말이야. 일단 네가 마이너스 마나를 이용한 무공을 익혔다는 것과 그 무공의 이름이 마령천참공이라는 것을 알고 있다는 건 말해 둘게."

"에에?"

이니안은 무슨 괴물 보는 듯한 눈으로 자신의 막내누나를 보았다. 이것만은 절대 알 리 없다고 자신하던 것을 알고 있으니 어찌 놀라지 않으랴?

"얘는. 누나를 보는 눈이 그게 뭐니?"

메이린은 이니안의 시선이 마음에 안 드는 듯했다.

"하지만 그것까지 알 줄은 몰랐는걸."

이니안은 고개를 저었다.

"뭐 네가 모르던 사실을 나는 알고 있으니까. 사실 그 책은 상, 하권으로 나눠져 있고 상권은 어디 있는지 모르겠지만 하권은 분명 지하 서고에 있었거든. 아마 네가 사라진 그 상권을 본 거겠지."

몰랐다.

진정 몰랐다.

자신이 읽은 마령천참공에는 하권의 존재에 대한 이야기는 눈곱만큼도 없었다. 아니, 그 한 권만으로 이미 훌륭한 무공 서적이었기에 하권이 존재하리라고는 상상도 하지 못했다.

"뭐야, 그게? 난 그 책을 비밀 통로에서 주웠었다고!"

"흐응. 그랬구나. 그래서 없었던 거구나."

메이린은 그제야 알 수 없었던 일에 대한 해답을 찾았다는 듯 고개를 끄덕였다.

"잠깐, 잠깐. 지금 두 사람 대체 무슨 이야기를 나누는 거야? 당최 알 수가 없으니."

로레인이 끼어들었다. 이리아는 예전에 메이린에게 마법에 대한 조언을 구할 때 마령천참공에 대한 이야기를 조금이나마 들었기에 둘의 대화 내용을 대강이나마 이해하고 있었다. 하지만 로레인은 전혀 모르는 이야기였기에 결국 답답함을 못 참고 끼어든 것이다.

"으음. 제대로 이야기하자면 긴데… 할 수 없지, 뭐. 다들 들어둬서 나쁠 것 없는 이야기이고."

잠시 고민하던 메이린이 결정을 내린 듯 말했다. 그녀의 말에 이리아도 흥미를 보였다. 다들 들어둬서 나쁠 건 없다는 말은 결국 자신도 모르는 이야기라는 것이었으니까.

"으음. 다들 우리 사이몬 가의 내력에 대해서는 잘 모르지? 가문의 비전이 이어져 내려오고 있지만 그것이 어떻게 만들어진 비전인지 말이야.

사실 우리 가문의 비전이 대륙의 상식으로 보자면 비상식적인 거지."

세 사람은 동시에 고개를 끄덕였다.

마나 스피어. 오직 사이몬 가에만 존재하는 비법이다. 그리고 그 비법은 대륙의 일반적인 상식에 비해 너무나도 발전된 개념이다. 하나의 대륙에 존재하면서 마치 다른 세상의 것인 것처럼 말이다.

"사실이 그래. 우리 가문의 기원은 이 라칼트 대륙이 아니니까."

메이린의 그 뜻을 알 수 없는 말에 나머지 세 사람은 서로를 쳐다보았다.

"우리 가문의 시조이신 진 케이 사이몬 대공, 그분은 다른 세계에서 오신 분이야."

쿠쿵.

믿을 수 없는 충격이 세 사람을 덮쳤다.

진 케이 사이몬 대공.

본래 진 사이몬으로 카일로니아의 건국왕과 둘도 없는 친구였으며, 또한 카일로니아의 건국 일등 공신이다. 그의 사후 그의 공을 기려 사이몬 가에 '케이'라는 중간성이 하사되었고 또한 그 일인에 한해 대공의 작위가 부여되었다.

여전히 카일로니아의 전설에 등장하는 무적의 기사. 그것이 사이몬 가의 시조 진 케이 사이몬이었다. 카일로니아의 모든 사람들은 대공으로 추앙하지만 사이몬 가의 인물들은 진 케이 사이몬을 그냥 초대 공작님이라고 불렀다.

한데 그런 초대 공작이 이 세상이 아닌 다른 세계에서 온 사람이라니… 믿을 수가 없었다.

"다른 세계? 다른 차원? 뭐 그렇게 설명을 해야겠지."

"잠깐만! 아무리 메이린 너라지만 지금 그 이야기를 믿으라는 거니?"

로레인이 손을 들어 메이린의 말을 막으며 외쳤다.

"사실인걸. 나도 믿기 힘들었지만 분명 사실이야."

메이린은 단호한 얼굴로 확실히 말했다.

"내가 이 사실을 알게 된 건 초대 공작님의 일기를 읽었기 때문이야. 지하 서고에 그분의 일기도 있었거든. 아무도 관심을 가지지 않는 곳에 있었기에 나만 본 거지, 나는 그 안의 책을 모두 읽었으니까."

세 사람의 얼굴에는 조금이지만 수긍하는 기색이 생겼다.

분명 사이몬 가의 지하 서고의 모든 책을 읽은 사람은 없었다. 그 방대한 양의 책을 과연 누가 다 읽으려 했겠는가. 필요한 책조차 찾지 못할 때가 수두룩했는데 말이다.

단 예외가 생겼으니 바로 메이린이었다. 메이린은 그곳의 모든 책을 다 읽었다. 그리고 누구도 발견 못했던 초대 공작의 일기가 그곳에 있었다는 것도 가능한 이야기였다.

"초대 공작님은 우리 라칼트 대륙이 있는 세계외는 다른 세계, 중원이라는 곳에 있던 분이야. 그곳은 우리 가문과 같은 체계의 무공을 익힌 사람들이 사는 또 다른 세상을 '무림'이라고 불렀다고 해. 그리고 그분은 그곳에서 가장 강한 열 세력 중 한 곳의 사람이었고."

아무도 모르는 진 케이 사이몬 대공에 얽힌 비사.

그것이 지금 메이린의 입을 통해 흘러나오고 있었다.

진 케이 사이몬.

그는 본디 중원이라는 곳의 사람이었다. 그곳에서의 정확한 이름은 서문진(西門辰).

구대문파 중 한 곳인 화산파의 제자로 그 오성은 뛰어났지만 근골이 평범하여 그다지 눈에 띄는 이는 아니었다. 그 자신도 무공을 수련하는 것보다는 책을 읽는 것을 더 좋아했기에 화산의 제자라면 누구나 꺼리는 일을 스스로 맡았었다.

그 일이란 바로 화산비고(華山秘庫)의 관리.

화산비고란 화산파가 세워진 이후 그들이 모은 모든 서적들의 서고였다. 강호에 흘러 다니는 하찮은 책부터 화산파의 진산절학이 적혀 있는 비급까지 모든 종류의 책들이 총망라되어 있는 비고다.

화산파의 근간이 되는 비고.

그랬기에 아주 중요했고 또 아무나 드나들 수 없었다. 그리고 사실 화산파의 제자 중 그곳에 드나드는 이는 그다지 없었다.

직접 무공을 전수해 주는 사부가 있었기에 굳이 책을 찾아가면서까지 무공을 익히려는 이들이 없었던 것이다. 그리도 다들 검을 휘두르는 무인. 책과 별로 친하지 않다는 것도 이유 중 하나였다.

그래서 문제가 하나 생겼으니 그토록 중요한 비고의 관리를 누구도 맡으려 하지 않았다는 것이다.

다행이라고 할까? 서문진이 아직은 어린 제자였을 때의 화산파에는 화산비고의 중요성에 스스로 그곳을 지키고 관리하겠다고 나선 장로가 있었다.

화산검성(華山劍聖). 당대 화산파의 제일고수였으며 무림오대고수 중 한 사람. 그가 스스로 화산파의 대소사에서 손을 떼고 그곳을 지키러 나선 것이다. 그리고 후인을 물색했다.

처음에는 화산검성의 제자가 될 수 있다는 유혹에 무수한 사람이 몰렸지만 그가 내건 단 하나의 조건에 그들은 모두 발걸음을 돌렸다. 화산검성이 내건 단 하나의 조건.

평생 동안 화산비고를 지켜라.

강호의 영웅이 되겠다는 청운의 꿈을 안고 있는 젊은 제자들로서는 도저히 받아들일 수 없는 조건이었다.

그때 나선 이가 서문진이었다.

근골이 평범했기에 어차피 그의 한계는 정해져 있었다. 게다가 그는 무공보다는 책이 좋았다. 평생 동안 화산비고를 관리하면서 그곳의 책을 읽는 것도 나쁘지는 않겠다는 생각.

그 생각이 드는 순간 그는 더 이상의 고민 없이 화산검성을 찾아가 그의 뒤를 잇겠다고 했다.

화산검성이 크게 기뻐했음은 두말할 필요도 없었다. 그렇게 그는 화산검성의 제자가 되었고 서문진의 평범한 근골과 상관없이 화산검성은 서문진을 정성껏 가르쳤다.

그리고 5년 후, 서문진이 20세가 되던 해에 정사대전이 터졌다.

화산제일고수인 화산검성으로서는 계속해서 화산비고만은 지킬 수 없게 되었기에 그는 서문진을 홀로 비고에 남겨 두고 산을 내려갔다.

화산검성이 화산비고를 떠난 지 열흘이 되던 날 밤.

그날은 묘하게도 때에 맞지 않은 심한 폭풍우가 몰이쳤다. 하늘은 벼락을 떨어뜨리기에 바빴고 벼락 뒤에 이이진 우렛소리에 세상이 들썩였다.

너무나 거센 폭풍우였기에 비고가 걱정이 된 서문진은 비고 옆에 지어진 작은 초막을 나와 비고에서 밤을 보냈다. 그럴 리는 없겠지만 혹시라도 망가지는 곳이 생기면 즉시 조치를 취하기 위해서였다.

다행히 비고에는 별 탈 없이 폭풍우가 물러나고 날이 밝았다.

밖에서 들리는 새소리에 날이 밝았음을 안 서문진은 비고 밖으로 나오고 나서야 깨달았다, 비고에 별 탈이 없었던 것이 아니라 엄청난 사건이 생겨 버렸음을.

그가 비고의 밖으로 나왔을 때 그의 눈에 펼쳐진 곳은 화산이 아니었다.

그로서는 생전 처음 보는 평원에 비고만이 덩그러니 놓여 있었던 것이다.

"그곳이 바로 지금의 사우론의 사이몬 공작가의 자리야."

아무 소리도 들리지 않았다. 메이린이 자신의 세 남매를 바라보니 그들은 모두 얼이 빠져 있었다.

하긴 자신도 그 일이 기록되어 있는 일기를 보고 얼마나 놀랐던가. 진대공의 일기를 보고도 믿지를 못했는데 자신에게 그 이야기를 전해들은 이들이 그 말을 믿을 수 있을까?

"하아. 믿을 수가 없네. 메이린, 네가 하는 말을 안 믿을 도리도 없지만 말이야."

로레인이 고개를 절레절레 흔든다.

"그렇게 생각하면 납득이 가는 것도 있지만 말이야. 다른 세계에서 왔다는 것 자체를 납득할 수 없으니……."

이리아가 작은 소리로 중얼거렸다.

"메이린 누나가 그렇다면 그런 거겠지."

의외로 순순히 납득하는 이니안.

[다른 세계에서의 이동이라… 차원 이동은 쉬운 일이 아닌데. 드래곤이라도 불가능한 일이야. 셋 정도의 드래곤이 모이면 또 모르지만. 하지만 차원 이동은 세계의 조화를 깨뜨리는 일. 엄격히 금지되어 있는 일일 텐데 어떻게 일어난 거지?]

칼은 이니안의 조상이 차원 이동을 해 이 세상에 나타났다는 사실에 강한 흥미를 보였다.

[그나저나 이니안 네가 사람 같지 않았던 이유가 그것이었군.]

차원 이동에 대한 지식이 있어서였을까? 칼은 로레인이나 이리아와는 달리 메이린의 이야기에 거부감을 보이지 않았다. 물론 그 세 사람은 칼의 존재를 모른다.

"그 이후는 전설로 전해 내려오는 이야기와 대강 비슷해. 초대 공작님께서 건국왕 전하를 만나서 카일로니아를 건국한 거지. 그리고 수도가 그때 초대 공작님께서 나타나신 곳 부근으로 정해져서 사우론이라는 이름을 가지게 된 거고."

"왜 하필 그곳이었어?"

"우리 가문의 저택 자리가 원래 그 화산비고가 나타난 자리야."

일국의 수도가 정해지는데 그런 비화가 있었다니 정말로 놀라운 일이다.

"으음. 그 이야기는 잘 알겠는데, 처음에 그 비고를 어떻게 숨길 수 있었지? 아무것도 없는 평원에 떡하니 나타난 거라면 상당히 위험했을 텐데."

"진법(陳法)이라는 것이 있어. 마법과는 좀 다른 건데 눈속임이라고 할 수도 있고, 또 물리력도 발휘하기 때문에 결계의 일종이라고 할 수도 있고 뭐 그런 거야. 나도 조금 펼칠 줄 아는 정도야."

이리아는 자신의 물음에 대한 메이린의 대답에 강한 흥미를 보였다.

[호오. 재미있는 이야기로군.]

아니, 이리아만이 아니라 칼 역시 그 이야기에 흥미를 보였다.

"그리고 그 진법이라고 하는 것은 지하 서고의 기관에도 응용되어 있어. 잘못된 방법으로 문을 열려고 하면 바로 발동되게 되어 있지. 어떤 건지 겪어보고 싶으면 나중에 집에서 시험해 봐도 돼. 하지만 난 그 결과까지는 책임 못 져."

메이린은 은근한 웃음을 지었다. 그 웃음을 본 세 사람은 절대 시험하지 않겠다고 다짐했다. 메이린이 저런 미묘하고도 은근한 웃음을 짓는다는 것은 상당히 위험한 일이라는 이야기이다.

"카일로니아가 건국된 이후 초대 공작께서 가장 먼저 한 일이 지하 서고를 만든 거야. 그리고 그 위에 지금의 저택을 지은 거지. 비밀통로까지 모든 공사가 완료된 후에 책들을 비밀통로를 통해 지하 서고로 옮긴 거고. 뭐, 그렇게 된 거야. 한 가지 분명한 것은 그분은 정말이지 상상도 할 수 없는 엄청난 천재라는 거야. 요즘 지하 서고에서 공부하면 할수록 그분의 천재성에 질려 버려."

마지막 말을 맺을 때 메이린의 얼굴에는 쓴웃음이 맺혀 있었다.

"이니안 네가 발견한 그 마령천참공의 상권은 아마 그 과정에서 비밀통로에 떨어진 걸 거야. 그 책도 대단하다. 아무런 보존적 처치가 안 되어 있는 비밀통로에서 그 세월을 견뎌냈으니."

이니안은 그제야 어떻게 자신이 그런 책을 손에 넣을 수 있었는지에 대해 제대로 알게 되었다. 사실 그 책을 처음 발견했을 때는 그도 의아했다. 어떻게 지하 서고에나 있어야 할 책이 그곳에 있었는지 알 수가 없었으니 말이다.

"자, 그럼 이 이야기 역시 끝난 거지? 그럼 다음 이야기를 들어야지. 어떻게 네가 포르시아 공녀의 곁에 있는 거지?"

이리아의 질문.

이니안은 가만히 고개를 뒤로 젖히며 생각에 잠겼다. 사실 그녀의 곁에 있는 이유는 간단했다. 하지만 막상 질문을 받으니 대답을 망설이게 된다, 자신이 그녀의 곁에 있는 이유는 무언가가 다른 것이 더 있는 것만 같은 그런 느낌이 들었기에.

하지만 아무리 생각해도 이유는 그 하나였다.

"그때 그 일의 실마리를 그녀가 쥐고 있어."

이니안은 짧게 대답했다. 이어지는 침묵.

이니안의 대답에 누구도 당장 말을 꺼내지 못했다.

그때 그 일.

이니안을 방황하게끔 만든 일이다. 쉽게 입에 담을 수 있을 리 없었다. 그 때문에 이니안이 사라졌고 이니안이 힘을 잃었으며 이렇게 힘겹게 만난 것 아니던가.

"구체적으로 어떤 실마리를 가지고 있다는 거니?"

메이린이 차분한 목소리로 물었다.

"몰라, 나도. 하지만 실마리는 분명 쥐고 있어."

"후우. 좀 자세히 좀 이야기해 봐. 무슨 말인지 알 수가 없으니 답답하다."

이리아가 한숨을 쉰다.

이니안은 다시 한 번 머리를 뒤로 젖히며 눈을 감았다. 이야기를 어떻게 풀어나가야 할 것인지 정리하는 것이다.

이윽고 이니안이 눈을 떴을 때 그의 입술은 천천히 그러나 멈춤없이 움직였다. 그리고 카르세온에게 패하고 나서 케라우에게 들었던 이야기까지 말한 후 이니안은 이야기를 멈췄다.

"으음… 그러니까 그때 습격자들은 무슨 눈물을 찾으라는 이야기를 했었다는 말이지. 그리고 현재 포르시아 공녀는 그 드래곤의 눈물이라는 것을 이용한 흑마법의 대법에 걸려 기억이 조작된 상태고."

메이린이 이야기를 정리했다.

"그래."

"그게 가능해, 언니?"

메이린이 이리아를 보면서 묻는다.

"가능해. 흑마법서에도 분명히 나와 있어. 하지만 실제로 행할 수 있을 줄은 몰랐네. 드래곤의 눈물이라는 것은 정말로 귀하거든. 그것이 미에른 후작가에 있었다는 것도 놀라워."

이니안이 의문 가득한 눈으로 이리아를 바라보았다. 그녀가 어떻게 흑마법에 대해서 알고 있을까?

"뭘 그렇게 놀라? 요즘 흑마법 공부도 하고 있어. 생각보다 재미있더라. 뭐, 그래서 네가 사용하는 마나가 일반적인 마나와 조금 다르다는 것도 알아봤지."

"흑마법이라니. 누나다워. 보통 귀족은 엄두도 못 내는 일인데 말이야."

"이 누나가 보통 귀족일리 있니?"

이니안의 말에 이리아가 생긋 웃었다.

"그러니까 너는 지금 포르시아의 아버지, 칸세르 공작이 무언가를 알고 있을 거라 생각하고 그녀 곁에 있다는 거지. 그리고 드래곤의 눈물을 이용한 대법이 무엇인지도 밝혀내야 하고."

"그래."

이니안의 대답에 메이린은 고개를 끄덕였다.

"그래도 의외다, 가드 나이트의 일을 무척이나 싫어하던 네가 호위기사라니. 결국은 너도 우리 가문의 남자라는 거겠지."

메이린의 말에 이니안의 얼굴이 일그러졌다.

"너의 검은 이제 소중한 이를 지킬 수 있을 만큼 강해졌니?"

일그러진 얼굴의 이니안에게 던져진 메이린의 질문.

이니안은 아무런 말도 못했다. 그 말에 며칠 전 나르센 산에서의 일이 떠오른 것이다.

"아니."

한참 후에 돌아온 이니안의 짤막한 대답.

그 대답에 메이린은 살풋 웃었다. 그렇다. 사람을 지킨다는 것은 절대 쉬운 일이 아니었다.

"그래? 자."

만일 이니안이 그렇다고 대답을 했더라면 주지 않으려고 했던 책이다.

이니안은 메이린이 건넨 책을 물끄러미 바라보았다.

마령천창공 운용편

부드럽고도 유려한 필체로 적혀 있는 제목.

"이건 언제?"

메이린의 필체로 적힌 제목에 이니안은 그녀를 바라보며 물었다. 분명이 책 한 권은 그녀가 손으로 쓴 것일 것이다. 지하 서고에 있는 책은 가지고 나올 수가 없으니까.

"너랑 헤어지고 나서 너한테 필요할 것 같아서."

불과 반나절 사이에 책 한 권을 필사했다는 말이다. 누나의 배려가 너무나 고마웠다.

"그런데 말이야."

그때 이리아가 끼어들었다.

"응."

"그 케라우라는 친구가 뱀파이어란 말이지?"

이리아의 눈에 강렬한 호기심이 떠올랐다.

"그래."

"저주에 걸려서 낮과 밤이 바뀌었다고?"

"그래. 리버스 스테이트라는 저주라던데."

"으음. 그런 저주라면 푸는 건 간단한데… 같은 저주를 한 번만 더 걸어주면 되는 것을."

[이니안, 네 누나도 정말 대단하군. 보통의 마법사를 절대 생각할 수

없다는 것을 저렇게 간단히 말하다니 말이야.]

이리아의 말에 칼이 놀랍다는 듯 말했다.

"누나들은 절대 보통 사람이 아니니까."

[가능하다면 나도 대화를 좀 나눠보고 싶은데.]

칼은 이니안의 누나들에게 강한 흥미를 보였다.

그의 일만 년의 삶을 통해서도 만난 적이 없었던 상상을 초월하는 인물들이니 당연하다면 당연한 일이다.

"케라우라… 한 번 제대로 만나보고 싶네."

이리아의 눈이 반짝였다.

"케라우보다 더 대단한 이를 만나게 해줄까?"

"뭐?"

이니안의 말에 이리아를 비롯해 다른 두 사람의 눈도 반짝였다. 이니안이 대단하다고 하면 대단한 것이다. 이니안이 지금껏 대단하다고 평가한 이는 손가락으로 꼽을 수 있으니까. 그중 둘이 마일론과 파르미안이었다.

"내가 그렇게 카르세온에게 지고 나서 케라우가 포르시아를 따라가게 했다고 했지?"

"그래."

"그리고 나서 내가 뭘 했을 것 같아?"

이니안의 물음에 로레인이 대뜸 당연하다는 듯 대답했다.

"뭐, 마나 스피어도 회복했겠다. 그런데 패배했으니 이를 갈고 일단 강해지기 위해서 수련을 했겠지. 잠깐, 그러고 보니 너 어떻게 마나 스피어를 회복했는지는 말하지 않았잖아. 메이린과 마이너스 마나가 어떻고 마령천참공이 어떻고 하다가 이야기가 다른 데로 샜어. 너무 재미있는 이야기라 깜빡했지만!"

로레인은 그제야 떠오른 사실에 이니안을 매섭게 쏘아보았다.

"세상에 마나는 두 가지 성질로서 존재해. 우리가 일반적으로 수련하고 백마법사들이 사용하는 마나가 바로 플러스 마나. 그리고 그 반대되는 성질을 가진 것이 마이너스 마나. 주로 흑마법사들이나 죽은 자들이 사용하는 마나지. 즉, 죽은 이후 영혼이 된다거나 하면 마이너스 마나를 이용하게 되는 거야. 마나가 두 개니까 인간의 몸에는 자연히 그 마나를 담는 그릇도 두 개. 내가 파괴한 것은 플러스 마나의 마나 스피어. 그리고 내가 새로이 마나를 모은 곳은 마이너스 마나의 마나 스피어. 이제 됐어?"

이니안은 지극히 간단히 그리고 빠르게 설명했다. 너무 빠른 설명에 제대로 이해하지는 못했지만 이니안의 물음에 로레인은 고개를 끄덕였다.

"좋아. 그럼 좀 전의 이야기로 돌아가서, 수련을 시작했지. 그런데 그 장소가 아까 이야기했던 동굴이야."

"은색 늑대가 지키는 드래곤의 레어였다는 동굴?"

메이린이 물었다.

"아!"

이니안이 대답을 하기 전에 무언가를 깨달은 메이린은 짧은 탄성을 터뜨렸다.

"그렇다면 보아닌의 성수라는 지금 그 늑대가 그 동굴을 지키는 가디언인 거야? 드래곤의 가디언을 부리다니 너 무언가 엄청난 걸 얻었구나?"

메이린은 왜 은색 늑대 이야기를 듣고 바로 보아닌의 신수와 연결하지 못했는지 탓하며 자신의 머리를 가볍게 쳤다. 드래곤의 가디언이라는 너무나 엄청난 말에 차마 거기까지는 생각을 못한 것이다.

"그래. 포르시아가, 아니, 로즈가 가디언 케이로스에게 어떤 부탁을 했더라고. 그녀는 드래곤의 눈물을 이용한 대법을 받은 상태라 그 기운을 풍기고 있었어. 케이로스가 그 기운을 알아차리고 그녀에게 드래곤과 같은 대우를 해줬어. 그녀가 그 동굴을 떠나기 전에 내가 레어 안에 들어가 볼 수 있게 해달라고 했나 봐."

조용했다. 세 사람은 아무 말도 하지 않고 이니안의 이야기에 집중하고 있었다.

"로즈가 나에게 그곳에 한 번 들러보라고 해서 간 것이었는데 의외였어. 레어 안에 들어가게 해줬어. 그리고 나는 레어 안에서 마령천참공의 수련을 시작했지."

이니안은 그 이후의 이야기를 계속했다. 그 이야기가 끝났을 때 세 사람은 모두 믿지 못하겠다는 얼굴로 동생을 바라보고 있었다. 자신들의 동생이 절대 거짓말을 하지 않는다는 것은 잘 알고 있지만 그래도 쉬이 믿을 수 없는 이야기다.

그렇지 않아도 메이린에게 들은 이야기의 충격이 채 다 가시지도 않았는데 이번에는 이니안이 엄청난 이야기를 한 것이다.

"그러니까 마이너스 마나를 이용한 마령천참공은 죽은 이의 세계로 가지 못한 영혼, 그러니까 유령이나 귀신을 볼 수 있게 해준다고 했었지? 거기까지는 나도 납득이 가, 난 마령천참공 하권을 봤으니까."

메이린은 빠른 속도로 말을 쏟아냈다.

"하지만 말이야, 그 드래곤의 레어에서 마령천참공을 운용한 채로 눈을 떴더니 그 자리에 드래곤의 영혼이 있었다고? 그리고 드래곤의 눈물은 사실 드래곤의 영혼을 이 세상에 묶어두는 매개체라는 거고?"

너무나 빠른 질문에 일일이 대답할 수 없었기에 이니안은 고개를 끄덕이는 것으로 대답을 대신했다. 덕분에 이니안은 계속해서 고개를 끄덕이고 있었다.

"보통 사람이 그 말을 믿을 수 있을 거라 생각해?"

"아니."

이니안은 간단히 대답했다. 그가 생각해도 믿을 수 없는 이야기니까. 하지만 자신이 직접 겪은 일이고 사실이었다.

"칼."

결국 이니안은 칼을 불렀다. 사실 이 이야기를 한 것도 칼이 누나들과 이야기를 나눠보고 싶다고 했기 때문이었다. 이니안으로서는 칼에 대한 이야기를 누나들에게 해도 그만, 안 해도 그만이었으니까.

"불러주길 기다렸어."

이니안이 누군가를 부르는 모습에 고개를 갸웃거리던 세 자매는 갑자기 이니안의 옆 자리에 모습을 드러낸 흑발, 흑안의 귀공자를 뚫어지게 바라보았다. 분명 누군가가 숨어 있는 기척도 누군가가 모습을 드러내는 기척도 느껴지지 않았었다. 이리아 역시 마법적인 흔적은 찾지 못했다.

"정말로 마이너스 마나만으로 이루어져 있어."

한참 동안 칼을 바라보던 이리아가 낮게 중얼거렸다. 그러니까 눈앞의 존재는 살아 있는 것이 아니라는 말이었다.

"반갑습니다, 레이디 여러분."

칼은 소파에서 몸을 일으키고 우아하게 인사를 했다.

"정말 드래곤의 영혼인가요?"

가장 먼저 물은 것은 이리아였다. 그녀의 특기는 마법. 마법의 기원이라는 드래곤이 눈앞에 있다는 생각에 적극적으로 나선 것이다.

"그렇습니다, 레이디 이리아."

칼은 빙그레 웃으며 대답했다.

칼의 대답에 이니안의 이야기가 사실임을 세 자매는 믿었다. 그리고 일단 믿고 나자 칼을 향해 무수한 질문을 쏟아냈다. 특히 이리아와 메이린이 경쟁적으로 물음을 쏟아냈다.

눈앞에 드래곤이 있다.

당연한 반응이었다.

그렇게 칼은 이니안의 누나들과 즐거운 이야기를 나눴다, 그러기를 두 시간여.

가만히 대화를 듣고 있던 이니안이 입을 열었다.

"이제 슬슬 가봐야겠는데."

"그럼, 가봐."

칼은 이니안에게 볼일없다는 듯 짧게 말했다. 그도 지금의 대화가 너무나 즐거웠다. 눈물까지 남겨가면서 마지막 유희를 준비하기를 정말 잘했다는 생각이 들었다.

"이니안, 네가 하려고 하는 일. 잘 되길 빌게. 아, 그리고 그때 그곳에 한 번쯤 가보는 것도 좋을 거야. 원한을 가지고 죽은 이들의 영혼은 쉬이 죽은 이들의 세계로 못 가고 죽은 그 자리에 원령이 되어 머무는 법이거든. 세상에 미련이 많을수록 남아 있는다고 하더라. 네게 준 책에 적혀 있는 내용이지만."

메이린은 이니안에게 눈도 주지 않고 그렇게 이야기한 후 다시 칼과의 대화에 열중했다.

하지만 그 이야기는 이니안에게는 충격이었다.

그는 영혼을 보는 것이 싫었기에 항상 일부러 눈으로 가는 마나를 차단한 채 지냈다. 그래서 누나들에게 마령천참공에 대한 이야기를 하기 전까지 자신이 유령을 볼 수 있다는 사실도 자각하지 못하고 있었다.

그러나 메이린의 이야기로 깨달았다.

자신은 죽은 이들의 영혼을 볼 수 있다. 즉, 죽은 이들과 대화 역시 할 수 있으며, 그 대화를 통해 누구도 알아낼 수 없는 사실을 알아낼 수도 있는 것이다.

사실을 은폐하는 가장 좋은 방법.

알고 있는 이를 죽여 없애는 살인멸구(殺人滅口).

이니안에게는 아무 소용이 없는 일이었다.

"메이린 누나, 고마워. 난 생각도 못하고 있었어."

이니안의 인사에 메이린은 그저 손을 들어 답했을 뿐이다, 그녀로서는 칼의 이야기를 하나도 놓치기 싫었기에.

"아, 그리고 그만 누나들도 호텔로 돌아가는 게 좋을 거야. 해가 밝기 전에 청소하러 시녀들이 들어오거든."

"잠깐, 그건 내가 곤란하다. 지금 막 재미있어지고 있는데."

이니안의 말에 칼이 반발했다.

"하지만 어쩔 수 없어. 누나들은 가야 하고 너는 나에게서 50미터 이상 떨어질 수 없잖아."

"응? 그 말이었나? 그거라면 문제없다."

이니안의 말에 칼은 아무것도 아니라는 듯한 표정을 지었다.

"무슨 말이야?"

"50미터의 제약은 내가 눈물에 묶여 있을 때의 이야기야. 눈물이 가진 마나의 양이 한정되어 있어서 그 끈이 그 정도밖에 안 된 것이지."

"그럼 지금은?"

"넌 엄청난 마나를 보유하고 있어. 지금의 너라면 나이안의 어디라도 상관없다."

칼은 열망이 가득한 눈으로 이니안을 바라보았다. 그 눈빛이 뜻하는 바를 이니안은 알 수 있었다.

"후우, 그럼 칼, 너도 누나들 따라갔다가 천천히 와. 내가 어디에 있든 찾아올 수 있는 거겠지?"

"물론. 부르기만 해. 당장 달려올 테니."

이니안의 말에 칼은 반색을 하며 이니안을 보며 웃었다.

"자, 그럼 이니안의 말도 있고 하니 장소를 바꿔서 이야기를 계속 하도록 할까요?"

"그렇게 해요."

칼이 자리에서 일어나자 세 자매는 함께 일어났다.

"그럼. 텔레포트."

이리아의 시동어와 함께 세 사람과 한 드래곤은 순식간에 사라졌다.

"나, 참. 왕궁에서 텔레포트라니."

이니안은 어이가 없는 듯 중얼거렸다.

어떤 수를 쓴 것일까? 분명 왕궁에서는 지정된 곳 이외의 장소에서는 텔레포트를 사용할 수 없었다. 그리고 이니안이 머무는 곳은 용자를 위한 건물. 지하의 방에 그려진 공간 이동 마법진 이외의 곳에서는 텔레포트가 불가능하게끔 결계가 이루어져 있다.

그 사실을 이니안은 알고 있었기에 자신의 누나들이 사라진 곳을 어이가 없다는 듯 바라보고 있는 것이다.

"뭐, 그러니까 이리아 누나겠지. 나도 이제 그만 돌아가야지."

이니안은 머릿속에 떠도는 의문을 간단히 정리해 버리고는 자리를 옮겼다. 너무 오랫동안 포르시아의 곁을 비워두고 있었다.

Chapter 3

명을 따르겠습니다

명을 따르겠습니다

바쁘던 일정 사이에 잠시의 휴식이 주어졌다. 이제 이틀 앞으로 다가온 축제 이전에는 별다른 일이 없었기 때문이다.

하지만 그 이틀은 금방 지나갔다. 축제가 시작되고부터 일정이 바쁘게 진행되었다. 물론 사이사이에 쉴 수는 있었지만 성녀의 출현을 기념하는 축제의 규모는 정말 어마어마했다.

축제 중 정말 중요한 행사 몇에만 얼굴을 비췄을 뿐인데도 바빴다. 사이사이에 적당한 휴식을 하며 조용한 나들이도 할 수 있을 거라는 예상은 완전히 빗나갔다.

무투회 전의 축제의 마지막 날.

포르시아는 완전히 지쳐 있었다. 이니안은 단련이 된 몸이었기에 육체적인 피로는 거의 없었지만 정신적으로 지쳐 있었다.

혼잡하디 혼잡한 축제의 행사장.

어새신들이 노리기에는 최적의 장소였다. 그랬기에 축제 기간 내내 이니안의 신경은 곤두서 있었다. 게다가 자신이 직접 참가해야 하는 축제도 있었기에 이니안이 느끼는 피로는 두 배였다. 그야말로 정신적으로 실신 직전의 상태였다.

그런 사정은 케라우나 다프네도 다르지 않았다. 어새신이 노리고 있다는 것을 아는 이상 추호의 방심도 용납되지 않았기에 항시 긴장을 유지한 상태였다. 게다가 케라우는 상대가 다크 크리스 길드의 유일한 생존자라는 것도 알고 있었다, 그들이 얼마나 지독한 상대인지도.

어쨌든 그렇게 힘든 축제 기간도 드디어 끝이 나고 내일부터는 무투회였다. 물론 그전에 마지막 고비가 남아 있었다.

왕궁의 무도회.

지금 완전히 지친 포르시아는 무도회에 나갈 준비를 하고 있었다. 과연 그녀의 체력이 버텨낼 수 있을지 의문이었다.

다른 방에서는 이니안 역시 기사의 예복으로 갈아입고 무도회 준비를 했다. 대륙식의 무도회를 준비한다 하였기에 제국에서 가지고 온 예복을 입고 있었다.

사방에 어둠이 깔리고 왕궁에서 보내준 마차로 무도회장을 찾았다.

화려한 장식들과 현란한 조명들이 비추고 있는 무도회장은 이미 수많은 귀족들로 가득했다. 성녀와 용자가 참석하는 무도회라는 소문에 초대장을 받은 귀족들이 일찌감치 와 있었기 때문이다.

이미 국왕 부부도 무도회장에 나와 있었다.

결국 포르시아와 이니안이 가장 늦게 온 것이다.

무도회장은 아름다운 선율의 음악이 잔잔히 흐르고 사람들은 음악에 맞춰 우아하게 춤을 준다.

조용한 것을 즐기는 포르시아에게 있어 지금 무도회가 갈라히벤에서의 일정 중 마지막 고비였다.

제도에 있을 때도 특별한 일이 없으면 무도회는 잘 참석을 하지 않았던 포르시아다. 이번은 어쩔 수 없이 오기는 했지만 무도회장의 입구를 바라보는 그녀의 얼굴에는 부담과 걱정이 가득했다.

"너무 걱정하지 마십시오."

이니안이 허리를 숙이며 손을 내밀었다. 오늘 그녀의 파트너는 이니안이었다.

성녀와 용자.

갈라히벤의 귀족들이 보기에는 더없이 훌륭하며 신성하기까지 한 조합이었다.

포르시아는 이니안이 내민 손을 살짝 잡았다. 포르시아가 자신의 손을 잡자 이니안은 허리를 세우며 그녀를 부드럽게 에스코트해 무도회장으로 걸음을 옮겼다. 그사이 자신이 쥔 포르시아의 손을 통해 따뜻한 기운의 마나를 흘려 넣었다. 조금이라도 그녀의 피로를 풀어주고자 하는 배려였다.

"성녀님께서 입장하십니다!"

무도회장의 입구를 지키고 있던 시종이 큰 소리로 외쳤다.

그 순간 무도회장 안에서 흘러나오던 음악이 멈추고 정적이 찾아왔다. 저마다 나누던 대화를 멈추고 무도회장의 입구를 바라본다.

사뿐거리는 걸음으로 천천히 들어오는 포르시아.

그녀의 모습은 너무나 아름다웠다. 코랄블루 빛깔의 머리칼에 맞춘 듯한 에메랄드빛의 민소매 드레스, 그리고 팔꿈치 아래까지 올라오는 에메랄드빛의 장갑. 그야말로 마치 하나의 보석이 인간의 형상을 하고 내려온 듯했다. 포르시아의 양어깨에서 쇄골 아래를 따라 살짝 파인 드레스의 가운데에는 밤하늘의 별을 따다가 박아놓은 듯한 은색의 육망성 모양의 펜던트가 달린 목걸이가 그 아름다움을 발하고 있었다.

이니안의 손을 잡고 걸음을 옮기는 포르시아는 살짝 자신의 목걸이를 내려다보았다. 무도회 준비를 하기 전 이니안이 전해준 목걸이다.

미스릴로 만들었다는 육망성 모양의 펜던트에는 작은 다이아몬드가 육망성의 문양 위에 빼곡히 박혀 있었고 뒷면에는 복잡한 문양이 그려져 있었다. 일개 용병이었다가 조건부 기사가 된 이니안이 어디에서 이런 귀한 물건을 가지고 왔는지 모르지만 그녀는 이니안을 믿었기에 고맙게 받았다. 무척이나 마음에 드는 목걸이였다.

잠시간 정적이 흘렀다. 포르시아의 등장을 알릴 때와는 또 다른 정적. 두 사람의 모습에 사람들이 말을 잊은 것이다.

정말이지 아름답다는 표현으로는 부족한 너무나 잘 어울리는 한 쌍의 남녀가 사뿐거리는 걸음걸이로 무도회장 안으로 들어왔다.

"아, 아름다워……."

누군가가 낮게 중얼거린 한마디가 시발점이 된 것일까?

"우와. 성녀님이다!"

"어머. 용자님의 저 늠름한 모습이란!"

"아아, 어쩌면 저리도 고결한 아름다움이란 말인가!"

곳곳에서 포르시아와 이니안을 찬탄하는 말소리들이 새어 나왔다.

이제는 익숙해져서 별다른 감흥도 없었다.

"하하. 성녀여, 어서 오십시오."

국왕이 기꺼운 얼굴로 다가와 인사를 한다. 그리고 국왕의 손짓에 무도회는 다시 재개되었다. 하지만 음악에 맞춰 춤을 추는 이는 거의 없었다. 음악만 흐를 뿐, 무도회장에 있는 사람들의 시선은 모두 포르시아를 향해 있었다.

"세이버 경, 춤 출 줄 아시나요?"

이니안의 손을 잡고 있던 포르시아가 나직이 물었다. 아무래도 자신이 무언가를 하기 전에는 이곳에 모인 사람들은 계속해서 자신만 바라볼 것 같았기 때문이다.

그녀의 말에 이니안이 깜빡했다는 듯 쓴웃음을 흘렸다. 원래 이런 것
은 남자가 먼저 하는 것이다.

포르시아의 말에 이니안은 포르시아의 손을 놓고 그녀의 맞은편에 섰다.

한쪽 무릎을 우아한 동작으로 꿇으며 앞으로 내미는 손.

"미흡하나마 저에게 공녀님과 처음으로 춤을 출 수 있는 영광을 내리
실 수 있으신지요?"

격식에 맞으면서도 아름답기까지 한 춤 신청이었다. 포르시아는 생긋
웃으며 이니안의 손을 잡는다.

"기꺼이."

두 사람은 손을 마주 잡고 홀의 중앙으로 나간다. 여전히 흘러나오는
왈츠의 음악에 맞춰 천천히 두 사람의 몸이 움직인다. 4분의 3박자의 음
악에 맞는 부드러우면서도 우아하고 아름다운 움직임.

모두들 그 모습을 넋을 잃고 바라보았다.

"자, 우리도 춤을 춰야지요. 이곳은 무도회장입니다."

국왕의 말에 그제야 정신을 차린 사람들이 하나, 둘 중앙의 홀로 나가
춤을 추었다.

하지만 단연 그 자리의 주연은 포르시아와 이니안이었다.

이니안과의 춤이 끝난 후 포르시아에게 춤 신청이 쇄도했다. 처음에는
감히 신청할 생각도 못하다가 용감한 누군가가 머뭇머뭇 어렵게 말을 꺼
내자 포르시아가 채 대답도 하기 전에 다른 이들도 너도나도 신청을 하
며 나섰다.

"몸이 좀 안 좋아서요. 조금 전의 춤을 마지막으로 하고 싶어요. 죄송
해요."

맑게 웃으며 말했지만 명백한 거절이다. 게다가 그녀의 얼굴에 은밀히

자리한 피곤이 조금 드러났다. 그 모습에 포르시아에게 춤을 신청했던 이들은 어깨를 축 늘어뜨리고 물러났다.

그러자 이번에는 귀족 영애들의 춤 신청이 이니안을 향해 쇄도했다.

"죄송합니다, 레이디. 저의 임무는 공녀님을 지키는 것이랍니다."

돌려 말했지만 역시 명백한 거절.

이번에는 귀족 영애들이 어깨를 축 늘어뜨리고 물러났다.

"흥, 웃기고들 있군."

그때 무척이나 불쾌하다는 듯한 목소리가 무도회장에 울렸다.

사람들의 시선이 소리가 들린 쪽으로 향했다. 그곳에는 술을 제법 마신 듯 얼굴이 벌겋게 변한 사내가 서 있었다.

"와, 왕자님."

그 곁에 있던 기사 차림의 남자가 당황해 그를 말리려 하였다.

"응? 왜 그래? 내가 무슨 틀린 말했어?"

기사의 말로 미루어 왕자인 듯 보이는 사내는 상당히 불쾌한 얼굴이었다.

그는 갈라히벤의 이왕자 라코스였다.

왕궁의 사정을 아는 사람들은 그를 불운의 이왕자라 불렀다. 본디 나이로는 일왕자였다. 단지 그보다 다섯 살 어린 동생이 왕비의 소생이었고 그 자신은 후궁 소생이다. 그는 공식적인 왕궁 행사의 자리에 나갈 일이 없었다. 국왕과 왕비, 그리고 일왕자만 있으면 충분했기에.

그래서 포르시아와 이니안을 보는 것도 이번이 처음이었다. 왕궁의 무도회이니 당연히 왕자인 그는 참가할 자격이 있었기에.

'왕자? 왕자라면 나이파 왕자 하나 아니었나?

지금까지 국왕이 소개한 왕자는 나이파 왕자가 전부였다. 그랬기에 이니안은 다른 왕자가 있을 것이라고는 생각도 못하고 있었다. 보통의 왕가에서는 자신의 가족을 모두 소개하였기에 갈라히벤도 그럴 것이라 생각했다.

하지만 갈라히벤은 왕궁의 공식적인 자리에는 항시 왕위 계승자만을 대동한다. 그 이외의 왕자나 공주는 무도회나 파티 같은 자리라면 몰라도 다른 공식적인 행사에는 모습을 드러내지 못하게끔 되어 있었다.

"이왕자이신 라코스 왕자님이십니다."

그때 근처에 있던 무마타가 이니안의 곁에 다가와 귓속말로 속삭였다. 그 말에 이니안은 더욱 놀랐다. 그가 보기에 일왕자라고 했던 나이퍄는 고작 열다섯 정도의 나이였다. 그런데 이왕자라는 자가 오히려 스물은 넘어 보였으니 이상할 만도 했다.

갈라히벤의 왕위 계승 순위를 몰랐기에 이니안으로서는 당연한 반응이다. 무마타의 귓속말을 이니안이 포르시아에게 나직이 전했다. 그 말에 그녀도 상당히 놀란 듯했다.

"네 이놈! 이 무슨 망발이냐!"

그때 메오루 국왕이 모습을 드러내며 라코스 왕자에게 호통을 쳤다.

"홍. 무슨 짓이긴요. 아바마마, 전 옳은 말을 한 것뿐입니다."

그의 대답에 국왕의 얼굴이 붉게 물들었다.

"예전부터 느꼈습니다만 이 나라는 미쳤습니다. 고작 덩치 큰 늑대를 하나 데리고 나타났다고 용자라느니 성녀라느니 하고 떠받든다니요. 말도 안 되는 일이지요. 킥킥킥!"

국왕은 몸을 휘청이며 뒷걸음질쳤다. 분노가 지나쳐 정신을 놓을 뻔한 것이다. 국왕은 차마 말을 제대로 꺼내지도 못했다. 그 정도로 극렬하게 분노한 것이다.

"네, 네놈이……."

라코스를 가리키는 국왕의 손가락이 부들부들 떨린다.

"홍, 제국의 공녀라는 계집이 성녀일리 없지 않습니까? 그저 커다란 늑대 한 마리가 따른다고 성녀라고 받들다니, 나라도 미쳤고 교단도 미쳤습니다. 킥킥킥!"

실성한 듯한 웃음이 이어졌다.

"여, 여봐라. 근위기사들은 무엇 하는가! 저놈을 당장 잡아다 내 앞에 꿇리지 않고!"

분노한 국왕의 노성이 터졌다.

그의 명령에 무도회장을 경호하고 있던 근위기사 셋이 라코스를 향해 다가갔다. 그때 반대편의 근위기사들이 움직이며 그들을 막았다.

"이게 무슨 짓이야?"

자신들의 앞길이 막히자 동료를 보며 짜증나는 듯 외쳤다.

푹.

대답 대신 들린 소리.

단검이 갑옷의 틈을 교묘히 파고들어 배에 박혀 있었다.

"이, 이게 무슨……."

단검에 찔린 기사는 동료의 검이 박힌 자신의 몸을 바라보며 믿을 수 없다는 듯 떨리는 목소리로 입을 열었지만 채 말을 끝맺지 못했다.

'좋지 않다.'

이니안은 대번에 뭔가 심상치 않은 분위기를 느끼며 포르시아의 곁에 바짝 붙었다, 무슨 일이 있어도 대응할 수 있도록.

현재 무도회장에 포르시아를 지킬 수 있는 사람은 자신 혼자였다. 다른 기사들은 모두 무도회장 밖에 있었다, 다프네 역시.

무도회장 안에 정적이 내려앉았다. 근위기사가 근위기사를 찔렀다. 그것도 국왕의 명령을 받은 근위기사를 찔렀다. 이것이 의미하는 것은 명백했다.

반역이다.

"이, 이게……."

국왕은 믿을 수 없다는 듯 떨리는 목소리로 말을 채 잇지 못했다.

"킥킥킥. 보시는 바 대로지요."

라코스는 기분 나쁜 웃음을 지으며 품에서 작은 병을 꺼내 그 안에 든 액체를 마셨다. 그러자 금세 벌겋게 변했던 얼굴색이 원래의 혈색을 찾았다.

"이거, 성녀와 용자의 존재는 믿지 않지만 이번만은 고마워해야겠군요. 이렇게 간단히 일을 끝낼 수 있게 되어서."

라코스 왕자의 눈이 번들거리는 살기를 뿜어낸다.

딱!

라코스 왕자가 손가락을 튀기자 무도회장을 둘러싸고 있는 여덟 곳의 문이 열리며 기사들이 우르르 쏟아져 들어왔다.

예상치 못한 갑작스러운 상황의 전개에 무도회장에 모인 사람들은 할 말을 잃었다. 모두 석상이라도 된 듯 꼼짝도 하지 않았다.

"이, 이게 어찌 된 일이죠?"

포르시아가 떨리는 목소리로 이니안에게 묻는다. 이니안의 팔을 움켜쥔 그녀의 손에 힘이 들어갔다.

"잘 모르겠습니다. 잠시 상황을 지켜봐야 할 것 같습니다."

"무, 무슨 일이 벌어지진 않겠죠?"

포르시아의 물음에 이니안은 쓴웃음을 지었다. 일은 이미 벌어졌다.

"걱정 마십시오. 공녀님은 무슨 일이 있어도 제가 지켜 드리겠습니다."

믿음직스러운 말이다. 포르시아의 몸이 잔잔히 떨린다.

"네, 네놈은 지금 네가 하고 있는 짓이 무슨 짓인지 알고 있느냐? 이,

이놈!"

"후훗. 당연히 알고 있습니다. 반역이지요. 실패하면 삼족을 멸한다는 반역이고 말고요."

국왕의 노성에 라코스 왕자는 여유로운 얼굴로 웃으며 답했다.

"대체 무슨 생각으로 이런 일을 저지르느냐? 네놈이 이런 짓을 벌이고도 무사할 것 같으냐!"

"당연하지요. 오늘 이 자리에서 왕위 계승권을 가진 이는 저를 제외하고는 모두 죽을 테니까요."

섬뜩한 말이다.

결국 그는 이 자리에 있는 자신의 혈족을 모두 죽이겠다는 것이었다.

"으, 으윽!"

라코스의 대답에 메오루 국왕은 뒷목을 잡으며 쓰러졌다.

"전하!"

주위에 있던 귀족 몇이 그를 향해 서둘러 달려간다.

충격에 온몸에 경련을 일으키면서도 국왕은 사나운 눈으로 자신의 아들을 노려보았다.

"크크크. 이 나라는 미쳤습니다. 무엇 하나 제대로 된 것이 없어요. 종교에 미쳐서는 국정은 그저 신의 뜻대로란 말만 외쳐대다니, 이곳은 인간들이 세운 나라이지 신의 나라가 아니란 말이지요."

갈라히벤의 정치 구조는 하나부터 열까지 모두 신의 말씀대로 이루어진다. 덕분에 국왕의 최고 자문 기관은 보아닌 교단이었다. 물론 대다수의 사람들이, 아니, 거의 모든 사람들이 보아닌의 신자였기에 큰 문제는 없었다.

하지만 세월이 흐르면서 서서히 불만의 싹이 터져 나오기 시작한 것이다.

불만은 지배층인 귀족에게서부터였다.

아이러니하게도 스스로의 능력으로 작위를 올려온 귀족들일수록 불만이 컸다. 자신의 능력으로 현재의 위치를 쟁취했건만 결국 모든 것을 결정하는 것은 보아닌 교단이었다. 때로는 왕이 꼭두각시가 아닌가 하는 생각이 들 정도였으니.

그런 세력들이 알게 모르게 오래전부터 규합했다. 그리고 그들이 선택한 그들의 지도자는 라코스 이왕자였다.

갈라히벤은 건국 이후 지금까지 왕가의 혈통이 끊긴 적이 없었다. 그랬기에 국민들의 정서상 왕가의 혈통을 끊고 나라를 뒤엎는다는 것은 상상도 할 수 없는 일이었다.

그때 나타난 적임자가 라코스 왕자인 것이다.

갈라히벤의 왕위 계승 서열은 보아닌의 가르침을 따른다.

보아닌 교단은 원칙이 일부일처제다. 그러므로 왕이 들인 후궁은 부인으로 인정하지 않는다. 당연히 후궁의 자식 역시 아무런 권한이 없다. 단지 이름만 있을 뿐인 것이다.

왕자라 불릴 뿐이지 왕자도 무엇도 아니었다. 왕의 부인이 아닌 자가 낳은 자식이기에 그랬다. 그는 정말로 존재하되 존재하지 않는 사람이었다.

물론 다른 나라도 후궁의 자식이 왕위 계승 서열에서 밀린다는 것은 알고 있었다. 하지만 이 정도는 아니었다. 그들은 그래도 왕자였고 왕자로서의 위엄과 권위, 권리, 책임이 있는 인간이었다.

하지만 라코스는 아니었다.

그는 그저 왕궁의 장식품에 불과할 뿐이었다.

우스웠다. 왕궁도 보아닌의 교단도 우스웠다.

일부일처제라 하면 아무리 왕이라 할지라도 부인은 왕비 하나로 한정했어야 했다. 이 땅의 보아닌 교단이라면 가능한 일이다. 왕 역시 보아닌의 신자라면 당연히 지켜야 할 일이었다.

하나 우습게도 왕은 그 교리를 지키지 않았고 또다시 우습게도 교단은 그런 왕의 행동을 눈감아준다. 벌써 오랜 세월 이어져 내려온 일이다.

그사이의 합의점. 그것이 왕자이되 왕자가 아닌 이들의 존재다, 그저 왕궁의 장식품으로 전락해 평생을 살다가 죽는 운명.

그런 그들의 한이 절절히 이어져 내려와 결국은 라코스에게서 터진 것이다. 더군다나 보아닌 교단의 강대한 힘에 불만을 품은 세력들이 접근해 왔다.

때가 맞았다. 그들은 손을 잡았다.

"어떻습니까, 국왕 전하? 크크크."

라코스의 설명에 무도회장의 모든 이들은 경악에서 빠져나오지 못하고 있었다.

물론 교단에 불만을 가진 세력이 있다는 것은 다들 어렴풋이 알고 있었다. 하지만 이런 식으로 일을 벌이는 것이 가능할 것이라고는 상상도 하지 못했다.

"물론 우리도 이렇게 기회가 빨리 오리라고는 생각 못했습니다. 적어도 5년은 더 준비를 해야 할 것이라고 생각했지요."

라코스의 눈이 포르시아를 향한다.

"그런데 성녀님이 등장해 주시더군요. 그래서 이 나라는 다시 한 번 미쳤지요. 교단의 힘에 반발하려고 일어났는데 교단 제일의 상징에게 도움을 받게 되다니. 이래서 세상은 재미있는 거지요. 후후후."

"그, 그게 무슨 말이냐?"

"세상에, 성녀가 나타났다고 나라는 흥청망청거립니다, 신의 축복이라고. 그리고 성녀가 죽을 뻔했다고 왕궁 기사단의 전력 대부분을 풀어 그 암살자를 찾게 하다니요. 덕분에 왕궁은 텅텅 빈 것이나 다름없게 되었죠. 근위기사들을 남기고 대부분 왕궁 밖으로 나갔으니까요. 그리고 근위기사의 칠 할은 이미 제게 포섭된 상태입니다."

그 말이 끝나자 근위기사들 중 대부분이 라코스 왕자 주위로 이동했다.

"어, 어찌."

그 모습에 국왕은 믿을 수 없다는 듯 고개를 세차게 저었다.

"이들이 이 왕국에서 가장 능력있는 기사들이니까요. 하지만 대접은 항상 신전 기사 다음이었지요. 그러니까 불만이 쌓일 수밖에요. 아무리 보아닌의 신자라고 하더라도 말입니다. 종교만큼이나 우리나라를 지배하는 사상. 그것은 능력주의입니다. 능력이 자신보다 뒤처지는 이들보다 못한 대우를 받으니 당연히 불만이 쌓이지요. 적어도 동등하게는 대우해 줬어야 했습니다. 그렇다면 보아닌에 대한 신앙으로 어느 정도 납득할 수 있었겠지요."

라코스 왕자의 설명에 몇몇 근위기사들이 고개를 끄덕였다.

"왕도의 관심이 모두 성녀와 용자에게 쏠린 덕에 준비를 쉽게 할 수 있었습니다. 게다가 이렇게 왕도의 고위 귀족들과 왕족들이 모두 모이는 무도회라니, 이런 기회를 놓친다면 제가 바보지요."

라코스는 의기양양한 웃음을 지었다.

"크으. 네놈, 네놈이 생각한대로 될 것 같더냐! 이 자리에 계신 용자님이 널 용서하지 않으실 것이다!"

국왕의 분노한 외침에 사람들의 시선은 모두 이니안을 향했다. 그들의 안색은 눈에 띄게 밝아져 있었다. 너무나 갑작스러운 일에 그들은 이 자리에 이니안이 있다는 것조차도 잊고 있었던 것 같았다.

'후우. 결국 이렇게 되는군. 쓸데없는 일에 엮이다니.'

솔직히 이니안은 나서고 싶지 않았다. 지금 상황에서 포르시아를 지킬 수 있는 사람은 자신 혼자였다. 그런데 자신이 저들을 상대한다면 누가 포르시아를 지킨단 말인가. 게다가 이 사람들 사이에 다크 크리스의 어새신이 섞여 있지 말란 법도 없었다.

아니, 이니안의 걱정대로 미르는 이 사이에 섞여 있었다.

'호호호. 의외의 기회가 찾아왔는걸. 무도회라 경계가 느슨해질 것 같아서 숨어들어 왔는데 말이야.'

기척을 완전히 지우고 천장에 숨어 있는 미르는 기분 좋은 듯 웃고 있었다. 이니안 근처에 간다는 위험을 감수해야 했지만 은신의 로브의 능력을 믿고 모험을 했다. 과연 은신의 로브는 훌륭해 이니안도 자신의 기척을 감지하지 못했다.

'이럴 줄 알았으면 그때도 더 가까이 가는 건데.'

이니안의 괴물 같은 능력에 아티팩트의 능력을 신뢰하지 못했던 지난번을 후회했으나 곧 털어버렸다. 지금은 포르시아에게 집중할 때다.

"흥. 용자라는 것도 어차피 당신들이 만들어낸 환상에 불과할 뿐입니다."

라코스는 로레인과 이니안의 대련을 보지 못했다. 그만이 아니라 반란에 가담한 귀족들과 근위기사들 역시 모두 보지 못했다. 그때 그들은 반역을 일으킬 준비로 바빴던 것이다. 사람들은 모두 이니안의 대련에 정신이 쏠려 그들이 모습을 보이지 않아도 아무도 의심을 하지 않았기에 더없이 좋은 기회였던 것이다.

그 이후 그 대련에 대한 소문을 들었으나 믿지 않았다. 소문은 과장되기 마련이다. 그리고 소문이 어느 정도 사실이라 할지라도 라코스 왕자는 믿는 것이 있었다.

사람들은 그를 꼭두각시 장식품으로만 생각했을지 몰라도 그는 능력이 있었다. 누구도 그에게 관심을 가지지 않았기에 그 능력을 몰랐을 뿐.

'저 녀석, 상당히, 아니, 무척 강하다.'

그제야 이니안은 라코스 왕자를 제대로 살폈다. 이제까지는 흘러가는 상황을 지켜보느라 제대로 신경을 쓰지 못했던 것이다.

'뭐, 좋아. 차라리 잘 됐어. 정리를 하고 이 나라를 떠날 구실을 만드는 것도 좋겠지.'

이니안은 나름대로 마음의 결정을 내렸다.

그때 그의 팔에서 떨림이 느껴졌다. 포르시아가 떨고 있었다. 어느새 라코스가 둘을 향해 살기를 쏘아 보내고 있었다.

"떨지 마십시오, 공녀님. 제가 지켜 드리겠습니다."

따뜻한 미소와 부드러운 말.

이니아의 말을 듣는 순간 포르시이는 기깃말처럼 자신의 몸의 떨림이 멎는 것을 느꼈다.

"세이버 경."

포르시아는 촉촉이 젖은 눈으로 이니안을 올려다본다. 자신을 마주 보는 이니안의 얼굴이 그렇게 믿음직스러울 수가 없었다.

"훗. 과연 그럴 수 있을까?"

라코스 왕자의 말에는 강한 자신감이 깃들어 있었다.

"홍, 네가 어찌할 수 있는 분이 아니다."

국왕을 비롯한 이 자리에 있는 대부분의 귀족은 이니안의 실력을 직접 목격했다. 그랬기에 이니안에 대한 믿음은 대단했다.

"겨우 사이몬 가의 여자 소드 마스터를 꺾은 것 가지고 말입니까? 그딴 여자는 저도 꺾을 수 있습니다."

라코스 왕자의 말에 이니안의 눈썹이 꿈틀했다. 인연을 끊었다고 했지만 그래도 자신이 태어난 가문이다. 게다가 로레인은 자신의 누나다. 가문이 모욕을 당했다. 누나가 모욕을 당했다.

"우우."

"어, 어떻게."

언제 검을 뽑아든 것일까? 사람들은 라코스 왕자가 검을 들고 있는 모습에 놀랐다.

아니, 정확히는 검을 감싸고 있는 보랏빛 광채에 경악했다.

그것은 분명 오러 블레이드였다.

"이것을 할 줄 알면 소드 마스터라고 한다죠?"

라코스 왕자가 웃는다.

"당신들은 경배할 줄만 알지 찾아 익힐 줄을 모르더군요. 하지만 난 알고 있습니다. 그 차이이죠. 왕궁 도서관. 그곳에서 전 보물을 찾았습니다. 용자 테무이의 검법서를 찾았으니까요."

사람들이 술렁인다.

라코스 왕자가 한 말의 파장이 컸다.

그럴 수밖에 없는 것이 용자 테무이는 갈라히벤 역사상 출현한 용자들 중 가장 강했던 용자라고 알려진 인물이다. 지금도 용자 중의 용자로 전설이 되어 그의 이야기가 전해져 오고 있다.

'역시, 대강 예상은 했지만 이거 골치 아프군.'

이니안은 한쪽 머리가 지끈거렸다.

라코스 왕자가 소드 마스터라는 것은 어렴풋이 느끼고 있었다. 하지만 로레인보다는 많이 약했다. 카르세온보다 조금 강한 정도? 그 정도 실력으로 보인다. 하지만 현재 자신은 혼자다. 게다가 포르시아를 지켜야 한다. 일이 상당히 어렵게 꼬이고 있었다.

"이제야 당신들의 어려움을 알겠군요."

이니안은 낮게 중얼거린다. 새삼 아버지와 형이 얼마나 힘든 일을 해내고 있는지 깨달은 것이다.

"네?"

혼잣말을 포르시아가 들은 듯하다.

"아니요. 그냥 혼잣말입니다."

이니안은 미소를 지으며 대답했다. 지금 포르시아는 잔뜩 신경이 곤두선 상태다. 조금이라도 안심시키려면 이렇게 웃어줘야 한다.

"자아, 용자님. 어떻게 하시겠습니까? 이 자리의 이분들은 당신만 믿고 있는 것 같습니다만. 아, 이런, 아직 인사도 제대로 드리지 않았군요. 갈라히벤 왕국의 이름만 왕자인 왕자, 라코스라고 합니다."

라코스의 입가에 떠오른 비웃음. 그는 이니안의 실력을 믿지 않았다. 그는 테무이의 검법서를 보았기에 알았다. 용자란 고대의 검법서를 우연히 손에 넣은 인물이었지, 결코 신의 축복을 받은 자가 아니었다.

신의 축복을 받은 용자는 없다. 그는 그렇게 믿었기에 갈라히벤 사람이라면 누구나 경배하는 용자 앞에서 당당할 수 있었다.

"난감하군요. 공녀님을 위해 열린 무도회에서 왕자의 반란이라니요."

이니안은 라코스를 마주보며 웃었다.

"죄송합니다. 하지만 저에게는 더없는 기회라서요. 어쩔 수 없었습니다. 아니, 당신들 덕에 이런 기회를 얻었으니 오히려 감사하고 있다고 할까요?"

라코스의 얼굴에 살기가 어렸다.

"자, 이 자리의 여러분들께서 당신께 기대를 가지고 있는 듯한데 어찌 하시겠습니까?"

라코스는 보랏빛 오러가 넘실거리는 검을 곧추세웠다. 검의 끝은 정확히 이니안의 미간을 향하고 있다.

포르시아의 손을 잡은 채 이니안은 한 발 앞으로 걸음을 옮겼다. 자신의 몸으로 포르시아의 몸을 완벽히 가린 것이다.

"나의 임무는 공녀님을 지키는 것이랍니다."

얼굴은 웃고 있었지만 아무런 감정이 없는 말이었다.

"호오. 그럼 성녀라 불리는 저분께 폐만 끼치지 않는다면 오늘 이곳의 일에는 상관하지 않으실 거라는 말씀으로 받아들여도 될까요?"

라코스의 얼굴에 은근한 웃음이 떠오른다. 솔직히 그로서도 이니안은 부담스러운 상대다. 자신이 직접 보지는 않았지만 대륙에 그 명성을 떨치는 사이몬 가의 소드 마스터를 꺾은 것은 분명 사실이다. 그 자신도 그정도 일은 자신있지만 그것은 어디까지나 일 대 일의 결투 상황.

지금처럼 병력을 동원해 다수의 사람을 제압하는 데 있어 이니안의 존재는 여간 성가신 것이 아니었다.

"어, 어떻게……."

이니안과 라코스의 대화에 곳곳에서 실망한 음성이 새어 나왔다.

용자만 믿고 있었건만 그 용자가 자신에게 해를 끼치지 않으면 상관치 않겠다니.

"세이버 경……."

이니안의 손을 꽉 잡은 포르시아가 안타까운 음성으로 그에게 속삭인다. 그녀도 이니안의 임무는 지금 상황에서 자신을 안전하게 지키는 것이라는 것은 잘 안다. 하지만 갈라히벤에 와서 얼마나 많은 것들을 받았던가.

비록 그녀 자신이 의도한 것은 아니라 할지라도 이들이 자신에게 보여준 그 정성과 경의들을 생각할 때 절대 이렇게 해서는 안 되는 일이었다.

어쨌든 자신과 이니안은 이들에게 있어 성녀요, 용자였다. 그런 이상이 상황에서 자신들만의 안위를 돌본다는 것은 말도 안 되는 일이었다.

"저는 상관말고 국왕 전하를 도와주세요."

가녀린 목소리. 포르시아의 손을 쥔 이니안의 손에 힘이 들어간다. 그도 그럴 수만 있다면 그러고 싶었다. 하지만 스스로 다짐하지 않았던가. 무슨 일이 있어도 포르시아만은 지키겠다고. 반드시 그러하겠다고.

"저의 임무는 공녀님을 지키는 겁니다."

무뚝뚝한 목소리. 이니안의 얼굴에서 표정이 사라졌다. 무표정한 얼굴이다. 무슨 생각을 하는지 알 수 없는 얼굴이다.

다른 이들은 이니안과 포르시아의 대화를 듣지 못했다. 하지만 오직 한 사람만은 들었다. 소드 마스터의 능력으로 범인의 한계를 초월한 청력을 가진 라코스, 그였다.

"탁월한 선택이십니다. 과연. 이 상황에 방해만 하지 않으신다면 왕자의 이름을 걸고 두 분의 안전을 보장하지요."

승리자의 미소였다. 이제 이 공간에서 자신을 막을 가능성을 지닌 이는 아무도 없다는, 그래서 자신의 한 판의 도박이 성공으로 돌아갔음을 확신하는 미소다.

이니안은 딱딱하게 굳은 무표정한 얼굴로 그런 라코스의 미소를 지켜볼 뿐이다.

"요, 용자님……."

라코스의 말에서 마지막 희망이 사라졌음을 깨달은 이들의 허탈한 목소리가 울려 퍼진다.

"생각 같아서는 지금 당장이라도 이곳을 떠나실 수 있게 해드리고 싶습니다만, 그렇게 했다가 혹시라도 성녀님의 안전이 확보되면 용자님의 마음이 바뀔까 걱정이 되어서 말입니다."

라코스의 뜻은 명백했다. 자신의 반역이 성공할 때까지 이니안이 움직이지 못하도록 포르시아를 인질로 잡고 있겠다는 것이었다.

"사실, 저도 성녀님을 해치고 싶지 않답니다. 성녀님은 제국의 공녀이시자 앞으로 황태자가 되실 1황자 저하의 약혼녀이신 분. 이곳에서 혹시라도 해를 입으시게 했다가 우리 왕국에 미칠 그 후환이 두렵지 않을 리 있겠습니까?"

라코스는 시종일관 여유를 보였다. 그의 눈에는 이미 반역은 성공했다라는 여유가 가득했다. 반면 국왕의 눈에는 어느새 체념의 빛이 어리고 있었다.

"하아, 결국 이렇게 된 단 말인가. 다 나의 부덕이니라."

모든 것을 포기했다는 국왕의 음성. 그의 말에 라코스의 시선이 그를 향한다.

"아바마마, 그것은 아닙니다. 비단 후궁의 왕자들이 이런 대접을 받은 것은 저만이 아닙니다. 갈라히벤의 역사에 묻힌 수많은 왕자들 또한 그랬습니다. 그 한이 쌓이고 쌓여 저를 통해 터져 나온 것뿐입니다. 절대 아바마마의 부덕이 아니지요. 단지 아바마마께서는 운이 없으셨을 뿐입니다. 제가 아바마마의 아들로 태어났다는 것이 불운이었을 뿐이지요."

라코스의 말에 국왕의 눈이 떨렸다. 자신은 어이해 아들의 저런 심사를 알아차리지 못했던 것일까? 어이해 아래에서 있었던 불순한 움직임을 사전에 알아차리지 못했던 것일까?

후회가 몰려왔다.

이런 지경으로까지 상황이 악화될 때까지 조금도 주변에 주의를 기울이지 않은 자신의 안일함에 후회와 분노가 몰려왔다.

"그래, 그랬던 것이더냐? 나의 잘못이 아니라고? 아니다. 나는 왕으로서 왕의 책무를 다하지 못했구나. 그것이 곧 나의 부덕이니라."

체념을 하고 모든 것에 대한 미련을 버렸기에 얻은 위엄일까? 라코스가 그 야욕을 드러낸 이후 처음으로 메오루 국왕은 국왕다운 위엄을 내

보였다.

"세이버 경."

포르시아가 다시 한 번 더 이니안을 불렀다. 조금 전과는 달랐다. 목소리가 떨리지 않았다. 아니, 어떤 결심을 한 듯 비장함이 담겨 있었다.

"네. 말씀하십시오, 공녀님."

"국왕 전하를 도와 반역도들을 물리쳐 주세요. 이건 명령입니다."

단호했다. 그녀의 두 눈은 스스로 품은 결심으로 비장하게 빛났다.

"따를 수 없습니다."

이니안은 간단하게 대답했다.

"명령이라고 했습니다."

"공녀님의 명령이 공녀님의 안전을 해칠 위험이 있다고 판단될 때 전 그것을 거부할 권리가 있습니다."

딱딱한 목소리다. 더 이상 포르시아가 아무런 말도 못하게 하기 위함일까? 늘 포르시아에게 말할 때의 그 자상한 목소리가 아니었다.

"알고 있어요. 알고 내리는 명령입니다."

포르시아도 결코 물러서지 않았다. 이니안은 등 뒤의 포르시아에게서 느껴지는 서릿발과도 같은 기세에 그녀의 결심의 크기를 짐작할 수 있었다.

"따를 수 없습니다."

하지만 이니안이 할 수 있는 대답은 한 가지였다. 이 자리에서 포르시아를 위험에 처하게 할 수 없었다.

아직도 라코스는 보랏빛 오러 블레이드가 넘실거리는 검을 자신을 향해 겨누고 있다. 자신이 조금이라도 움직이려 한다면 그 검은 자신이 아닌 포르시아를 표적으로 삼아 그 날카로운 이빨을 들이댈 것이다.

"세이버 경, 어쩔 수 없군요."

포르시아의 목소리가 조금 변했다. 그때 이니안의 머리를 스치는 장면. 그것은 포르시아가 취한 행동은 아니었다. 로즈가 카르세온을 앞에 두고 취한 행동이다. 왜인지 알 수 없었지만 그때 일이 이니안의 머리를 스치고 지나갔다.

단검을 자신의 목에 대고 카르세온을 위협하던 로즈.

그때 일을 떠올린 순간 포르시아의 자유로운 오른손이 그녀의 드레스 품으로 향했다. 이니안은 포르시아를 잡고 있던 왼손을 놓고는 재빨리 뒤돌아 그녀의 양손을 붙잡았다.

이니안의 갑작스러운 움직임에 라코스가 움찔 반응을 했으나 그 결과가 자신을 등지고 포르시아의 양손을 잡는 것이기에 곧 검을 움직이던 팔을 멈췄다. 그리고 다시 이니안을 겨냥한 채 그 둘의 모습을 지켜보았다.

"이게 무슨 짓인가요?"

포르시아의 목소리가 날카로워졌다.

"공녀님께서 하시려는 무모한 짓을 말리기 위한 것입니다."

"뭐라구요?"

"언제 품속에 단검을 넣어 오셨습니까?"

이니안의 말에 포르시아의 얼굴에 당혹스러움이 어렸다. 아무도 모르게 혹시나 하는 마음에 호신용으로 챙겨 온 것이다. 사실 그녀는 영지를 떠난 후 줄곧 품에 단검 한 자루를 가지고 다녔다. 비록 싸울 줄은 모르지만 만약의 사태에 혹시라도 모를 대비를 하기 위한 것이었다.

"어, 어떻게 그걸……."

포르시아의 목소리에서 조금 전의 날카로움은 사라졌다. 그 자리를 대신하는 당황스러움이 가득할 뿐이다.

"후우. 역시."

이니안은 한숨을 쉰다.

"공녀님. 이제는 자신의 몸을 담보로 하는 그런 위험한 행동은 하지 마십시오. 당신 스스로를 세상 그 무엇보다도 소중히 여기세요."

너무나 당황스러운 상황에 포르시아는 이니안이 '이제는'이라고 말한 것을 알아차리지 못했다.

"공녀님, 공녀님 스스로를 가볍게 내던져서는 안 됩니다."

이니안은 두 손을 맞잡고 포르시아를 마주한 채 가만히 그녀를 내려보았다.

포르시아는 고개를 들어 이니안을 올려다본다.

두 사람의 시선이 허공에서 얽힌다.

포르시아의 눈이 촉촉하게 젖어들었다.

이니안의 두 눈에 안타까움이 가득 차오른다.

"하, 하지만, 이렇게라도 하지 않으면… 세이버 경은 움직이지 않을 거잖아요."

당황스러움에 멈춰 있던 포르시아의 의식이 움직이기 시작했다.

"그렇게 하신다 하더라도 움직이지 않을 겁니다. 공녀님께 무례를 범해 공녀님을 제압하는 한이 있더라고 말입니다."

"그, 그런……."

포르시아의 시선이 바닥으로 향한다.

그랬다.

이니안 정도의 실력자라면 자신과 이렇게 가까이에 있는 상황에서는 자신이 목에 들이대는 단검을 빼앗는 것은 정말이지 손쉬운 일일 것이다. 조금 전에는 채 단검을 꺼내기도 전에 양손을 잡히지 않았던가.

이니안은 천천히 포르시아의 두 손을 놓았다.

"무례를 범한 점 죄송합니다."

포르시아를 향해 한 쪽 무릎을 꿇은 이니안.

포르시아는 가만히 고개를 저었다.

"아니오. 어쩔 수 없는 일인걸요."

포르시아는 체념한 듯했다. 자신이 어떻게 발버둥을 쳐도 이니안은 움직이지 않을 것이다. 이니안의 임무는 자신을 지키는 것. 어떤 일이 있어도 자신을 최우선으로 생각하며 행동할 것이다.

이니안을 원망할 수도 없었다. 그는 자신의 임무에 충실하는 것이고 또한 포르시아 자신을 위하고 있었으니.

갈라히벤의 국왕과 귀족들에게는 무척이나 미안한 일이다. 또한 이 땅의 국민들을 마주할 수 없을 정도로 미안한 일이다.

그때 이니안이 몸을 일으켰다.

몸을 일으킨 이니안은 여전히 포르시아를 마주하고 있다. 단지 조금 전과 달라진 것이 하나 있었다. 그것은 그의 입가에 맺힌 미소다.

"명을 따르겠습니다."

그리고 이니안은 뒤돌아섰다.

갑자기 정반대로 돌변한 이니안의 행동에 그의 등을 바라보는 포르시아의 입이 커다랗게 벌어졌다. 대체 이것이 어찌 된 일인지 알 수가 없었다.

Chapter 4

그냥 잠시 이렇게 있어요

그냥 잠시 이렇게 있어요

"이런. 그 말씀은 저랑 대적하시겠다는 겁니까?"

이니안이 돌아서자 라코스는 곤란하다는 얼굴로 말했다.

"아무래도 그래야 할 것 같군요."

이니안은 미소를 지었다.

"혼자서 감당하실 수 있을까요?"

라코스는 여전히 자신만만했다.

"제가 혼자라고 한 적 있나요?"

검병에 손을 가져가는 이니안의 얼굴에는 미소 이외에 여유로움이 묻어나고 있었다.

"흐음. 아무리 둘러봐도 용자님을 도와줄 이는 보이지 않습니다만."

이니안을 향한 라코스의 검이 이니안의 움직임에 따라 조금씩 움직인다.

"칼그레이언, 나와라."

이니안은 작게 중얼거렸다.

우웅.

이니안의 중얼거림과 함께 공간이 떨리는 소리가 낮게 울렸다. 그리고 모습을 드러내는 한 남자.

흑발, 흑안에 차가운 얼굴을 한 귀공자가 이니안의 옆에 모습을 드러냈다.

"어, 어떻게……!"

갑작스러운 칼의 출현에 라코스는 당황했다. 갑작스레 나타난 이에게서 느껴지는 힘이 결코 작지 않았던 것이다.

"이, 이분은……."

당황하기는 포르시아 역시 마찬가지였다. 자신의 앞에 듬직하니 서 있는 또 하나의 등. 어디선가 본 듯한 모습이다.

"아, 그때."

이윽고 포르시아는 기억해 낼 수 있었다. 자신의 머리를 향해 떨어지던 단검을 순식간에 나타나 쳐내고는 나타날 때만큼 빠르게 사라졌던 사람, 바로 그 사람이었다.

"무슨 일이야? 한참 재미있는 이야기 중이었는데."

칼은 작게 투덜거렸다.

자신은 이니안과 계약으로 영혼의 안식처를 얻은 바, 이니안의 부름에 응할 의무가 있었다. 부름의 조건은 칼의 풀네임. 이니안은 그 조건에 따라 풀네임으로 그를 불렀다. 그리고 칼은 이니안의 부름에 따라 이리아와 메이린과 함께 한창 열띤 진법에 관한 토론 중 이렇게 갑작스럽게 불려온 것이다.

"주위를 보면 대강 알 것 같지 않아?"

이니안의 말에 칼은 그제야 주변을 둘러보았다. 그러고는 고개를 끄덕인다.

"과연. 혼자라 이거냐?"

"그래."

"보아하니, 반란이로군."

"눈치는."

"내가 보내온 세월이 얼만데."

"하긴."

"내가 할 일은?"

"공녀님을 지켜 드려. 그것 하나만 하면 돼."

"쳇. 생각보다 시시하군."

"나에게는 가장 중요한 일이다."

"알았어."

"원하는 만큼 힘을 사용해도 좋아, 이곳에서 공녀님을 지키는 동안은."

"그거 고마운 소리군."

짧고 간결하면서 빠른 대화.

주변의 사람들은 갑자기 나타난 흑발의 괴인과 이니안이 대화를 나누는 모습을 그저 멍하니 지켜보았다. 너무나 갑작스러운 변화에 상황이 어떻게 돌아가는지 알 수 없었던 것이다.

스르릉.

이니안이 검을 뽑았다.

"그럼. 잘 부탁드리지요."

이니안이 싱긋 웃었다.

"훗. 결국은 이것이 결론입니까? 저기 저분은 어떻게 갑자기 나타난 것인지 모르겠습니다만 어쩔 수 없지요."

라코스가 왼손을 치켜들었다. 그것이 신호였을까? 무도회장을 둘러싸고 있던 근위기사들이 움직이기 시작했다.

"자, 그럼 우리도……."

기사들의 움직임을 확인하고 다시 이니안에게 시선을 돌린 라코스는 하려던 말을 끝맺지 못했다. 왜냐면 그가 말을 해야 할 상대가 그곳에 없었기 때문이다. 이니안이 있던 자리를 차지하고 있는 것은 정체불명의 흑발의 귀공자뿐이었다.

"으악!"

"아악!"

"으윽!"

그때 라코스의 귀에 들려오는 비명 소리. 라코스의 목이 재빨리 돌아간다. 그리고 그의 눈에 들어온 광경.

이니안이 종횡무진 무도회장을 돌아다니며 자신의 편으로 돌아선 근위기사들을 베고 있었다. 애초에 그는 라코스를 상대할 생각이 없었던 것이다.

반역은 라코스 혼자서는 불가능하다. 우선 그의 손발을 먼저 베기로 한 것이다.

이니안이 라코스를 상대하는 동안 라코스 휘하의 근위기사들에게 이 자리의 귀족들이 해를 입을 수 있었다. 이니안은 우선 그러한 사태를 막기로 결정한 것이다.

"이익!"

이니안의 행동에 라코스의 두 눈에 불이 붙었다.

"그렇게 나왔단 말이지."

라코스의 검에 맺힌 오러가 활활 타올랐다.

"이얏!"

라코스는 포르시아를 향해 쇄도했다. 이니안이 목숨보다 중요하게 여기는 성녀. 그녀를 베면 이니안의 행동을 멈출 수 있을 것이다. 눈앞의 존재는 흑발의 괴인은 거추장스러울 뿐이다. 단번에 같이 베리라.

라코스는 검을 크게 휘둘렀다. 모든 것을 그 한 번에 베어버리겠다는 의지의 참격.

챙!

요란한 소리와 함께 라코스는 자신의 손에서 느껴지는 아릿한 통증에 전면을 주시했다.

반투명한 막이 흑발 괴인과 성녀를 감싸고 있었다.

"마, 마법사였나? 젠장."

분명 방어 마법일 것이다. 그것이 자신의 검을 막은 것이다. 예상치 못한 상황에 라코스는 당황했다.

"으악!"

"아아!"

그 사이에도 이니안은 착실히 근위기사의 수를 줄여 나가고 있었다. 이니안이 검을 한 번 휘두르면 꼭 한 번의 비명이 터지면서 한 명의 기사가 행동 불능의 부상을 입고 쓰러졌다.

이니안의 검은 간결하고 깔끔했으며 정확했다.

"제, 젠장. 좋아. 누가 이기나 해보자!"

라코스는 이를 악 물었다. 그리고 온몸의 마나를 몽땅 검으로 밀어 넣었다. 검에 맺힌 보랏빛 오러는 이제 보랏빛 불꽃이라도 된 듯 더욱 거세게 활활 타올랐다.

챙! 챙! 챙!

라코스가 마법의 방어막을 향해 검을 휘두를 때마다 요란한 소리가 울렸다. 라코스는 쉬지 않고 검을 휘둘렀다. 이니안이 자신의 부하들을 모두 제압하기 전에 먼저 성녀의 신병을 확보해야 했다. 그래야 저 거침없는 용자를 멈춰 세울 수 있었다.

챙! 챙! 챙!

다시금 라코스의 검이 휘둘러졌다.

이니안은 자신을 향해 날아오는 세 개의 검을 마령보의 방위를 밟으며 간단하게 피했다. 몸을 핑그르르 돌리며 내뻗는 그의 검에 가장 앞서 달려오던 기사의 양 발목에서 피가 솟구쳐 오른다.

"으윽."

짧은 신음과 함께 쓰러진 그는 일어서려고 용을 썼지만 발에 힘이 들어가지 않아 일어서지를 못했다. 발에 힘을 전달하는 힘줄을 잘랐기에 그는 더 이상 제대로 뛰지 못할 것이다. 제대로 치료를 하고 노력한다면 보통 사람처럼 걸을 수 있게는 되겠지만 그것이 한계다.

쓰러진 기사를 뒤로하고 다시 번쩍이는 검날에 그 뒤의 두 기사도 무릎을 꿇었다. 이니안은 그들에게 눈길 한 번 주지 않고 다시 빠르게 움직였다.

정신없이 몰아쳐야 했다. 그래야 이들이 자신에게 집중한다. 혹시라도 귀족이나 왕족, 또는 국왕을 공격하는 일이 생기면 낭패다. 이니안은 라코스 왕자 쪽에 붙은 근위기사들이 정신을 차리지 못하도록 빠른 속도로 그들을 베면서 지나갔다.

그사이 라코스가 포르시아를 공격하는 소리를 들었으나 무시했다. 일만 년의 세월을 살고 자연으로 돌아가기를 거부하고 영혼으로 남은 태고룡 칼그레이언이 지키고 있다. 그가 아무리 소드 마스터라고 하더라도 뚫을 수 있을 리 없었다.

라코스는 자충수를 두었다. 포르시아를 잡으려 하기보다는 이니안을 막았어야 했다. 물론 그가 막는다고 그를 상대할 이니안이 아니었다. 이니안은 어떻게든 라코스를 피해 근위기사들을 제압하려고 했을 것이다. 하지만 라코스가 끼어들면 지금처럼 무서운 속도로 근위기사들을 제압하지는 못했을 것이다.

그랬다면 근위기사들이 지금처럼 우왕좌왕하지 않았을 것이고 어쩌면 국왕의 목숨을 취할 수 있었을지도 모른다.

하지만 갑작스러운 상황에 당황한 라코스는 거기까지 생각할 여유가 없었다. 지금 현재 그는 어떻게든 성녀를 사로잡아 이니안의 폭주를 막아야 한다는 생각밖에 없었다.

"쯧쯧. 그런다고 이 실드가 깨질 것 같은가? 앱솔루트 실드라는 9서클의 방어 마법일세. 아무리 소드 마스터라도 혼자서 이 실드를 깨는 것은 불가능하지."

칼은 사력을 다해 실드에 부딪쳐 오는 라코스의 모습에 어림없다는 듯 말했다.

"혈화만천!"

그때 터져나온 이니안의 우렁찬 목소리.

이니안의 검이 사방으로 뻗어나갔다. 검끝에 점점이 맺히는 핏빛 꽃. 그 끝은 근위기사들을 향했다.

"우아아아악!"

그걸로 끝이었다.

그 한 번의 공격에 무도회장을 포위하고 있던 근위기사들은 모두 쓰러졌다.

말도 안 되는 광경이다.

두 눈으로 보고도 믿을 수 없는 광경이다.

그 모습에 라코스는 검을 늘어뜨렸다. 검은 여전히 오러가 타오르고 있었지만 처음에 비해 많이 사그라져 있었다.

"말도 안 돼! 저런 피어스 브레이크라니……!"

"오오, 용자시여!"

상반되는 말소리.

한 번의 공격으로 상황은 완전히 뒤바뀌었다.

이제는 라코스 왕자가 혼자였다.

"정녕 용자는 존재한다는 것인가……."

정신이 들었다. 이제껏 당황해서 제정신이 아니었는데 우습게도 혼자가 되니 제정신이 돌아왔다. 라코스는 자신이 마지막에 둔 자충수를 떠올렸다.

"빌어먹을. 일이 너무 쉽게 풀렸어."

"세상일은 쉽지 않은 법이지요."

근위기사들을 모두 정리한 이니안이 라코스에게 다가오며 웃었다.

라코스는 여전히 여유로운 얼굴로 서 있는 칼이 만들어낸 마법 실드를 힐끗 보았다.

"퓨리 오브 헬 파이어!"

커다란 외침과 함께 휘둘러진 검.

검끝에서 보랏빛 오러가 성난 파도와 같은 불꽃으로 변해 뿜어져 나갔다.

차르르르.

오러와 부딪친 실드에서 울리는 소리.

칼은 당황한 얼굴로 눈앞의 사내를 바라보았다.

지금껏 무수히 두드리기만 하던 실드를 단번에 깨버렸다.

칼은 곧 정신을 차리고 다시 실드를 만들었다. 이번에는 두 겹이었다.

"크크크크. 진작 이렇게 했어야 했는데. 내가 뭐에 홀려 그렇게 바보 같은 행동을 했지?"

단 한 번 펼친 라코스의 피어스 브레이크에 칼이 만들어낸 실드가 순간이지만 깨졌다. 그는 한 겹의 실드를 깰 능력이 있었다. 하지만 갑작스러운 상황에 스스로 패배하는 길로 들어서 버린 것이다.

"정말 놀랍군요. 그 정도까지의 힘이라니."

이니안은 순수하게 감탄했다. 피어스 브레이크만의 위력이라면 카르세온을 압도했다.

"네 덕이지, 이니안 세이버. 크크크. 이런 식으로 방해를 받다니 말이야."

"뭐, 틀린 말은 아닙니다만. 저는 절반의 원인밖에 되지 않을 것 같군요. 당신의 능력이라면 제가 이렇게 끼어들었더라도 충분히 원하는 바를 이루었을지도 모르겠습니다. 단지 갑작스러운 상황에 대응하는 당신의 임기응변이 부족했을 뿐입니다."

"젠장. 그게 맞는 말이라는 게 나를 더 아프게 하는군."

라코스는 모든 것을 포기한 듯했다.

눈앞에 용자라 칭하기에 부족함이 없는 기사가 있었고 뒤에는 오러 블레이드는 우습게 막아내는 실드를 간단히 만들어내는 마법사가 있다. 그리고 자신의 편으로 포섭하지 못한 근위기사들은 국왕을 둘러싼 채 살기 가득한 눈으로 자신을 노려보고 있었다.

자신은 이제 혼자였다.

반역은 실패했다.

"후우. 운이 나쁘신 분인 줄 알았는데 행운은 가지고 계시는군요, 아바마마. 이 상황에서 전설의 용자가 함께 있었다니요."

국왕은 아무런 말도 하지 않았다. 그저 엄한 눈으로 자신의 아들을 바라보았다. 결국 상황이 이렇게 된 것은 자신의 잘못이라 여기는 국왕이었다.

"당신의 잘못 중 하나는 제 실력을 간과했다는 것입니다. 로레인 케이 사이몬 경과의 대결, 당신은 그것을 봤어야 했습니다. 그랬다면 제 실력을 파악할 수 있었을 테고 제가 있는 곳에서 반역을 일으키는 실수는 하지 않았겠지요."

이니안의 말에 라코스는 싱긋 웃었다.

"분명 그것도 있겠군. 가장 먼저 성녀를 제압했어야 했어, 어떤 위험을 감수하더라도."

라코스의 얼굴에 잠시 잠깐 후회가 스치고 지나갔다.

"뭐, 이미 지난 일. 어쩔 수 없지. 반역은 실패다."

라코스는 자조적인 목소리로 중얼거렸다.

"하지만."

이니안을 향하는 라코스의 두 눈이 타올랐다.

"당신의 실력은 지금이라도 확인해 봐야 할 것 같군."

라코스의 검에 어린 오러가 다시금 활활 타오른다.

"기꺼이."

이니안은 웃으면서 검을 곧추 세웠다. 그리고 이 자리에서 검을 뽑은 후 처음으로 이니안의 검은 푸른빛 청광의 오러를 피워 올렸다.

무도회장에 침묵이 감돌았다.

모든 시선은 이니안과 라코스의 검끝을 향해 있다.

"이얍!"

"타핫!"

두 개의 기합성과 함께 두 검은 부딪쳤다.

우우웅!

오러와 오러가 부딪치며 내는 요란한 울림.

두 사람은 곧 거리를 두고 떨어지는가 싶더니 다시 맞붙었다. 조금 전과 다른 점이라면 절대 인간의 눈으로는 쫓을 수 없을 정도로 빠르게 검을 움직인다는 것이다.

라코스가 검을 수평으로 휘두르는 순간 이니안은 한 발 뒤로 물러나 검의 간격에서 벗어났다가 활이 튕기듯 앞으로 쭈욱 쇄도해 검을 찌른다. 라코스는 반보 옆으로 움직이며 몸을 유려하게 회전시켜 이니안의 검을 피하면서 자신의 검을 밑에서부터 이니안의 다리를 노리며 올려 친다.

이니안은 자신의 검을 내려치며 라코스의 검을 막는다. 그리고 그때의 반동으로 몸을 솟구치는가 싶더니 순식간에 라코스의 시야에서 사라졌다.

라코스가 주위를 경계하는 사이 갑자기 뒤에서 튀어나오는 검. 라코스는 앞으로 황급히 구르며 이니안의 검을 피한다. 몸을 일으키자마자 전력을 다해 세로로 검을 그어 내리는 라코스. 라코스를 쫓아 들어오던 이니안은 검을 들어 라코스의 공격을 막는다.

우우웅!

다시 한 번 울리는 요란한 소리.

하지만 그 소리가 끝나기도 전에 두 사람의 몸은 각기 다른 방향으로 튀어나간다. 그리고 다시 부딪친다.

이니안이 마령보의 방위를 밟으면서 몸을 어지러이 흔든다. 그러자 여러 명의 이니안이 검을 들고 나타난다.

마령환신(魔靈幻身).

마령보의 수법 중 분신을 만들어내어 적을 현혹시키는 수법이다.

"쳇!"

라코스의 눈에 어느 하나 이니안이 아닌 자가 없었다. 진짜는 가짜 속에 완벽하게 숨어들었다.

"그렇다면 모조리 쓸어버리면 그만이지."

자신을 향해 검을 휘두르며 다가오는 수많은 이니안.

라코스의 검이 또다시 크게 타올랐다.

"댄스 오브 헬 파이어!"

라코스의 검이 어지러이 움직인다. 라코스의 검이 지나간 자리에 보랏빛 불꽃이 피어난다.

불꽃이 춤을 춘다. 지옥에서 튀어나온 보랏빛 불꽃이 춤을 춘다. 불꽃의 춤에 이니안의 환영은 하나하나 사라졌다.

챙!

오직 단 하나의 환영만이 자신을 태우려 달려드는 불꽃을 막았다. 환영이 아닌 것이다. 이니안의 실체였다.

"어떻게……."

이니안은 알 수 없다는 듯 중얼거렸다.

"후후후. 왜? 내가 두 개의 피어스 브레이크를 가진 것이 신기한가?"

이니안의 당황한 심정을 그대로 투영해 낸 물음이다.

그렇다.

한 사람은 오직 하나의 피어스 브레이크만을 사용할 수 있다. 이것은 대륙을 지배하는 상식이었다. 이 상식에 허용되는 예외는 오직 사이몬 가만이 유일했다.

그런데 이곳에서 라코스가 그 상식을 깼다.

사이몬 가의 사람이 아닌 자가 두 개의 피어스 브레이크를 사용했다.

"여러 개의 피어스 브레이크를 사용하는 것은 사이몬 가만의 전유물이 아니지. 전설의 용자 테무이 역시 여러 개의 피어스 브레이크를 사용했다. 그가 사용한 '헬 파이어'라는 검법, 그것은 고대의 검법이었어. 그리고 여러 개의 피어스 브레이크를 사용할 수 있는 방법이 기록되어 있지."

'고대의 검법서라……'

이니안은 자신의 가문의 검법 이외에 여러 개의 피어스 브레이크를 사용할 수 있는 검법이 또 존재한다는 사실을 처음 알았다. 얼마 전 메이린에게 듣고서야 비로소 알게 된 사실. 자신의 가문의 검법은 라칼트의 것이 아닌 다른 차원의 것. 그랬기에 여러 개의 피어스 브레이크를 사용할 수 있는 유일한 검법이었다. 그런데 고대에도 그런 검법이 존재했다니.

"크크크. 그럼 이것도 한 번 받아 보도록. 웨이브 오브 헬 파이어!"

커다란 외침에 이어져 라코스의 검에서 뻗어 나오는 지옥불의 파도. 주변의 모든 것을 쓸어버리겠다는 듯 엄청난 기세였다.

"만혼금쇄!"

이니안은 거기에 대항해 마령천참검의 수법을 펼쳤다. 사방으로 뻗어가는 검의 그림자. 그리고 검의 그림자는 너무나 자연스럽게 라코스의 검이 만들어낸 파도를 한 곳으로 몰아 감싸 안았다.

쾅!

피어스 브레이크와 피어스 브레이크의 충돌은 요란한 폭음을 만들었다.

"어, 어떻게!"

눈앞에 드러난 결과에 라코스는 황당하다는 얼굴이다. 상대도 역시 복수의 피어스 브레이크를 가지고 있었다.

"고대의 검법서가 하나만 남았을 리 없지 않습니까?"

일단 이니안은 자신이 사이몬 가의 사람이라는 것을 밝히기 싫었기에 지금 막 알게 된 고대의 검법서를 입에 담았다.

"큭큭. 그런 거란 말인가? 고대의 검법을 익힌 이가 용자로 나타나다니. 어쩌면 보아닌의 뜻이라는 것이 있는지도 모르겠군."

자조적인 웃음이다.

"그렇다면 어디 이것도 막아봐. 마지막 피어스 브레이크다."

라코스는 천천히 검을 중단으로 곧추세웠다. 차분하게 가라앉은 두 눈. 이니안을 노려보고 있다.

"디스트로이 오브 헬 파이어!"

커다란 외침과 함께 전력으로 쇄도하는 라코스의 온몸이 보랏빛 오러에 감싸였다.

"창천광휘!"

라코스의 피어스 브레이크에 대항하는 이니안의 피어스 브레이크. 아니, 정확히는 마령천참검의 제육초의 검법.

이니안의 몸은 푸른빛으로 완전히 감싸였다. 푸르게 빛나는 이니안의 손에서 뻗어 나온 검. 그 검에서 뻗어나가는 청광의 오러.

보랏빛 불꽃으로 화해 온몸을 던져 오는 라코스와 이니안의 손에서 뻗어나간 푸른빛이 부딪쳤다.

콰앙!

요란하지만 짧은 폭음.

그걸로 끝이었다.

언제 날아가 처박힌 것일까? 이니안이 서 있는 곳의 반대편 벽은 사람의 모양으로 함몰되어 있고 거기에 정확히 끼어 있는 라코스는 연신 검붉은 피를 토해내고 있었다.

이니안은 담담한 얼굴로 이미 오러가 사라진 검을 검집에 꽂았다.

"우와와와와와! 용자님 만세!"

그 모습에 무도회장은 이니안을 칭송하는 만세 소리로 가득 찼다.

"세이버 경."

담담히 라코스 왕자의 모습을 바라보던 이니안은 등 뒤에서 들린 포르시아의 목소리에 당황했다. 목소리만이 들린 것이 아니었다. 등에서 느껴지는 감촉. 그리고 허리를 둘러 배로 나온 가녀린 팔.

포르시아는 이니안을 등 뒤에서 껴안고 있었다.

"고, 공녀님."

이니안은 말을 제대로 잇지 못했다.

"그냥 잠시 이렇게 있어요. 정말 수고했어요. 그리고 다행이에요."

포르시아의 목소리는 촉촉이 젖어 있었다.

"쳇. 이건 사기야. 9서클의 절대 방어 마법이라니. 그걸 어떻게 뚫으라는 거야?"

처음부터 끝까지 기회만을 노리며 포르시아를 주시하던 미르는 질린 듯한 한마디를 남기고 무도회장을 빠져나갔다. 미르가 바라던 소란은 끝났다. 그리고 예상치 못하게 나타난 사내의 두 번째 방해로 이번에는 암살 시도도 해보지 못하고 물러나게 되었다.

"이제 끝난 거야?"

이니안과 포르시아의 모습을 가만히 지켜보고 있던 칼이 이니안의 곁에 서며 물었다. 칼의 등장에 포르시아는 이니안에게서 떨어졌다. 그녀의 얼굴은 잘 익은 사과보다도 더 빨갛게 물들어 있었다.

* * *

한가로웠다.

주인이 없는 집을 지키는 일은 정말이지 심심하고도 지루한 일이다. 지금 바실러스 자작은 그 지루한 일을 수행하는 중이다.

칸세르 영지의 영주성.

칸세르 공작의 그늘에 들어간 후 현재 그가 진행 중인 일에 대한 자세한 설명을 듣고 파견된 곳이다. 원래는 클레비클이 와야 하는 곳이었으나 마침 바실러스 자작이 휘하에 들어왔기에 그를 보낸 것이다.

"홍, 나보고 그 말을 믿으라고?"

와인 잔을 들고 소파에 앉아 있던 바실러스는 낮게 중얼거렸다. 칸세르 공작과 시메티딘 그리고 클레비클이 그에게 해준 설명은 도저히 납득하기 어려웠다. 과거 경험했던 충격적인 기억을 지우기 위해 드래곤의 눈물을 사용했다가 부작용으로 그런 일이 벌어졌다니.

겨우 그 정도의 일이라면 자신을 죽여 입을 막으려 하지도 않았을 것이다. 칸세르 공작은 아직 바실러스를 믿지 않았다.

"그건 당연하지. 나라도 그럴 테니까."

바실러스는 와인 잔을 테이블에 올려놓으며 고개를 끄덕였다. 자신이라도 이제 막 자신의 휘하에 들어온 수하에게 자신이 비밀리에 진행 중인 일에 대해 알려주지 않을 것이다. 우선 믿을 수 있는 사람인지 관찰하고 시험하는 것이 먼저였다.

"뭐, 벌여놓은 일이 보통 큰일이 아닌 것 같으니. 그건 차차 생각하기로 하고 앞으로 내가 있을 곳을 좀 둘러보기로 할까?"

바실러스는 이곳에 전날 도착해 이제 아침 식사 후 와인 한 잔을 마셨다. 늦은 저녁에 도착하였기에 침실로 직행한 후 아침을 식당에서 먹고 응접실에서 여유있는 와인 한 잔, 그것이 지금까지 바실러스가 한 일이다.

그의 일은 포르시아가 이곳으로 돌아와야 본격적으로 시작이다. 포르시아에게 펼쳐진 대법의 이상 감시. 그것이 바실러스의 일이다. 결국 주인없는 집에서 그는 할 일이 없었다.

결국 바실러스가 이곳에서 처음으로 한 일은 저택을 둘러보는 것이었다.

과연 공작의 영주성답게 저택은 넓었다. 하지만 바실러스 역시 남는 것이 시간이었기에 천천히 저택 이곳저곳을 둘러보았다. 하인과 시녀가 따라다니는 것은 귀찮았기에 홀로 천천히 거닐었다.

"응?"

일층의 복도를 걷던 바실러스가 걸음을 멈췄다. 그리고 눈앞의 문을 가만히 바라보았다.

"흑마법의 기운이군."

희미하게 느껴지는 암흑 마나의 기운. 분명 흑마법의 자취가 남아 있는 방일 것이다. 바실러스 역시 흑마법을 익힌 마법사. 호기심에 문을 열었다.

끼이익.

공작가의 저택에 어울리지 않는 낡은 나무 문의 오랜만의 방문객을 요란한 소리로 환영한다.

"응?"

방일 것이라 예상하고 문을 연 바실러스의 눈앞에 드러난 것은 길게 이어진 복도였다.

"그래서 암흑 마나가 옅게 느껴진 건가?"

바실러스는 고개를 끄덕이며 복도로 걸음을 옮겼다.

복도는 길게 이어졌다. 군데군데 갈림길이 나타나기도 했으나 바실러스는 암흑 마나의 기운이 가장 강한 곳을 향해 걸었다.

"이곳이군."

복도를 따라 걷던 바실러스가 걸음을 멈췄다. 그 앞에는 낡디 낡은 나무 문이 허름하게 자리하고 있었다.

바실러스는 망설임없이 그 문을 열고 안으로 들어섰다. 이번에는 분명한 방이었다. 단, 방 안에는 아무것도 없었다. 단지 제단으로 보이는 네

모반듯한 모양의 바위가 방 한가운데 자리하고 있었다.

바실러스는 그 바위로 된 제단을 잠시 바라보더니 시선을 천장으로 돌렸다. 무언가를 찾는 듯 천장을 꼼꼼히 살폈다.

"과연."

바실러스의 시선은 제단의 한가운데와 대응하는 천장의 한 부분을 바라보고 있었다. 원래 그곳에 무엇인가 박혀 있었는지 움푹 파여 있었다.

"이곳에서 대법을 시행했군."

바실러스는 이곳에 남은 암흑 마나의 흔적과 제단 그리고 천장의 흔적으로 이 방이 포르시아에게 드래곤의 눈물을 사용한 대법을 시행한 곳이라는 것을 알 수 있었다.

"저곳에 눈물을 박고 이 제단에 대응 마법진을 그렸겠지."

제단에 다가간 바실러스는 그사이 쌓인 먼지를 손으로 가볍게 쓸었다. 과연 먼지가 쓸려 나간 자리 아래에는 희미하게 마법진의 흔적이 남아 있었다.

"호오, 아직 지우지 않았군. 원래 이런 것은 대법을 마친 후 지우는 것이 보통인데. 하긴 이곳에 올 사람이 클레비클을 제외하면 없었겠지. 설마 내가 나타날 것이라 생각도 못했을 것이고, 또 내가 이곳에 오리라고는 더 더욱 생각지 못했겠지."

바실러스는 싱긋 웃었다.

"윈드(Wind)."

간단한 초급의 바람을 일으키는 마법이다. 간단한 마법이지만 제단에 쌓인 먼지를 모두 날려 버리는 데는 충분했다. 제단에 쌓인 먼지를 모두 날려 보내자 희미하지만 대법에 사용된 마법진이 고스란히 남아 있는 것이 드러났다.

"어디 한 번 볼까?"

바실러스는 제단의 마법진을 찬찬히 살폈다. 마법진을 바라보는 그의 두 눈은 빛나고 있었다.

"이상하군."

한참을 마법진을 들여다보던 바실러스가 고개를 갸웃거린다. 그러고는 다시 처음부터 마법진을 살폈다.

그렇게 두 번을 마법진을 살핀 바실러스는 이해할 수 없다는 눈으로 제단을 바라보았다.

"내가 알고 있는 리크리에이트 메모리의 마법진과는 좀 다른데… 이렇게 하면 부작용이 일어날지도 모르는 불안한 수식인데… 확실히 강력하게 기억 조작을 할 수 있지만 안정성은 떨어지는 마법진을 사용하다니 대체 어떤 생각인 거지? 게다가 이 부분의 마법진은 도무지 어떤 용도인지 알 수가 없어. 이런 방식으로 마나를 운용하면… 어렵군. 이렇게 난해한 마법진이라니, 대체 드래곤의 눈물로 무슨 일을 꾸민 것이지? 클레비클."

자신이 알고 있는 최선의 마법진과는 그 구성이 달랐기에 바실러스는 두 번이나 마법진을 살핀 것이다. 클레비클 정도의 흑마법사가 실수로 이런 마법진을 사용했을 리는 없었기에 무언가 또 다른 안배가 있는지를 살폈으나 결과는 전혀 알 수 없다였다.

"알 수 없군."

나무 문을 닫고 다시 복도로 나온 바실러스는 한 번 더 중얼거렸다.

"그럼 이제 어쩐다……."

무언가 얻을 것이 있을까란 생각으로 들어왔던 곳에서 오히려 의혹만 커졌다. 바실러스는 문 앞에 잠시 가만히 서 있었다.

"저쪽으로 가볼까?"

대법이 펼쳐졌던 방에서 가장 강한 암흑 마나의 기운이 느껴졌기에 다른 기운은 무시하고 이 방으로 왔었다. 하지만 이 방을 모두 살폈으니 다른 쪽에서 뻗어 나오는 암흑 마나들에 호기심이 동했다. 바실러스는 곧 복도 중 한 곳으로 걸음을 옮겼다.

얼마 걷지 않아 그 복도는 곧 끝이 났다. 조금 전의 방과는 다르게 두꺼운 나무 문이 복도를 막고 있었다.

"잠겼군."

바실러스는 한눈에 문의 상태를 파악할 수 있었다. 자물쇠로 잠권 것도 있었지만 그것은 별것 아니었다. 오히려 흑마법으로 문을 열 수 없도록 잠가 놓은 것이다.

"재미있는 것이 있을지도 모르겠는데."

바실러스의 두 눈에 기대가 어렸다.

"일단 마법부터 해제해야겠지."

바실러스는 문에 걸려 있는 잠금 마법의 마나의 흐름을 살폈다.

"과연. 겨우 잠금 마법을 8서클을 수식으로 걸어 놓았다니. 후후. 무얼 감춰 놓은 걸까? 클레비클 경."

바실러스는 우선 7서클 수식의 잠금 해제 백마법을 문을 향해 사용했다. 그러자 문에 걸린 잠금 마법이 백마법에 대항하며 자금 해제를 무력화시켰다. 그 순간 바실러스는 연속해서 7서클의 잠금 해제 흑마법을 사용했다. 백마법에 대항하던 잠금 마법은 다시 흑마법에 대항하기 위해 그 힘을 나누었다.

그사이 드러난 마나의 갈라짐. 바실러스는 그것을 놓치지 않았다.

"퓨즈 디스펠."

마나의 갈라진 틈을 향해 사용된 마법 무효화 주문. 하지만 다른 주문과는 주문을 구성하는 시동어가 달랐다. 그것은 마나와 암흑 마나가 뒤섞여 이루어진 주문이었다.

바실러스의 주문이 발현된 순간 문이 번쩍였다.

"후후후. 7서클의 주문으로 8서클의 주문을 무효화시키는 방법, 백마법과 흑마법을 모두 익혔기에 가능한 일이지."

바실러스는 만족스러운 웃음을 지으며 자물쇠를 매직 미사일로 부쉈다.

"자, 그럼 무얼 숨겨 놓으셨는지 확인해 볼까?"

문을 열고 바실러스는 천천히 타다만 촛불이 벽에 걸려 있는 어두운 복도로 걸음을 옮겼다. 얼마 가지 않아 갈림길이 나타났다. 잠금 마법이 걸려 있던 문을 지나기 전에 있던 갈림길과는 확연히 달랐다.

"미로로군."

바실러스는 갈림길에서 풍기는 미묘한 기운에 그것이 마법이 가미된 복잡함 미로임을 알 수 있었다.

"대체 무얼 숨겨 놓은 것인가?"

8서클의 잠금 마법에 이어서 나타난 것이 미로라니… 대체 얼마나 소중한 것을 숨겨 놓았기에 이렇게 철저히 보안을 유지하는 것일까. 바실러스의 호기심이 더욱 거세게 요동쳤다.

바실러스는 천천히 눈을 감았다.

무언가를 숨기기 위해서 만들어놓은 미로다. 그렇다면 그만큼 소중한 것이라는 뜻. 흑마법사 클레비클이 숨겨놓은 것인 이상 암흑 마나가 가장 강하게 느껴지는 곳을 찾으면 그곳이 길일 것이다.

잠시 후 바실러스는 눈을 떴다. 그리고 거침없이 미로를 향해 걸음을 옮겼다. 이리 구부러지고, 저리 구부러진 미로를 한참을 걸었다. 그리고 더욱 아래로 내려가는 계단을 따라 밑으로 내려가기도 했다. 길을 갈수록 어두워졌다.

두둥실 떠 있는 라이트 볼이 바실러스가 갈 길을 밝혀주고 있다.

얼마나 더 걸었을까. 라이트 볼의 불빛을 반사하는 무언가가 나타났다. 가까이 가서 보니 쇠창살이었다.

"감옥인가?"

바실러스는 눈을 찡그렸다. 분명 암흑 마나의 기운이 가장 강한 곳을 찾아왔다. 그런데 나타난 것이 감옥이라니.

바실러스는 감옥 안을 살피기 위해 라이트 볼을 감옥 안으로 밀어 넣었다.

"으음. 클레비클, 네놈이냐? 이번에는 또 무슨 일이냐?"

감옥에서 증오에 가득 찬 목소리가 들렸다.

"죄송하지만 전 클레비클이 아닙니다."

바실러스의 대답에 감옥 안에서 눈을 찡그린 괴인의 시선이 그를 향했다. 갑작스러운 빛에 고통스러워하는 기색이 역력했다. 그 모습에 바실러스는 라이트 볼을 소멸시켰다.

"클레비클이 아니라고? 그럼 누구냐?"

감옥 안의 괴인이 창살 근처로 다가오면서 묻는다. 괴인의 움직임에 따라 철그렁거리는 소리가 감옥에 울렸다.

"바실러스 자작이라 합니다."

"흥. 그래 봤자 어차피 칸세르 공작 놈의 끄나풀일 테지."

괴인의 목소리는 여전히 증오로 가득했다. 괴인은 한쪽 귀가 잘린 처참한 몰골을 하고 있었다. 양팔에는 마나를 사용할 수 없게 하는 구속구가 채워져 있었고 두 개의 구속구는 기다란 쇠사슬로 연결되어 있었다.

'저것이 암흑 마나의 정체였군.'

바실러스는 대번에 그 구속구가 흑마법을 금제하기 위해 만들어진 흑마법의 아티팩트임을 알아보았다.

'후후후. 그나저나 재미있는 사람을 찾았어.'

바실러스는 희미한 미소를 지었다.

"아닙니다. 전 칸세르 공작의 부하가 아닙니다."

"뭐라고? 그런데 어떻게 이곳에 올 수 있었지? 가만. 그래, 전에 클레비클 녀석이 그랬었지. 칸세르 공작은 내가 죽은 줄 안다고. 그렇다면 그의 부하가 올 리가 없고. 그러면 내가 이곳에 있다는 것을 아는 놈은 클레비클 녀석밖에 없는데… 그럼 네놈 클레비클의 제자냐?"

괴인은 바실러스를 향해 사나운 기세를 쏟아냈다.

"아닙니다. 저는 1황자 저하의 명을 받고 공녀님을 모시기 위해 이곳에 온 마법사입니다. 단지 기이한 기운이 느껴지는 문으로 들어왔다가 이곳까지 온 것입니다."

이곳은 칸세르 영지의 영주성 지하다. 칸세르 공작의 부하가 아니고서 이곳에 들어올 수 있는 경우를 생각해 보니 1황자의 부하밖에 없었다. 그는 포르시아 공녀의 약혼자였으니 충분히 이곳에 그의 사람을 보낼 수 있었다. 그래서 바실러스는 일단 자신의 신분을 그렇게 둘러댔다.

눈앞의 괴인은 칸세르 공작과 클레비클을 향해 지독한 증오를 뿜어내고 있었다. 그렇다면 이 괴인에게서 무언가를 캐내려면 그 두 사람과는 아무런 연관이 없어야 했다.

"뭐, 뭐야? 황자 저하께서 보내신 마법사?"

바실러스의 대답에 괴인의 얼굴에는 놀란 빛이 역력했다. 이곳은 아무나 들어올 수 없는 곳이었기 때문이다. 잠시 믿을 수 없다는 기색으로 바실러스를 살피던 괴인의 눈이 차갑게 가라앉았다. 그의 눈에서 증오의 기운은 일단 사라졌다.

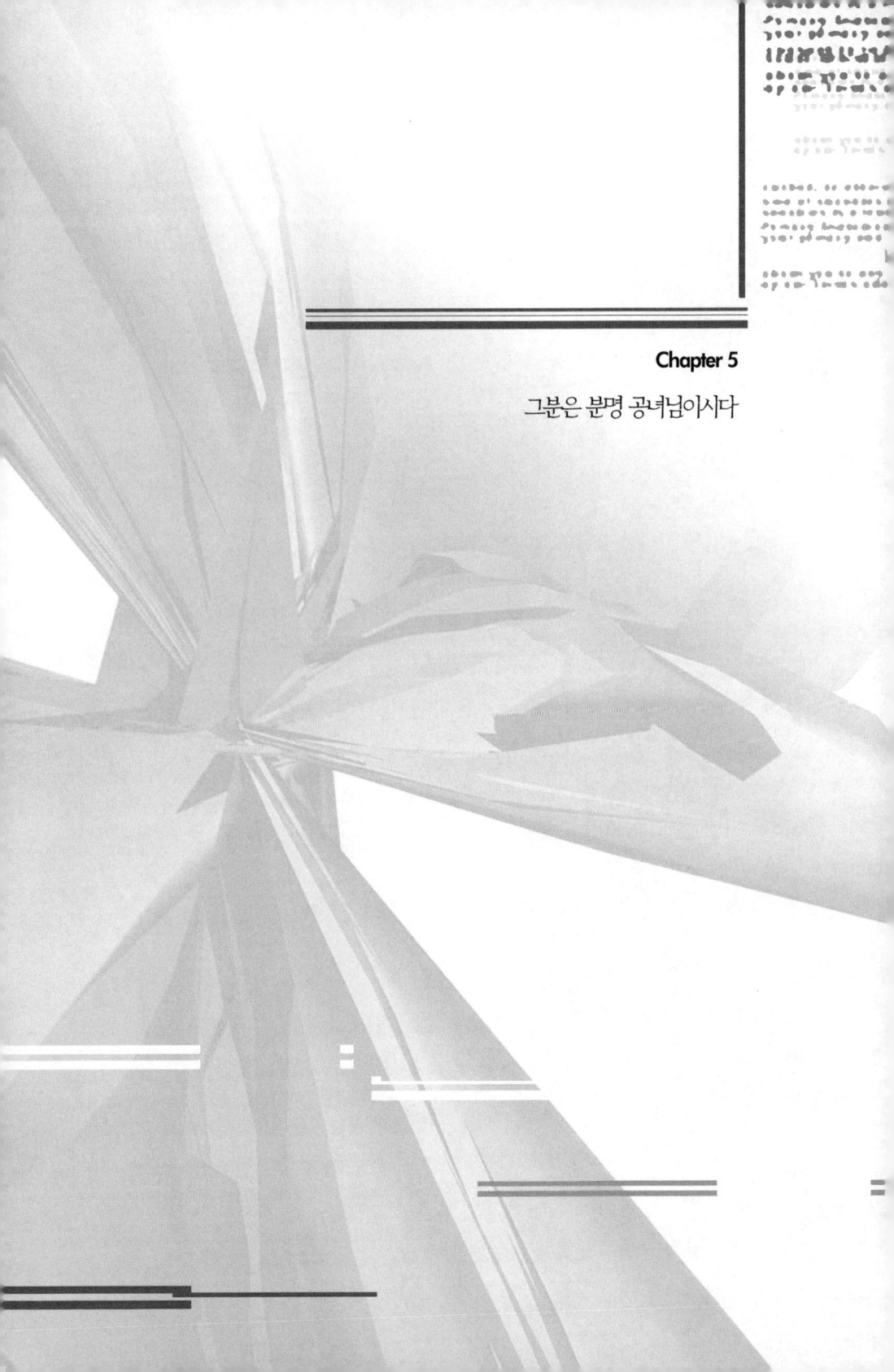

Chapter 5

그분은 분명 공녀님이시다

그분은 분명 공녀님이시다

두 사람 사이에 침묵이 감돌았다.

바실러스는 아무런 말도 하지 않고 가만히 눈앞의 괴인을 바라보았다. 괴인 역시 바실러스의 두 눈을 마주 보았다.

"마법사라고 했나?"

"네."

"몇 서클인가?"

"7서클 마스터입니다."

바실러스는 상대의 짧은 물음에 착실히 대답했다. 바실러스가 자신의 서클을 말하는 순간 상대의 두 눈에 불신의 빛이 강하게 떠올랐다.

"클레비클이라면 분명 8서클의 잠금 마법을 입구에 걸어놓았을 터, 7서클 마스터로서는 이곳에 들어올 수 없다. 네놈은 누구냐?"

"저는 그저 평범한 7서클 마스터가 아닙니다."

다시 사나워진 괴인의 기세에 바실러스는 침착하게 대응했다.

"저는 흑마법과 백마법, 모두 7서클을 마스터한 마법사입니다."

느릿느릿 이어진 바실러스의 대답에 괴인은 잠시 믿을 수 없다는 눈으로 바실러스를 바라보았다. 괴인도 마법사였다. 그런 만큼 괴인은 자신의 눈앞의 사내가 하는 말이 얼마나 허황된 것인지 잘 알고 있었다.

"지금 나보고 그 말을 믿으라는 건가?"

"퓨즈 디스펠."

백번 설명하는 것보다 한 번 보여주는 것이 나았다. 바실러스는 괴인의 양팔에 있는 구속구를 향해 흑마법과 백마법을 혼합한 마법 무효화 주문을 사용했다. 구속구는 잠시 빛을 발하더니 이내 원래의 상태로 돌아갔다.

"정말이군."

괴인은 작게 고개를 끄덕였다.

일단 바실러스의 마법은 실패했다. 하지만 괴인을 납득시킬 수는 있었다. 사실 바실러스가 마법을 사용한 것은 괴인이 자신을 믿게 하기 위해서였지, 괴인을 풀어주기 위해서가 아니었다. 그랬기에 마법의 성패 여부는 상관없는 일이었기에 실패할 것이 뻔한 마법을 사용했다.

아무리 흑마법과 백마법을 혼합한 마법이라도 무턱대고 윗 서클의 마법을 무효화할 수 있는 것이 아니다. 처음 문에 걸린 잠금 마법을 해제할 때처럼 흑마법과 백마법을 교대로 사용하여 마나의 틈을 만들어 그 틈에 사용해야 하는 것이다.

"이런 일도 가능하다니 참으로 신기하군. 뭐, 이제는 부질없는 것이지만."

괴인은 자신의 양팔에 채워진 구속구를 보며 담담하게 말했다. 잠시지만 구속구의 마법이 무효화되는 것을 느낄 수 있었다. 곧 마법이 다시 발동했지만 이 정도 실력이라면 충분히 이곳까지 올 수 있었다.

괴인도 알고 있었다, 눈앞의 상대가 자신을 풀어줄 수 있음에도 풀어주지 않았다는 것을.

그런 것은 어떻게 되든 상관없었다. 괴인 역시 이곳을 빠져나가고 싶은 마음은 없었다. 그가 이곳에서 비참한 목숨을 연명하고 있는 이유는 단 하나였다. 실현 불가능한 일이라는 것을 너무나 잘 알고 있음에도 한 가닥 남은 미련 때문에 버티고 있었는데 그 결실이 곧 맺힐 것 같았다.

"큭큭큭. 클레비클, 너도 설마 이런 일이 일어날 것이라고는 생각지도 못했을 것이다."

일단 이곳에 묻어둔 한을 풀 수 있을 것 같다는 생각이 들자 괴인은 웃음을 흘리며 기뻐했다. 몰골은 처참했으나 그는 지금 진정으로 기뻐하고 있었다.

"황자 저하께서 보내셨다고 했나?"

"네."

"그렇다면 내 말을 잘 듣게."

괴인의 두 눈이 반짝 빛났다.

"내 이름은 호크 말라온. 8서클을 마스터한 나름대로 명성을 얻은 흑마법사라네."

호크의 설명에 바실러스의 두 눈에는 이채가 서렸다. 그도 호크 말라온이라는 이름은 알고 있었다. 그는 흑마법도 익혔기에 유명한 흑마법사들에 대한 정보도 가지고 있었던 것이다.

'이자가, 몇 년 전에 행방불명됐다는 그…….'

이야기가 더욱 재미있게 진행된다는 생각에 바실러스는 작게 웃었다.

"자네도 흑마법을 익혔고 이곳까지 왔으면 그 방을 보았겠군."

제단이 있는 방을 말하는 것이리라.

"보았습니다."

"그 방은 나와 클레비클의 합작품이지."

회한에 잠긴 목소리로 호크는 느릿느릿 이야기를 이어나갔다.

"어느 날 그가 날 찾아와 드래곤의 눈물을 보여주었네. 기록으로만 남아 있는 마법 재료를 말이야. 난 한 사람의 흑마법사로 그 재료를 이용한 대법을 펼쳐 보고 싶었네. 지금 생각하면 쓸데없는 욕심이었지."

바실러스는 묵묵히 그의 이야기를 듣고 있었다.

"게다가 클레비클이 나에게 말하기를 평범한 대법이 아니라고 했네. 이미 대법을 한 번 받은 사람에게 다시 한 번 더 그 대법을 덧씌우는 거라 하더군. 완벽한 기억의 조작. 리크리에이트 메모리를 두 번이나 거푸 사용하는 것이었어. 뿐만 아니라 그 후 한 번 더 사용할 것이라 했지. 그도 한 번은 모르나 두 번, 세 번 사용하는 것은 혼자 힘으로는 힘들다고 했네. 당연한 일이지."

바실러스는 호크의 말에 고개를 끄덕였다. 그가 생각해도 그것은 무척이나 어려운 일이다. 같은 대법을 중복적으로 효과가 나게끔 덧씌운다면 마법진의 수식이 훨씬 복잡해진다. 아무리 클레비클이라 할지라도 혼자서는 무리였을 것이다.

"나는 한 사람의 마법사로서 그의 제안에 완전히 매료되었네. 기록으로만 남아 있는 대법을 더욱 발전시킨 형태로 펼치는 거지. 그때 나의 머리에는 그것밖에 없었네. 클레비클이 대법을 펼쳐 무엇을 하려 하는지는 관심 밖이었어."

호크의 목소리가 깊은 회한 속으로 빠져들었다.

"나는 무려 3년이라는 시간을 클레비클과 함께 연구에 연구를 거듭했네. 그리고 두 개의 마법진을 완성할 수 있었지. 난 그때 마법사로서 희열을 느꼈다네. 그 누구도 이룬 적이 없는 마법진을 창조해 냈으니 그때의 그 쾌감이란 이루 말할 수 없었지. 마법의 조종이라는 드래곤조차도 알지 못할 마법진. 그것을 난 이 두 손으로 만들어냈어."

그때의 감정이 되살아나는 것일까. 깊은 회한에 빠져 있던 그의 말속에서 일말의 희열이 엿보였다.

바실러스는 그런 그의 마음을 이해할 수 있었다. 그 역시 마법사였기에 마법사에게 있어 새로운 마법진의 창조가 가지는 의미를 잘 알고 있었던 것이다.

"하지만 모두 쓸데없는 짓이었어. 대법의 대상이 된 사람을 처음 보는 순간, 난 나 스스로를 저주했네."

"포르시아 공녀였군요."

바실러스가 담담하게 말했다. 이미 그녀의 몸에 대법이 펼쳐졌다는 것을 칸세르 공작에게 직접 들은 터였다.

"그래, 그분이었어. 난 설마 그분일 줄은 상상도 못했네. 난 그 순간 이후 지금까지 줄곧 나라는 존재를 저주하고 있네. 공녀님은 절대 이곳에 있어서는 안 되는 분이야. 그런데 이런 곳에 나타나셨으니……."

바실러스는 그의 절규와도 같은 말을 이해할 수 없었다. 이곳은 칸세르 공작 영지의 영주성이다. 즉, 칸세르 공작가의 공녀인 포르시아의 집인 것이다. 그런데 이곳이 그녀가 있을 곳이 아니라니 도무지 알 수 없는 말이다.

"그게 무슨 말씀입니까? 포르시아 공녀님은 칸세르 공작가의 사람입니다. 그러니 응당 그분의 집인 이곳에 있으셔야지요."

"큭큭큭. 킥킥킥. 큭큭킥킥. 다들 그렇게 생각하겠지. 큭큭큭. 하지만 다들 속고 있는 거야. 포르시아 공녀님부터 시작해서 황자 저하는 물론 황제 폐하까지 모두 간악한 칸세르 공작 놈에게 속고 있어."

바실러스의 말에 호크는 연신 기괴한 웃음을 미친 듯이 흘려댔다. 바실러스는 그 웃음 속에 자신의 의문을 풀어줄 실마리가 들어 있음을 느졌다.

칸세르 공작의 휘하에 들어간 지금도 여전한 의문. 그 의문 때문에 바실러스는 지금 이곳까지 와 있는 것이다. 대체 칸세르 공작은 왜 흑마법의 대법을 자신의 딸에게 사용한 것일까.

그 첫 단추를 꿰지 못하고 있었다.

부모란 존재는 모두 같다. 자식을 위하는 그 마음은 세상의 그 무엇보다도 강하다. 그런 부모라면 절대 제 자식에게는 흑마법 따위를 사용하지 않는다. 아무리 야망이 크다 하더라도 말이다. 혹시라도 미쳤다면 모를까.

'설마?'

그때 바실러스의 머리를 번득이고 스친 가정. 포르시아 공녀님도 속고 있다는 호크의 말이 그로 하여금 그런 가정을 하게 만들었다.

"포르시아 공녀님은 사실 공녀가 아닌 것입니까?"

바실러스는 머리에 떠오른 생각을 즉각 물었다. 그만큼 그 스스로 생각해도 말도 안 되는 가정이었기에 생각을 떠올리자마자 입 밖으로 튀어나온 것이다.

"그분은 분명 공녀님이시다."

바실러스의 물음에 호크는 서릿발 같은 기세를 뿜으며 바실러스를 노려보았다. 어디서 감히 천한 것이 그런 불경한 말을 내뱉느냐, 호크의 두 눈은 그렇게 말하고 있었다.

그런 호크의 기세에 바실러스는 점점 더 미궁 속을 헤맸다. 친딸이 아니라면 흑마법의 대법을 사용하는데 거리낌이 없을 것이다. 그런 생각에 물었던 말인데 호크가 저리 반응하니 파고들면 파고들수록 알 수가 없었다.

"그렇다면 이건 대체 어떻게 된 일입니까? 설마 자신의 친딸에게 흑마법의 대법을 사용한 겁니까?"

"내가 언제 공녀님이 그 간악한 칸세르 공작의 친딸이라고 했었나?"

즉각 돌아오는 호크의 대답에 바실러스는 더욱 혼란스러웠다. 공녀는 맞다. 하지만 칸세르 공작의 친딸은 아니다. 대체 그 무슨 말인가. 공녀는 공작의 딸을 지칭하는 말이다. 한데 포르시아는 칸세르 공작의 딸이 아니면서도 공녀라고 한다. 앞뒤가 맞지 않는 말인 것이다.

'가만, 그러고 보니.'

그때 바실러스는 기억 한구석에 묻어뒀던 십수 년 전의 한 사건을 떠올릴 수 있었다. 중앙 정계에 별로 상관을 하지 않고 그 가진 바 권력도 크지 않았기에 언제부터인가 제도에서 완전히 철수한 한 가문이 있다. 권력은 크지 않았지만 신분은 높았다.

분명 공작가였다.

제도 미오나인의 북서지구 가장 안쪽에 위치한 오대공작가의 저택들, 이제는 비어버린 그중 한 곳의 주인이었던 가문.

그 가문이 영지에만 웅크리게 된 데에는 한 사건이 있었다. 당시에는 제법 시끄러웠시만 곧 사람들의 뇌리에서 잊혀졌다. 바실러스, 자신 역시 마찬가지였다.

메이지아 공작가.

분명 그럴 것이다. 다른 귀족들과는 달리 권력에 관심을 가지지 않았던 공작가다. 그랬기에 또한 그 지위에 걸맞은 권력을 가지지 못한 비운의 공작가이기도 했다.

십수 년 전 일어났던 그 사건은 실종 사건이었다. 메이지아 공작의 손녀가 실종됐었다. 백방으로 공작가의 모든 힘을 동원해 찾았지만 끝내 찾지 못했다. 그때 메이지아 공작은 자신이 권력을 멀리해 자신에게 힘이 없어 손녀를 찾지 못했다 자책하면서 영지로 은거했다.

단 하나밖에 없던 딸을 잃은 공작의 아들 부부 역시 치유될 수 없는 커다란 상처를 가슴에 안고 영지로 돌아갔다. 그때부터 북서지구의 공작 저택 중 한 곳이 주인없이 비어버린 채 방치되었다.

왜 그때 그 사건이 떠올랐는지 바실러스는 알 수 없었다. 하지만 호크의 말에 그 사건이 떠올랐다.

"설마… 포르시아 공녀님께서 다른 공작가의……?"

바실러스는 자신이 하는 말이 뜻하는 바를 잘 알았기에 조심스레 입을 열었다.

"그래, 바로 그거네. 그분은 칸세르 공작 따위의 천박한 놈의 딸이 되기에는 너무나 고귀하신 분이야. 그런데 지금 그분께서 칸세르라는 성을 쓰게 계시다니……."

호크의 긍정에 바실러스는 둔기로 머리를 맞은 듯한 충격을 받았다. 설마 그런 일이 있었으리라고는 상상도 못한 것이다.

다른 공작가의 자손을 데려다가 자신의 딸로 삼다니… 제국 역사상 단 한 번도 일어난 적이 없는 엄청난 일이다. 귀족가 사이에 합의를 한 후 양자로 보내지는 경우는 있다고 하지만 아마도 칸세르 공작의 경우는 일방적인 납치였을 것이다.

"설마 그때 제도를 떠들썩하게 했던 그 메이지아 공녀님이십니까?"

"그렇네. 포르시아 라온 메이지아. 이것이 그분의 진정한 이름일세."

호크는 고개를 끄덕이며 한자한자 힘주어 포르시아의 이름을 이야기했다. 그 이름을 듣는 순간 바실러스는 머리를 뒤흔드는 둔중한 충격을 느꼈다.

"하지만 제가 알기로 그때 이미 칸세르 공작가에는 공녀가 존재했습니다."

"물론이지. 어느 평민의 아기를 데려다가 자신의 아이인 것처럼 했었지. 나 역시 그때는 제도에 있었기에 잘 알고 있어. 물론 그 아이가 평민의 아기였다는 것을 안 것은 대법을 시행할 때였지만 말이야."

"대체 칸세르 공작은 무슨 일을 꾸미는 겁니까?"

바실러스는 절박한 심정으로 물었다. 이건 아니었다. 칸세르 공작이 무언가를 꾸미고 있다는 것을 알고 그것을 기회로 중앙에 진출할 발판을 만들기 위해 칸세르 공작의 휘하에 자청해서 들어갔다. 그라면 자신이 익힌 흑마법까지도 충분히 감당해 낼 인물이었기에. 그런데 호크와 대화를 나누면서 무언가 위험한 냄새가 그의 후각을 자극했다.

"암살."

"네?"

"황자의 암살. 그것이 칸세르 공작이 이십 년에 가까운 시간을 투자해 꾸민 음모네."

침묵이 내려앉았다.

호크의 대답에 바실러스는 아무 말도 하지 못했다. 그는 지금 딱딱하게 굳어 있었다.

지금 자신의 귀로 흘러든 말이 가진 의미는 너무나 엄청났다. 새어나가면 아무리 공작가라 할지라도 당장에 풍비박산이 날 어마어마한 일이다.

'위험해.'

바실러스는 직감적으로 느꼈다. 이제 겨우 칸세르 공작의 그늘에 들어왔지만 서둘러 이곳에서 발을 빼야 했다. 지금 타고 있는 배는 너무 위험했다. 겉으로 보기에는 안전해 보이나 지금 당장 침몰해도 이상할 것이 없었다. 좀 더 확실하고 안전한 배로 갈아타야 한다.

"지금 그걸 말이라고 하는 겁니까?"

"후후. 내 말을 믿으니 그렇게 딱딱하게 굳어 있는 것 아닌가?"

바실러스의 말에 호크는 여유있게 대답했다.

"그런 엄청난 말을 듣는다면 누구라도 딱딱하게 굴을 겁니다."

"그래. 보통은 그럴지도 모르지. 하지만 7서클을 이룬 마법사는 그렇지 않아."

바실러스는 침묵했다. 여기서 그가 더 이상 할 말은 없었다. 아니, 칸세르 공작의 음모의 구체적인 내용을 추궁해야 했다. 하지만 그러지 않았다. 호크가 말해줄 거라 믿고 있는 것이다. 그렇지 않다면 그가 여기까지 자신에게 밝힐 이유가 없었다.

"제법이군. 역시 7서클을 마스터한 자다워. 궁금할 텐데 묻지 않는군."

호크는 슬쩍 미소 지었다. 그동안 가슴에만 담아두고 저주하기만 했던 이들에 대한 응징을 할 수 있게 되었다는 기쁨 때문일까.

"좋아. 모두 이야기해 주지."

바실러스는 고개를 끄덕였다.

"단, 조건이 있네."

그 말에 바실러스는 그를 응시했다.

"마나의 맹약을 하게, 지금 이곳에서 나에게 들은 것을 모두 1황자 저하께 알리겠다고. 그렇게 해야 칸세르 그 간악한 공작 놈과 클레비클 녀석이 처참한 최후를 맞이할 테니까."

마나의 맹약.

그것은 마법사들이 스스로에게 거는 금제다.

라칼트 대륙에 존재하는 모든 지성을 가진 종족 중 유일하게 거짓말을 할 수 있는 종족, 인간. 그에 대한 대비책으로 인간이 인간을 믿지 못해 만들어낸 것이다.

마법사가 일정한 조건을 걸고 마나에 맹약을 했을 때 그 조건을 충족시키지 못하면 자신이 가지고 있는 모든 마나가 소멸한다. 마법사에게 있어서는 절대로 거짓말을 하지 못하게 하는 극악한 금제인 것이다.

바실러스는 난감해졌다. 호크가 내건 조건, 바실러스로서는 쉽지 않은 것이었다.

그가 진실로 1황자가 보낸 사람이라면 그 조건을 수락하는 것은 어렵지 않았다. 만나서 이곳에서 있었던 일을 전하는 것은 더없이 간단하다. 하지만 지금은 칸세르 공작의 사람.

1황자를 만나는 것도 문제였지만 만났다 하여도 자신의 말을 1황자가 믿어줄지 의문이었다. 잘못하면 목이 날아갈 수도 있었다.

'위험한 도박인가?'

하지만 만약 1황자가 바실러스의 말을 믿어준다면 바실러스는 갈아탈 아주 안전하고 튼튼한 배를 얻게 된다. 실패하면 모든 마나를 잃거나 죽음, 성공하면 보장된 미래.

그야말로 도박이었다.

"알겠습니다. 맹약을 하도록 하겠습니다."

고민은 길지 않았다. 머릿속에서 무수한 계산과 생각이 있었지만 그것은 순식간이었다. 고민이 길어지면 호크가 바실러스의 신분을 의심할 것이다. 사실 호크가 맹약을 하라고 한 것은 정말 최소한의 안전책이다. 황자가 보낸 사람을 통해 황자에게 말을 전하는 것, 얼마나 간단한 일이란 말인가.

"좋아. 기한은 일 년으로 하지. 빠를수록 좋지만 자네가 아무리 황자 저하께서 보낸 사람이라 할지라도 황자 저하를 뵙는 것이 쉽지는 않겠지. 하지만 공녀님을 모신다면 일 년 안에는 반드시 한 번은 뵐 수 있을 거네."

바실러스는 고개를 끄덕였다. 생각보다 시간에 여유가 있었다. 이로서 자신의 도박이 성공할 확률이 아주 조금 올라갔다.

"나, 마나의 은혜를 입은 아들 크리스토퍼 바실러스는 지금 위대한 마나의 이름을 걸고 맹약을 하노라. 호크 말라온이 나에게 전한 말을 지금 이 순간부터 일 년 안에 라칼트 대륙의 거대한 제국, 미오나인의 1황자 카르발 칼 폰트 미오나인에게 전할 것이니 만약 내가 이 맹약을 지키지 못한다면 세상의 오롯한 힘, 마나의 은혜가 사라질 것이니 지금 이 자리에서 마나의 이름 앞에 맹세한다."

바실러스의 주문이 끝나자 잠깐 동안 밝은 빛이 일더니 그의 왼쪽 가슴 안으로 사라졌다. 마법사의 마나가 모인 곳은 심장이다. 만약 그가 맹약을 지키지 못한다면 지금 심장으로 들어간 빛으로 인해 그가 가진 모든 마나를 잃을 것이다.

그 모습을 지켜본 호크의 입이 열렸다.

"카르시노마 오마 칸세르 공작, 이 간교한 녀석이 가지고 있는 가장 큰 재주 중 하나가 바로 사람을 알아보는 재주야. 물론 자신을 의식해서 숨기는 사람을 파악하는 데는 시간이 걸릴지 몰라도 무방비에 있는 사람을 파악하는 것은 순식간이지. 그런 그의 눈에 비친 황자 저하 두 분은 정반대였어."

바실러스는 집중해서 호크의 이야기를 들었다.

"그때 아직 1황자 저하는 아홉 살, 2황자 저하는 일곱 살에 불과했지만 그는 그 두 분을 정확히 파악했지. 1황자 저하는 총명하고 자비로웠으며 그릇이 큰, 그야말로 성군의 자질을 타고나셨지. 반면 2황자 전하는 편협하고 어리석을 뿐 아니라 폭급하고 제멋대로인 분이야, 황제의 자질이라고는 전혀 없다. 그때 칸세르 공작은 막 정계에서 자신의 권력을 다질 때였어. 지금은 그 누구도 넘볼 수 없을 절대의 권력을 가지고 있지만 그때는 아직 제국의 다섯 공작가의 힘이 비등비등할 때였지. 메이지아 공작가만이 힘이 조금 처지는 정도였고 말이야."

바실러스는 기억을 더듬어 그때의 정계의 상황을 떠올렸다. 언제든 중앙에 진출할 수 있도록 중앙에 대한 관심은 항상 가지고 있었기에 당시의 권력 구도를 기억해 내는 것은 어려운 일이 아니었다.

'그랑베르 공작이었지, 아마.'

칸세르 공작과 맞수를 이룰 만한 권력자였으나 끝내 칸세르 공작과의 권력 싸움에서 패하고 지금은 아들을 대리인으로 제도에 남겨놓은 채 영지에서 조용히 생활 중인 귀족의 이름이 떠올랐다.

"그때 그는 이미 자신이 제국의 권력을 완전히 장악한 이후의 그림을 그리고 있었어. 때문에 두 황자 저하의 차이는 그에게는 아주 중요한 일이었지."

"2황자 저하를 택했겠군요."

바실러스는 자신을 그때의 칸세르 공작의 입장에 두자 쉽게 답이 나왔다.

"그렇네. 1황자 저하는 지나치게 뛰어나시네. 그분이 황제의 위에 오르신다면 칸세르 공작의 힘이 약해질 수밖에 없지. 1황자를 제거하고 자질이 떨어지는 2황자를 황제로 세운 후 자신의 권력을 마음대로 휘두른다. 제국의 권력을 장악한 귀족에게 있어 더없이 매력적인 계획이지. 자신의 권력을 더욱 단단히 만들 수 있으니까 말이야."

여기까지 듣자 바실러스는 대략적인 그림을 그릴 수 있었다. 왜, 칸세르 공작이 포르시아에게 대법을 시행했는지, 왜 1황자를 암살하려 하는지도. 그리고 포르시아가 1황자의 약혼녀인 이유도 충분히 짐작할 수 있었다.

"공녀님의 손을 더럽히려는 것이로군요."

"그렇네."

바실러스의 말에 호크는 침중한 어조로 대답했다.

"1황자 저하의 나이가 아홉에 불과할 때 그는 이미 자신의 딸을 그분의 비로 들일 마음을 먹은 거지, 그 후 딸을 시켜 황자 저하를 암살할 생각이었고. 그래서는 친딸이어서는 곤란하지. 더군다나 그렇게 꼭두각시처럼 움직이려면 보통의 방법도 소용이 없었고. 그래서 그는 그때 갓 태어난 평민의 여자 아이를 데려다 자신이 딸이 태어난 것처럼 꾸민 것이지."

여기까지는 바실러스도 쉽게 납득할 수 있었다. 아주 오래전부터 준비를 하고 긴 시간 웅크리고 있어야 한다는 단점이 있으나 성사만 된다면 가장 확실한 방법 중 하나였다. 하지만 왜 그 평민 아이가 있어야 할 자리에 포르시아가 있는지는 이해할 수 없었다.

"그런데 문제는 그 평민 아이가 자라면서 불거져 나왔어. 피는 속일 수 없는 것인지 귀족, 그것도 최고위 귀족인 공작가의 아이로서 가져야 할 위엄이 전혀 없었어. 사람은 환경이 만든다고 하지만 수백 년 이어온 가문의 내력이라는 것도 분명히 존재하는 것 같더군. 그 아이는 어떻게 보아도 공작가의 사람으로 봐줄 수 없었으니 황자 저하의 비로 만드는 것도 힘들어졌지."

"그래서……."

"그렇네. 공녀의 자질이 있는 아이를 구하는 가장 확실한 방법은 공녀를 데리고 오면 되는 거네. 때마침 그때 메이지아 공작가에 조건에 딱 맞는 아이가 있었지."

"그분이 포르시아 공녀님이로군요."

"그래."

바실러스는 이제 모든 일의 전모를 알 수 있었다.

"그렇다면 제일 먼저 대법을 받았던 것은 납치된 직후이겠군요. 메이지아로서의 기억을 일단 모두 지우고 칸세르로서의 기억을 만들어야 했을 테니."

"그렇네. 그때는 클레비클 혼자서 했지."

"그때 사용한 드래곤의 눈물은 어디에서 구한 겁니까?"

그때 당시라면 아직 카일로니아의 그 일이 일어나기 전이다.

"그건 나도 모르네. 내가 알 필요가 없는 일이었으니까."

"그렇다면 다른 일은 어떻게……?"

"클레비클이 자랑스레 떠들더군. 날 이 꼴로 만들어놓고 말이지. 후후."

"그러고 보니 공녀님과의 관계는 어떻게 되기에 그렇게 칸세르 공작에게 분노하시는 거죠? 공녀님의 신분이 어떻든 당신과는 아무 상관이 없는 것 아닙니까?"

바실러스의 질문에 호크가 물끄러미 그를 바라보았다.

"그분은 나의 은인의 손녀네. 자네도 흑마법을 익혔으니 알걸세, 흑마법사들이 사람들에게 어떻게 비쳐지는지. 내가 수행마법사 시절, 흑마법사라는 이유만으로 억울한 누명을 쓰고 죽을 뻔한 일이 있었지. 정말 억울했네. 모든 증거가 나는 아무 상관이 없다는 것을 말해주었는데도 불구하고 사람들은 내가 흑마법사라는 이유만으로 나를 매도했네. 그때 내가 흑마법사라는 것과는 상관없이 공정한 눈으로 나의 누명을 벗겨준 분이 메이지아 공작님이시지. 그 이후 그때의 인연으로 일 년에 한 번씩은 인사를 드렸었네."

"그렇군요. 그러면 어느 순간부터 행적이 묘연했던 것도……."

"공녀님을 찾기 위해서였지. 그러다가 어느 순간 포기하고 망연자실하게 있을 때 마법사로서의 호기심을 불태울 재료를 들고 클레비클이 나타난 것이고. 그도 나와 메이지아 공작가와의 관계는 몰랐으니 나에게 온 걸 테지. 나 역시 그 대상이 공녀님이라는 것을 모르고 그에게 협조했고. 내가 대법의 대상이 될 사람을 처음 본 것이 대법을 시행하기 불과 세 시간 전이었네."

참으로 공교롭고도 공교로운 일이었다. 호크는 자신이 애타게 찾아 헤매던 은인의 손녀를 자신의 손으로 음모의 희생양으로 만드는 일에 일조한 것이다.

"난 단번에 공녀님을 알아볼 수 있었네. 비록 십 년이 넘는 세월이 흘렀지만 그런 것은 상관없었어. 그때부터 다급했네. 나는 내가 가지고 있던 모든 것을 털어서 짐을 꾸린 후 대법이 펼쳐질 때 일부러 마나를 다르게 운용했어. 마나가 꼬이면서 일순 벌어진 틈을 타 공간 이동 스크롤 카드를 사용해 공녀님을 내가 대강 준비한 짐과 함께 이 저택에서 내보냈지. 시간이 너무 없었어. 어디에 알릴 수도 없었고 좀 더 제대로 공간 이동을 시켜드리지도 못했어."

호크는 안타까운 얼굴로 중얼거렸다.

'그렇게 된 거로군. 그렇다면 그때 기억을 잃은 것은 대법을 펼치는 와중에 발생한 마나의 꼬임에 의한 부작용이었을 수도.'

바실러스는 그제야 왜 포르시아가 자신의 영지에 그런 모습으로 나타났는지 이해할 수 있었다. 갑자기 내려진 수배령 역시 납득이 되었고.

"한데 어느 날 클레비클이 나타났어. 공녀님이 돌아왔다는 말을 전해 주러. 크크크. 난 정말이지 미친 짓을 한 것이지."

호크는 다시 기괴한 웃음을 터뜨렸다, 자신에 대한 분노와 후회, 회한이 가득 담긴 웃음을.

"잘 들었습니다."

드디어 바실러스는 자신의 머릿속에 복잡하게 어질러져 있던 퍼즐을 완벽하게 맞출 수 있었다. 이제 어지러이 난잡하게 흩어져 있던 조각이 아닌, 완벽하게 맞춰진 퍼즐이 아름다운 풍경을 그리고 있었다.

"당신과의 약속, 반드시 들어드리겠습니다."

"암. 그래야지. 꼭 부탁하네."

바실러스의 말에 호크는 고개를 끄덕이며 당부의 말을 했다. 마나의 맹약까지 했으니 그럴 필요는 없었지만 그래도 그는 재차 당부를 했다. 바실러스를 향한 당부는 곧 스스로를 위안하기 위한 수단이었다.

"그러니 이제 편히 쉬십시오."

"크윽."

바실러스가 고개를 숙이는 순간 호크의 입을 비집고 나오는 신음 소리. 그의 입가에 가는 핏줄기가 흘러내린다.

"왜… 왜……!"

호크는 믿을 수 없다는 눈으로 바실러스를 바라보며 중얼거렸다.

"당신이 살아 있으면 내 일에 방해가 될 것 같아서요. 고맙습니다. 당신이 준 정보 덕에 죽을 뻔한 위기를 피할 수 있게 되었고, 또 살 길도 찾았으니까요. 덧붙여 사과드리죠. 전 1황자 저하가 보낸 사람이 아닙니다. 칸세르 공작이 보낸 사람이지요."

"네… 네놈……."

바실러스의 마지막 말에 호크의 눈가가 파르르 떨린다. 믿고 모든 것을 이야기했는데 칸세르 공작의 수하였다니, 통탄할 일이다.

"아, 오해는 마십시오. 저는 이제 갓 칸세르 공작의 수하로 들어왔을 뿐이니까요. 덕분에 침몰하는 배에 남아 있지 않고 배를 갈아탈 수 있을 것 같습니다. 당신이 이야기해 준 사실로 1황자 저하의 그늘에 들어갈 수 있을 것 같군요. 도박이 되긴 하겠지만 가만히 있는 것보다는 확실히 확률이 높으니까요. 그러니 미련없이 눈을 감으십시오. 당신이 원하는 대로 칸세르 공작은 파멸할 것이고 공녀님은 무사하실 겁니다."

"크윽. 그 말… 지키지 않는다면 죽어서도… 저, 저주할 것, 이다. 그, 그, 그리고… 겨, 겨, 결… 혼… 식… 이, 이, 이… 다."

그래도 바실러스의 마지막 말에 한 줌의 미련은 버렸으니 그렇게 호크는 눈을 감았다, 마지막 한마디를 아주 힘겹게 남기고서는.

숨이 끊어지면서 저주의 말과 함께 힘겹게 남긴 의미를 알 수 없는 그 한마디, 그 한마디에 바실러스는 고개를 갸웃거렸으나 크게 신경 쓰지 않았다. 그것은 중요한 것이 아니었기에 곧 머릿속에서 지워 버렸다.

이제 죽어버린 호크의 시체에 붉은 불꽃이 피어올랐다. 바실러스가 마법으로 일으킨 불꽃이다. 곧 복도는 시체가 타는 매캐한 냄새로 가득 찼다. 바실러스는 무심한 눈으로 타 들어가는 시체를 지켜보다가 완전히 시체가 탄 후 몸을 돌렸다.

"칸세르 공작, 당신은 정말 대단한 사람이오. 드래곤의 눈물로 기억을 조작해 공녀가 자신의 손으로 황자를 죽이게 만들려 했다니 말이오."

바실러스의 나직한 중얼거림이 복도에 울렸다.

*　　　　*　　　　*

"어떻게 되었느냐?"

"예, 갈라히벤을 곧 떠날 듯합니다."

수하의 말에 소파에 앉은 인물의 입가에 가는 미소가 어린다.

"그래. 이제야 제대로 일을 진행할 수 있겠군. 훗. 성녀라니 정말 웃기지도 않은 일이야."

어이가 없다는 중얼거림.

그 일 때문에 그는 상당히 곤혹을 치렀다. 수많은 인원과 다크 크리스 길드를 동원하고 실패했음에도 다음 기회를 벼르고 있었다. 그리고 그 기회가 왔다, 여행을 떠난다고 하니.

하지만 공작가의 문장을 달고 이동하는 마차를 쉬이 습격할 수가 없었기에 어느 정도 제국과 멀어지기를 기다렸다. 목적지가 갈라히벤이라는 소리에 그곳의 국경을 넘었을 때 일을 진행하기로 결정을 했었다.

그런데 갑자기 성녀라니. 덕분에 모든 계획을 수정해야 했다.

"그러면 지금 어디로 움직이고 있지?"

"일단은 동쪽 방향으로 이동하는 것 같습니다."

"그래. 그렇단 말이지."

턱을 괸 그의 입가에 미소가 어린다.

"준비는?"

"제국 내 다섯 개의 어새신 길드에 의뢰를 마친 상태입니다."

"그 정도면 규모는?"

"한 길드 당 100명의 어새신이 투입됩니다. 모두 A급 이상의 전력입니다."

사내의 고개를 끄덕여진다.

"A급 이상의 어새신 500명이란 말이지."

무릎을 꿇고 고개를 숙인 사내는 긴장한 얼굴로 자신의 주인의 다음 말을 기다렸다.

"그 정도면 가능할지, 아니면 불가능할지 판단이 안 서는군. 지난번에도 반드시 성공할 거라 생각했는데 실패를 해서 말이야. 세 곳 더 알아봐. 적어도 800은 되어야 조금 안심이 될 듯하군."

"알겠습니다."

A급 이상의 어새신 800명. 그는 그 정도의 인원을 동원해서 포르시아

를 죽이려 하고 있었다.

"그럼 나가봐."

"네."

주인의 명령에 무릎을 꿇고 있던 사내는 조심스레 방을 빠져나갔다.

"흠음. 정말이지, 일이 점점 복잡해지는군. 역시 그때 어떻게든 처리를 했어야 했는데… 설마 사이몬 가의 골칫덩이가 끼어들 줄이야. 어쨌든 일이 점점 더 위험해지고 있어. 어서 처리하지 않으면 황자 저하께서…….."

소파에 앉은 사내는 턱을 괸 채 손가락으로 소파의 팔걸이를 톡톡 두드리면서 걱정스레 중얼거렸다.

대체 이 사내의 정체는 무엇일까? 칸세르 공작과 그의 측근만이 알고 있다는 그 음모의 내용을 그는 정확히 파악한 듯했다. 그리고 그가 선택한 방법은 포르시아의 제거.

그가 삼천 명의 어새신과 다크 크리스까지 동원할 정도로 대대적으로 움직인 것도 모두 그 때문이었다.

라코스 왕자의 반역 사건이 있은 다음날. 포르시아는 서두르듯 갈라히벤을 떠났다. 그 소식에 반역 사건을 처리하던 국왕을 비롯해 귀족들이 뛰쳐나와 말렸지만 포르시아의 뜻은 확고부동했다.

국왕의 입장에서야 반역 사건까지 정리를 해준 이니안이 고맙고도 고마웠으니 어떻게든 붙잡고 싶었으리라. 하지만 포르시아의 입장에서 이 이상 갈라히벤에 있는다는 것은 충분히 부담이었다. 덕분에 애초에 목적한 무투회가 열리는 그날 포르시아는 갈라히벤을 떠났다.

성녀가 빠진 무투회는 그래도 예정대로 치러졌다. 무투회 자체는 매년 있어오던 행사였으니 진행하는 데는 무리가 없었다. 다만 무투회장에서 성녀의 모습을 볼 수 없다는 것을 기이하게 여긴 사람들의 소동이 조금 있었을 뿐이다.

"이제 어디로 가는 겁니까, 공녀님?"

마차에서 다프네가 포르시아에게 물었다. 일단 포르시아는 마차에 오른 후 동쪽으로 가요라고 말했고 마차는 나이안의 동문을 빠져나와 줄곧 정동쪽으로 달리고 있었다.

"으음."

다프네의 물음에 포르시아가 대답을 꺼려 했다. 괜히 창쪽으로 시선을 돌리기까지 했다.

톡톡.

그때 마침 포르시아가 있는 창 쪽에서 두드리는 소리가 들렸다. 포르시아는 마침 잘 되었다는 듯 서둘러 창문을 연다.

"무슨 일이죠, 세이버 경?"

전날 밤 무도회장에서 있었던 일에도 불구하고 포르시아는 아무렇지도 않게 이니안을 보면서 물었다. 그것은 이니안 역시 마찬가지였다.

"어디로 가시려는 겁니까? 동쪽으로 계속 나가면 버티컬 산맥입니다."

이니안 역시 앞으로의 경로가 걱정이 된 듯 포르시아에게 물었다. 이니안의 물음에 포르시아의 얼굴이 살짝 어두워졌다.

"역시 산맥을 가로지르는 것은 어려울까요?"

결국 포르시아의 목적은 버티컬 산맥을 넘는 것이었다. 확실히 예정된 여행 기간이 많이 남아 있었다. 예정에 없던 일 때문에 당초 예상보다 훨씬 빨리 갈라히벤을 떠나고 있는 중이니 말이다.

"안 됩니다."

대답은 마차 안에서 들려왔다. 다프네가 엄한 얼굴로 포르시아를 바라보고 있었다.

"저도 같은 생각입니다. 단순한 여행일 뿐입니다. 군이 버티컬 산맥을 넘지 않으시더라도 대륙 서부에서도 충분히 갈 곳이 많습니다. 미덴스트 연방의 서 미덴스트와 북 미덴스트, 차이덴 왕국의 북부와 세바노 왕국, 그리고 지금 가고 있는 곳에 있는 소호 왕국의 서부도 괜찮은 곳입니다."

이니안 역시 산맥을 넘는 것이 내키지 않는 듯 포르시아를 설득하려 했다.

"하지만 나는 대륙 동부를 가보고 싶은걸요."

포르시아는 투정부리듯 말했다.

"동부요?"

"그래요."

이니안이 되묻자 포르시아는 고개를 끄덕이며 대답했다.

"하아."

이니안은 절로 한숨을 쉰다.

"동부로 가는 방법이 없는 것은 아닙니다만……."

"시간이 많이 걸리죠. 저도 이미 지도를 살펴봤어요. 이곳에서 산맥을 넘지 않고 동부로 가려면 그린디어 산맥과 버티컬 산맥을 크게 돌아 우회를 해야 하죠."

"그렇습니다."

이니안이 하려던 말을 포르시아가 먼저 하자 이니안은 고개를 끄덕이며 동의했다. 이미 이 사실을 알고서도 동부에 가겠다고 하다니 이니안은 그 연유를 알 수 없었다.

"게다가 제가 가고 싶은 곳은 산맥을 하나 더 우회해야 해요."

포르시아가 덧붙여 말했다.

"네?"

이니안이 놀라 되물었다.

"뉴레이안 산맥, 그것을 넘어야 하거든요. 하지만 그럴 수 없으니 우회를 해야 하겠지요. 그러면 목적지에 가는 데만 일 년에 가까운 시간이 걸릴 거예요. 라칼트 대륙을 바다를 따라 크게 반 바퀴 도는 것이나 다름 없는 경로니까요."

포르시아는 이미 지도를 보며 상당히 연구한 듯 당차게 말했다.

"결국 제가 가고 싶은 곳을 가려면 산맥을 넘는 수밖에 없어요."

"공녀님, 그러시다면 이번에는 그냥 서부만 둘러보시고 이동 마법진을 이용하실 수 있을 때 동부를 둘러보시도록 하십시오."

포르시아의 간절한 열망을 느꼈음인지 다프네는 차마 안 된다는 말은 하지 못하고 미루라고 하며 그녀를 설득하려 했다.

"안 돼요. 미룰 수 없어요."

포르시아는 다프네의 말에 가볍게 고개를 가로저었다.

"이번 여행이 끝나면 저 결혼해요. 여행을 떠나기 전에 아버지께서 살짝 언질을 주셨어요. 여행이 끝나 대법이 안정되는 대로 황자 저하와의 결혼식을 올릴 예정이라고. 이미 황자 저하께도 말씀을 드렸다 하시더군요."

쿵.

왜일까. 포르시아의 말에 이니안은 심장이 떨어지는 듯한 충격을 받았다. 포르시아의 결혼과 자신은 아무 상관이 없다. 자신은 단지 그때 그 일의 실마리를 얻기 위해 포르시아의 곁에 있는 것이다. 그런데 포르시아의 결혼 이야기를 듣는 순간 커다란 충격을 느꼈고 곧 가슴 한 쪽이 아려왔다.

'이건 뭐지?

이니안은 자신의 알 수 없는 감정에 당황해했다. 하지만 애써 내색하지 않으며 침착한 얼굴을 가장했다.

그런 이니안의 얼굴을 유심히 관찰하던 포르시아가 조금 섭섭한 얼굴을 했다. 하지만 자신의 당황한 마음을 추스르기에도 정신이 없었던 이니안은 그녀의 그런 변화를 알아차리지 못했다.

"하지만… 공녀님, 아무리 그러시더라도 지금 산맥을 넘는 것은 너무 위험합니다. 길리안 산맥에서의 일을 잊으셨습니까?"

다프네는 당황한 목소리로 포르시아를 설득하기 위해 과거의 일을 들추어냈다. 포르시아에게는 절대 좋은 기억이 아님을 그녀도 잘 알고 있었지만 지금은 그런 것을 따질 때가 아니다. 다프네의 입장에서는 어떻게 해서든지 포르시아의 마음을 돌려야 했다.

"알아요. 기억하고 있어요. 제가 어떻게 그 일을 잊겠어요?"

포르시아의 목소리가 촉촉이 젖어들었다. 그 목소리에 다프네는 포르시아의 심정을 추측할 수 있기에 스스로를 자책했지만 후회하지는 않았다. 그렇게 해야 했기 때문이다.

"하지만 말이에요. 그건 길리안 산맥이라서 그런 거잖아요. 제가 갈라히벤에 있는 동안 알아본 바로는 버티컬 산맥은 길리안 산맥 정도는 아니라고 하더군요."

"그래도 산맥을 넘는 것입니다. 그때는 그저 산자락 정도까지만 접했었지만 실제로 산맥을 넘으려면 그 고생은 이루 말할 수 없습니다. 마차가 지나가지 못하는 길도 있습니다."

이니안이 무뚝뚝하게 끼어들었다. 다프네는 자신 대신 잘 말해주었다는 얼굴로 이니안을 바라보았다.

"괜찮아요. 그러면 걷겠어요."

고생이라고는 모르고 자란 공녀, 포르시아는 산길을 걷겠다는 말을 너무 쉽게 했다.

하지만 그녀는 모르고 있겠지만 그녀의 몸은 충분히 그런 체력을 가지고 있었다. 로즈는 그 추운 겨울 대륙 북부의 눈보라를 헤치고 훌륭히 자신의 두 발로 걸었으니 말이다.

"꼭 가셔야 하겠습니까?"

"그래요. 꼭 대륙 동부에 가고 싶어요."

이니안의 물음에 포르시아는 단호한 얼굴로 고개를 끄덕이며 말했다.

"후우……."

그 모습에 이니안이 다시 한 번 한숨을 쉬었다.

"알겠습니다. 제가 대륙 동부로 모셔다 드리죠."

"고마워요, 세이버 경."

이니안의 말에 포르시아는 살풋 웃으며 살짝 고개를 숙였다.

"세이버 경!"

그 뒤를 이어 다프네가 다급히 외쳤다.

"걱정마십시오, 파이어 경. 저는 동부에 데려다 드리겠다고 했지, 산맥을 넘겠다고 하지 않았습니다."

"설마 산맥을 우회해서 대륙을 돌겠다는 건가요?"

이니안의 말에 포르시아가 절대 그럴 수 없다는 얼굴로 끼어들었다.

그 모습에 이니안은 웃음 지으며 고개를 가로저었다.

"아닙니다. 대륙을 가로지를 겁니다. 산맥을 넘지 않고 대륙을 가로지를 방법이 있으니 저에게 맡겨주십시오."

이니안의 대답에 포르시아와 다프네, 두 사람은 모두 고개 갸웃거렸다.

대체 어떻게 대륙의 동서를 나누는 버티컬 산맥을 넘지 않고 대륙을 가로지른다고 하는 것일까?

그 의문은 시간이 지나면 해결이 될 것이지만 그래도 궁금한 것은 어쩔 수 없었다. 하지만 정작 그 해답을 아는 사람은 미소만 지을 뿐, 어떠한 답도 주지 않았다.

Chapter 6

…이니안

밖은 분명 태양이 밝게 떠 있는데 방 안은 어둑어둑했다. 여전히 창을
향해 뒤로 돌려져 있는 소파, 그리고 그곳에 앉아서 가만히 턱을 괴고 있
는 사내.

"그래, 계속 동쪽으로 향하고 있다고?"

"네."

"그렇다면 버티컬 산맥을 넘을 생각인가 보군."

"그렇게밖에 생각할 수가 없습니다."

수하의 대답에 사내의 입에 잔혹한 미소가 어린다.

"우리 일을 도와주는군. 크크."

음산한 웃음.

"산맥을 넘을 것으로 예상되는 지점에 여덟 곳의 길드 모두 투입해.
반드시 제거해야 한다."

"네."

주인의 명령에 수하는 대답을 한 후 조용히 방을 나섰다.

현재 포르시아는 막 갈라히벤의 국경을 넘어 소호 왕국에 접어들었다. 자신을 향해 음모의 손길이 뻗어오고 있다는 사실도 모른 채 그저 기분 좋은 얼굴이었다. 자신의 바람대로 대륙 동부에 갈 수 있다는 것이 즐거운 것이다.

"대체 어디로 가려는 걸까요?"

문득 다프네를 향해 시선을 돌린 포르시아가 정말 궁금하다는 얼굴로 물었다.

"저도 모르겠습니다. 산맥을 넘지 않고 대륙을 가로지르는 방법이라니……."

다프네가 고개를 가로저으며 대답했다.

"으음. 그래도 파이어 경은 기사 수행으로 여행도 다니고 하셔서 혹시나 알지도 모른다고 생각했는데요."

포르시아의 말에 다프네는 쓴웃음을 지었다. 벌써 몇 번째 같은 대화인지 몰랐다. 그리고 이제는 저 다음에 포르시아의 입에서 나올 말도 알고 있었다.

'동부에 가본 적이 있냐고 물으실 차례군.'

"저기, 다프네 경은 기사 수행하면서 대륙 동부에 가보신 적이 있나요?"

다프네의 생각이 끝나기 무섭게 포르시아의 질문이 입 밖으로 나왔다.

"물론입니다. 대륙 동부의 왕국, 카일로니아는 검술이 무척이나 발달한 곳이니까요. 기사라면 누구나 수행으로 한 번쯤 가는 곳입니다."

카일로니아 왕궁의 기사들의 검술 수준은 전반적으로 대륙의 다른 왕국들에 비해 뛰어났다. 사이먼 공작가라는 걸출한 검가 덕분에 덩달아

다른 기사들의 실력도 향상된 것이다. 그런 저력을 바탕으로 카일로니아 왕국은 제국과 국경이 맞닿아 있음에도 항상 당당했다.

"그럼 그때 이야기 좀 해주세요."

포르시아가 웃으며 말한다. 몇 번을 해도 질리지 않는 것인지 또다시 다프네에게 이야기를 졸랐다. 조를 때마다 다프네의 입에서 나오는 이야기의 내용이 달라져서 그러는 것일지도 몰랐다.

다프네야 항상 같은 이야기를 듣는 것이지만 포르시아는 같은 것을 물어도 다른 대답이 돌아오니 전혀 질리지 않고 다프네를 조르는 것이다. 할 수 없다는 얼굴로 다프네가 이야기를 시작했다. 포르시아의 곁에 앉아 있는 캐서린의 눈도 덩달아 반짝였다.

"여기서 진로를 좀 바꾼다. 북동 방향으로!"

이니안의 지시에 따라 기사와 병사들은 일사분란하게 대열을 조정하며 방향을 틀었다. 마차에 타고 있는 포르시아와 다프네, 캐서린은 전혀 느끼지 못할 정도로 부드러운 방향 전환이었다.

"이봐, 대체 어디로 가려는 거야?"

케라우 역시 알 수 없다는 눈으로 이니안을 바라보고 있다. 그 역시 지난번 이니안와 포르시아의 대화를 들어 지금 이니안이 무엇을 하려는지 알고 있었다. 하지만 몇백 년을 살아온 그로서도 알 수 없는 말을 했기에 궁금하다는 듯 물었다.

하지만 역시나 돌아오는 대답은 소리없는 웃음뿐이었다.

[으음. 이곳으로 가면 그곳일 텐데… 대단하군, 인간이 그 길을 알고 있다니.]

칼은 이니안이 무엇을 하려 한다는 것을 알아차렸는지 고개를 끄덕였다.

"너는 알고 있었군. 역시 드래곤이라는 건가?"

[후후후. 당연하지. 그 길은 우리 드래곤들 때문에 생긴 것이나 다름없으니까. 난 오히려 인간인 네가 그 길을 알고 있는 것이 신기하다.]

"뭐, 여러 가지 일이 있었으니까."

이니안은 대수롭지 않게 말했고 실제로 대수로울 것도 없었다.

'쳇. 저 자식 대체 뭘 어쩌겠다는 거야?'

은신의 로브를 뒤집어쓰면 설사 이니안이라 할지라도 자신의 기척을 알아차리지 못한다는 것을 확인한 미르는 좀 대담하다 할 정도로 가까이 접근해 있었다. 기사 중 한 명 옆에 은신해서 이동하고 있었으니 이니안이 그 낌새를 느끼고 마음만 먹는다면 당장에 죽은 목숨이다.

하지만 그녀는 절대 알아차리지 못할 것이라 확신했고, 그 확신대로 이니안은 전혀 그녀의 기척을 느끼지 못하고 있었다. 덕분에 그녀 역시 이니안이 앞으로 하려는 일을 알 수 있었다.

'그건 한마디로 미친 소리지. 어떻게 산맥을 넘지 않고 대륙을 가로질러?'

미르는 절대 알지 못했다, 그런 자신을 유심히 내려다보는 눈동자가 있음을.

눈동자의 주인은 무언가를 찾듯 그녀를 자세히 살폈다. 하지만 찾으려는 것을 찾을 수 없는지 미간에 주름이 생겼다.

'으음. 이것을 이니안에게 말해야 하나 말아야 하나.'

눈동자의 주인, 칼에게는 은신의 로브가 소용이 없었다. 그는 영혼이었기에 일반 살아 있는 자들을 대상으로 하는 아티팩트가 전혀 효력이 없었던 것이다.

칼은 일단 조금 더 지켜보기로 결정을 내리고 그 주위를 맴돌았다. 무언가 수상한 구석을 발견할 때 이니안에게 말해도 늦지 않을 것이다. 아니, 말할 것도 없이 자신이 처리할 수도 있다.

이렇게 숨어서 자신들을 따른다는 것만으로도 충분히 수상했지만 칼은 그런 것이 아닌 좀 더 재미난 것을 기대했다. 영혼이 되어서 즐기는 유희였기에 그는 지난 만 년 동안 겪었던 유희와는 또 다른 경험을 원하고 있는 것이다.

처음 방향을 바꾼 후 이곳저곳으로 수차례 더 방향을 바꿔가며 달리기를 이틀. 이제 마차는 완전히 버티컬 산맥에 접어든 상태였다. 하지만 이곳의 지형은 조금 특이했다. 울창한 숲이 가득한 버티컬 산맥 중에서 나무가 거의 없는 바위산 부근이었던 것이다.

[여기서 부터가 조금 힘들지.]

칼의 말에 이니안이 고개를 끄덕였다.

"그래. 마법의 결계를 쳐놓고 사는 드워프라니… 참으로 웃기는 일이야."

이니안도 마음에 안 든다는 듯 중얼거렸다.

이니안은 마차 옆으로 다가가 마차의 창문을 두드렸다.

"무슨 일이죠?"

마차의 창문이 열리며 포르시아의 얼굴이 나타났다.

"네, 공녀님. 지금부터는 잠시 동안 조금 위험한 길입니다."

"으음. 이곳은 산적들이 나타날 것 같지 않은데요, 사방에 나무는 없고 바위만 있는 곳이니."

포르시아가 주변을 둘러보며 말했다. 그녀의 눈에 위험 요소로 보일 만한 것은 없었던 것이다. 단지 마차가 달리기에 길이 좀 험할 것 같을 뿐이었다. 포르시아의 말에 이니안이 웃음 지었다.

"네. 산적들은 없습니다. 대신 좀 강한 몬스터가 나오지요. 그것 때문에 제가 선두에 설 겁니다. 병사들이 상하는 일은 없을 테지만 혹시라도 놀라실까 봐 미리 말씀드리는 겁니다."

"아아, 예. 알겠어요. 경의 실력은 이미 잘 알고 있는데요. 경이 앞에 나서준다면 아무 일도 없겠지요."

포르시아는 믿음이 담긴 눈으로 이니안을 보면서 미소 지었다.

"그럼."

이니안은 포르시아에게 고개를 숙인 후 케이로스를 몰아 선두로 나섰다. 케라우가 그 옆을 따랐다.

"내가 선두에 선다. 전원 일렬로! 마차의 좌우측 방비를 두텁게 하고 천천히 이동!"

이니안의 지시에 기사들과 병사들은 일사분란하게 움직여 대열을 정비했다. 잘 훈련된 모습을 포르시아가 기분 좋게 지켜보고 있었다.

"창문을 닫으시는 게 어떻겠습니까?"

여전히 밖을 내다보는 포르시아를 향해 다프네가 말했다.

"아니에요. 지켜보고 싶어요."

"하지만 몬스터의 퇴치는 공녀님께서 보실 만한 것이 아닙니다."

"그래도 지금까지 몬스터라고 불리는 것들은 실제로 본 적이 없는걸요. 한 번쯤은 보고 싶어요."

포르시아가 고집스레 말한다. 그 모습에 다프네는 작게 한숨지었다. 가끔 보이는 이 철없는 아가씨와 같은 모습. 그런 모습 때문에 정이 더 가는 것은 사실이었지만 또한 가끔 이렇게 피곤하기도 했다.

"이곳은 대체 뭐야? 버티컬 산맥에 이런 곳이 있었나? 기운의 흐름이 묘한 것이 인위적인 곳인 것 같은데?"

케라우가 기분 나쁘다는 듯 중얼거렸다.

"바로 봤어. 보통 사람은 절대 들어올 수 없는 곳이지."

"뭐?"

"내가 이곳으로 오면서 왜 그렇게 방향을 자주 바꿨다고 생각하는 거야?"

이니안의 물음에 케라우가 곰곰이 생각에 잠겼다. 확실히 그랬다. 이니안은 마치 가까운 길을 일부러 멀리 돌아가겠다는 듯 이리저리 방향 전환을 많이 했다. 그 모습이 여간 이상한 것이 아니었으나 케라우 자신과는 상관없는 일이었기에 크게 신경을 쓰지는 않았다.

"설마……."

하지만 막상 잦은 방향 전환에 대해 생각해 보니 떠오르는 것이 있었다.

"그래. 결계다. 그것도 아주 은밀하게 펼쳐진 결계. 마나의 결을 모른다면 결코 이 바위산을 볼 수가 없어. 아주 광범위하게 펼쳐진 결계지. 덕분에 이곳을 아는 사람은 전 대륙을 통틀어도 얼마 없어. 드래곤 정도라면 모를까."

이니안의 말에 케라우는 믿을 수 없다는 눈으로 주위를 둘러보았다. 이곳까지 오면서 자신은 결계의 경계를 넘어 안으로 들어왔다는 낌새를 조금도 느끼지 못했다. 대체 누가 이런 결계를 만들었단 말인가.

"그리고 지금부터 성가신 녀석들이 나올 거야. 뭐, 나 혼자도 충분하지만 실력 구경 좀 해보자고."

이니안의 말이 끝나기 무섭게 갑자기 오우거 한 마리가 나타났다. 그야말로 하늘에서 뚝 떨어진 것처럼 어느 순간부터 이니안이 달려가는 방향에 거대한 나무 몽둥이를 든 채 서 있었다.

"시작이군."

이니안이 나직이 중얼거렸다.

"오, 오우거다!"

"몬스터다!"

오우거를 발견한 병사들이 큰 소리를 질렀다. 육상 몬스터 중 가장 강하고 흉포하다는 오우거가 침을 흘리며 사나운 눈빛으로 자신들을 노려보고 있었다.

병사들의 소동에 포르시아는 마차의 창밖으로 머리를 길게 뺐다.

"공녀님!"

포르시아의 위험천만한 행동에 다프네가 놀라서 소리쳤다.

"아, 저게 오우거구나."

포르시아는 신기하다는 듯 중얼거렸다.

"공녀님, 어서 마차 안으로 들어오십시오! 오우거는 몬스터 중에서도 가장 흉포하고 강력한 녀석입니다!"

다프네가 다급히 외쳤다.

'쳇. 저 녀석, 뭐가 좀 강한 몬스터야? 저 정도면……'

다프네는 속으로 허황된 말을 남기고 앞으로 나간 이니안에게 욕설을 퍼부었다. 오우거가 좀 강한 몬스터라면 대체 정말 강한 몬스터는 어떤 녀석이란 말인가?

다프네가 잠시 생각에 잠긴 사이 포르시아는 어느새 마부석과 통하는 창 앞에 가서 창을 열고 밖을 바라보고 있었다. 마부는 이미 포르시아의 명으로 한쪽 옆으로 비켜 앉아 말을 진정 시키면서 차분히 몰고 있었다.

"공녀님."

"걱정 말아요. 틀림없이 마차 안에 있으니까요."

다프네의 부름에 포르시아는 뒤를 돌아보고 살짝 웃음 지어준 후 다시 창밖을 내다보았다.

"저놈은 네가 처리해."

"너는?"

"저 위."

케라우는 이니안의 손가락을 따라 그가 가리키는 하늘로 시선을 돌렸다. 그곳에는 거대한 날개를 펼친 무언가가 마차를 향해 활강해 내려오고 있었다.

"와이번이군."

"그래."

"대체 결계 안이라면서 이곳은 어떻게 되먹은 곳이야?"

케라우는 투덜거리면서 양손에 낀 건틀릿의 팔목 쪽으로 접혀진 칼날을 폈다. 마치 손톱이 길게 자란 것처럼 보이는 건틀릿. 이니안이 케라우를 생각해서 칼의 레어에서 집어 나온 무기로 가장 단단하다는 금속인 오리하르콘으로 만들어진 것이었다.

"무기 값이나 해."

이니안은 그 말을 남기고 케이로스의 등을 두 발로 딛고 섰다.

이니안의 갑작스러운 행동에 병사들의 시선이 이니안의 시선을 따랐나. 그리고 그 끝에 보이는 몬스터는…

"와, 와이번이다!"

누군가가 가장 먼저 외쳤다. 곧 병사들은 혼란에 휩싸였다. 그나마 기사들의 노력으로 대열이 흐트러지지는 않았다.

하지만 앞에는 오우거, 위에는 와이번이라니. 병사들이 동요를 하지 않을 수 없었다. 지상 최강의 몬스터와 최강의 비행 몬스터가 앞과 위에서 공격해 오고 있다. 때문에 그들은 소드 마스터가 함께 있다는 사실까지 잊고 있었다.

와이번이라는 외침에 포르시아는 재빨리 마차의 지붕을 열었다. 봄날 나들이에 따스한 햇볕이 마차 안에 들어오게끔 고안한 지붕의 일부분을 차지하는, 해들이 창이라 불리는 개폐식 창을 포르시아는 몬스터를 보겠다는 목적으로 연 것이다. 미처 다프네가 말릴 틈도 없었다.

"어머!"

마차를 향해 곧장 떨어져 내리는 와이번의 모습을 본 포르시아의 입에서 작은 탄성이 터져 나왔다. 그녀도 놀란 것이다. 붉게 번들거리는 사나운 와이번의 눈동자. 그것은 지금껏 몬스터를 본 적이 없는 포르시아가 감당해 낼 수 있는 것이 아니었다.

"몬스터라는 것… 무섭네요."

포르시아는 살짝 떨리는 목소리로 말했다.

'공녀님이 더 무섭습니다, 저는.'

하지만 다프네는 솔직히 포르시아가 더 무서웠다. 비록 멀리서 날아내리는 와이번의 눈을 본 것이라지만 수련을 쌓지 않은 보통 사람이라면 그 정도로도 겁에 질려 당장에 주저앉을 위압감을 풍긴다. 와이번 아이라고 불리는 와이번의 사냥을 위해 특화된 능력. 드래곤의 아이에 비할 바는 아니었지만 보통 사람 정도 겁에 질리게 하는 것은 우스운 일이었다.

한데 포르시아는 작은 탄성과 같은 비명? 글쎄, 그것을 비명이라고 할 수 있을까? 아무튼 그런 반응 이후의 떨리는 목소리가 전부였으니 가히 대단하다 할 만했다.

그때 여전히 열린 지붕의 해들이 창으로 한 인영이 휙 지나갔다.

"어?"

갑작스레 나타난 그림자에 포르시아는 눈을 끔벅였다.

"잠시 실례하겠습니다, 공녀님."

어느새 이니안이 지붕에 두 발을 딛고 올라선 것이다. 와이번은 여전히 마차를 노리고 활강해 내려오고 있었다. 이니안은 천천히 검을 뽑아 들고 와이번을 노려보았다.

이제 와이번이 겨우 백 미터 정도의 거리를 남겨두고 있다. 그 정도

거리라면 일순간에 마차를 잡아챌 것이다.

"타핫! 창천광휘!"

우렁찬 외침과 함께 공간을 가르는 이니안의 참격!

쾅! 쿠우우우우.

요란한 소리가 들렸다.

마차가 멈춰 섰다.

병사들은 놀라서 자신들의 눈앞에 펼쳐진 광경을 멍하니 바라보았다. 마차 안의 포르시아와 다프네, 캐서린도 마찬가지다.

와이번이 정확히 반쪽이 나서 대열의 좌우에 나누어 떨어진 후 그 떨어지는 힘에 한참을 뒤로 미끄러져 나가다가 멈춰선 것이다. 그리고 그제야 반쪽으로 잘린 와이번의 몸의 절단면에서 자주빛 피가 스물스물 흘러나왔다.

쿵.

그때 앞에서 울리는 무인가가 쓰러지는 소리.

케라우가 섬뜩하게 빛나는 피가 묻은 칼날을 혀로 핥고 있었다. 그 앞에는 정확히 여섯 쪽으로 잘린 오우거의 시체가 있었다. 언제 그렇게 토막을 내버린 것인지 본 사람은 아무도 없었다.

"우우."

단지 그 엄청난 모습에 놀랄 뿐이다.

"계속 전진한다!"

이니안은 아무 일 없었다는 듯 케이로스의 등에 오르면서 명령했다.

"우아~ 대단하네요."

포르시아는 순수하게 감탄해서 말했다. 물론 귀족 숙녀가 볼 만한 모습은 아니었지만 그녀는 그런 것에 개의치 않았다.

"네. 대단합니다. 공중에서 날아내리는 와이번을 두 쪽으로 갈라내는 솜씨나 오우거를 순식간에 토막 치는 솜씨나… 믿을 수가 없군요.”

이니안은 그렇다고 쳐도 든 것 없이 얼굴만 잘생긴 줄 알았던 케라우가 그런 실력자라는 사실에 다프네는 솔직히 상당히 놀랐다. 그녀 자신이라고 그렇게 단 시간에 오우거를 쓰러뜨릴 자신이 없기 때문이다.

“이것, 제법 괜찮은데?”

케라우는 자신의 양손의 건틀릿을 보며 말했다. 이니안에게서 받고 실전에서 사용해 보기는 처음이었다. 사용해 본 소감은 마음에 쏙 든다였다. 케라우 자신의 손톱 못지않은 위력이었다. 착용감 또한 좋아 마치 실제로 손톱을 뽑아서 싸우는 것 같은 느낌이었다.

“그러면 좀 전에도 말했듯이 그 값을 해야겠지? 이번에는 왼쪽이다.”

그렇게 말한 이니안이 오른쪽으로 튀어나갔다.

“응?”

이니안의 말과 행동에 왼쪽을 바라본 케라우. 그곳에는 머리가 둘 달린 오우거가 흉포한 눈을 빛내며 달려오고 있었다.

“하아. 진짜 이곳은 어떻게 되먹은 곳이야? 트윈 헤드 오우거라니.”

케라우는 다시 건틀릿의 칼날을 폈다. 그러면서 이니안이 달려간 쪽을 바라보았다. 이니안이 달리는 곳의 맞은편에 달려오는 몬스터, 트롤이었다. 트롤은 트롤인데 피부가 짙은 회색이다.

“허어, 트윈 하트 트롤까지? 무슨 몬스터 대전이라도 벌이는 곳인가?”

케라우는 고개를 가로저은 후 굉장한 기세로 달려오는 트윈 헤드 오우거를 향해 말을 달렸다.

이제 병사들은 질려서 아무 말도 못하고 그저 앞만 바라보았다. 좌측에는 트윈 헤드 오우거, 우측에는 트윈 하트 트롤이다. 어지간해서는 정말로 보기 힘든 희귀 변종 몬스터인 동시에 그만큼 무지막지하게 강한 녀석들이다. 보통의 오우거 정도는 애들 상대하듯 상대한다고 알려진 녀석들, 보통의 기사가 일생 동안 한 번 만날까 말까한 녀석이다.

희귀 몬스터 도감을 뒤져야 목록에서 이름을 찾을 수 있는 녀석들을 지금 이 자리에서 두 눈으로 똑똑히 지켜보고 있는 것이다.

"대단하네요."

연이어 나타나는 엄청난 몬스터들에 다프네는 결국 포르시아 말리는 것을 포기했다. 대신 혹시라도 이니안이나 케라우가 혹시라도 놓친 몬스터가 마차로 달려올 것에 대비해 신경을 곤두세우고 검의 손잡이를 꽉 쥐었다.

'호호호. 기회다. 이런 의외의 기회가 찾아올 줄이야.'

대형이 변하면서 이니안과 정반대로 대열의 제일 끝에 가 있던 미르에게 있어서는 절호의 기회였다. 지금 이니안은 트윈 하트 트롤을 상대하러 마차에서 거리를 두고 달려가고 있었다. 자신의 목표인 포르시아의 주위에는 다프네라는 여기사 한 명이었다.

제도에서 제법 이름난 여기사라고 하지만 미르는 충분히 감당할 자신이 있었다.

'좋아.'

미르는 품에서 검신이 붉게 물든 단검을 꺼냈다.

열화(烈火)의 대거(Dagger).

단검으로 타격하는 순간 주변에 5서클의 파이어 월의 마법이 주변을 감싸는 아티팩트로 사용 횟수에 제한이 없는 엄청난 가치를 지닌 대거이다.

다크 크리스 길드가 보유하고 있는 세 개의 단검류 아티팩트 중 두 번째 물건이다. 이번에도 실패하면 이제 미르가 공격할 때 사용할 있는 단검 아티팩트는 하나였다. 그 이후는 오직 은신의 로브와 카르니아의 부츠, 두 개의 아티팩트만 남을 뿐이다.

열화의 대거를 품에서 꺼내면서 검끝이 살짝 로브 밖으로 삐져나왔다.

"응?"

그 순간 이니안은 마차 주변에서 이상을 감지했다. 나르센 산에서의 그 일이 있은 후 몸은 어디에 있더라도 항상 의식의 일부를 마차 주변에 집중하고 있는 터였다. 아주 작고 미세한 변화였지만 이니안은 금세 알아차렸다.

"케이로스."

[네, 마스터.]

"저놈이 어떤 놈인지 알고 있어?"

[네. 트윈 하트 트롤 아닙니까?]

"그럼, 상대할 수 있겠군."

[절 너무 무시하시는 것 아닙니까?]

케이로스는 겨우 트윈 하트 트롤 따위와 자신이 비교당했다는 것이 기분 나쁜 듯 대답했다.

"후훗. 좋아. 처리해."

그 말을 남기고 이니안은 몸을 훌쩍 뒤로 날렸다.

순간 은색 빛살의 뒤로 검은빛이 쏘아져 나갔다. 마령보의 수법 중 가장 속도가 빠른 마령질풍의 수법으로 몸을 날린 이니안이 그 속도 때문에 검은빛으로 보인 것이다.

'기이한 감각이었다, 살기와 마법의 힘이 뒤섞인.'

이니안은 자신이 느낀 기이한 감각의 근원을 향해 빠른 속도로 달렸다. 병사들은 갑자기 케이로스의 등에서 사라진 이니안의 모습을 찾느라 주위를 두리번거렸다. 마차를 향해 곧장 달려오고 있음에도 그 빠른 속도에 제대로 알아보지를 못한 것이다.

　이니안이 자신을 향해 빠른 속도로 달려오고 있다는 사실을 미르는 금
세 눈치 챘다.

　'어떻게 알아차린 것이지?'

　지금까지 은신의 로브로 몸을 감싸고 있으면 완벽하게 이니안의 이목
을 속일 수 있었기에 갑작스런 이니안의 움직임에 당황했다. 하지만 그
녀는 수차례의 암살을 성공시킨 초특급 어새신이다. 곧 침착함을 되찾고
더욱 빠르게 움직였다.

　'칫. 그래도 내가 더 가까워. 일단 목표 대상을 암살하는데 성공하면
내가 이기는 거다. 그 후 네놈 손에 죽든 말든 그건 내 알 바 아니야.'

　어새신은 한 번의 암살에도 목숨을 버릴 각오를 해야 한다. 그렇게 해
서 의뢰를 완수할 수 있다면 이미 일류 어새신인 것이다.

　가르니아의 부츠가 빛을 빌하며 빠르게 움직였다. 하지만 은신의 로브
를 이용하여 움직였기에 누구도 그녀의 기척을 알아차리지 못했다. 순식
간에 마차에 도착한 미르는 더 이상 숨길 것이 없다는 듯 마차의 문을 벌
컥 열었다.

　"누구냐!"

　경고성과 동시에 미르를 향해 날아드는 검.

　마차의 문에 누군가가 나타났다고 느낀 순간 다프네는 검을 뽑아들었
고 열리는 순간 검을 날린 것이다.

　온통 신경을 밖에만 집중하고 있던 포르시아는 다프네의 갑작스러운
행동에 깜짝 놀랐다.

　"쳇. 네년도 만만치 않구나."

　미르는 카르니아의 부츠의 힘을 이용해 재빨리 몸을 움직여 다프네의

일격을 피했다.

넓다고는 하지만 마차는 마차다. 한정된 좁은 공간에서의 싸움은 미르에게 전적으로 불리했다. 물론 롱소드를 사용하는 다프네에게도 제약이 많은 공간이지만 어새신인 미르가 몸을 숨길 수 있는 공간이 없다는 것은 다프네의 제약보다 훨씬 불리한 조건이었다.

"감히 어디를 난입하느냐!"

첫 일격을 미르가 피하자 재빨리 검의 진로를 바꾼 다프네는 곧장 미르를 찔러갔다.

하지만 갖은 암살 경험을 쌓은 미르도 만만치 않았다. 몸을 숙이며 곧장 암살 목표인 포르시아를 향해 몸을 날렸다. 이미 그녀의 손에는 섬뜩한 붉은빛을 발하는 열화의 대거가 들려 있었다.

"젠장. 또, 늦었군. 그래도 그게 있으니까."

이니안은 더욱 달리는 속도에 박차를 가했다.

마차 안에는 다프네도 있었고 또 이니안이 만약의 상황을 대비해 준비해둔 것도 있었다. 모두 나르센 산의 교훈 덕에 준비할 수 있는 것이었다.

"크윽."

요리조리 잘도 피하면서 포르시아를 향해 접근하는 미르의 모습에 다프네는 신음을 흘렸다. 어쩌나 빠르게 몸을 날리는지 이제 거의 포르시아의 지척에 이르러 있었다. 그렇게 되자 이제 다프네는 더 이상 미르를 공격하지 못했다. 자칫 잘못했다가는 포르시아까지 자신의 검격에 휘말릴 수 있기 때문이다.

"호호호. 결국 이렇게 의뢰를 완수하게 되는군요. 잘 가요, 포르시아 공녀!"

의뢰를 완수했다는 기쁨일까? 미르는 그녀답지 않게 큰 소리로 웃으며 오른손에 든 열화의 대거를 포르시아를 행해 내질렀다.

"멈춰라!"

"안 돼!"

동시에 울린 다프네와 캐서린의 목소리.

다프네의 목소리는 절망과 스스로에 대한 자책에 차서 울린 반면 캐서린의 목소리는 결사적이었다. 갑작스러운 상황에 어찌할 바를 몰라 하는 포르시아를 향해 몸을 날리면서 외친 목소리인 것이다.

"쳇, 방해하지 마."

일단 열화의 대거가 마법을 발동시키면 자신도 파이어 월에 휘말리게 되어 있기에 일격에 끝내야 했다. 포르시아를 지키기 위해 몸을 날리는 시녀를 찌른 후 포르시아를 찌를 수 있는 여유 따위는 없는 것이다.

미르는 재빨리 열화의 대거를 왼손으로 옮기면서 발을 교차해 스텝을 바꿨다. 속도를 이용해 왼쪽으로 캐서린을 등지고 몸을 반 바퀴 돌린 후 역수로 쥔 대거를 그대로 포르시아에게 꽂았다.

"아아……."

자신의 등을 찌르려는 미르를 포르시아는 멍하니 바라보았다.

"꺄악!"

자신이 몸을 날렸음에도 날렵하게 몸을 바꾸어 포르시아를 찔러가는 습격자의 모습에 캐서린은 비명을 질렀다. 하지만 마차의 방음창은 모두 닫혀 있었기에 누구도 그 소리를 듣지 못했다.

다프네가 포르시아를 위해 와이번이 떨어진 후 해들이 창도 닫았고 마부석의 이중으로 된 창도 밖을 볼 수 있는 창만 열어둔 채 소리를 막는 창은 닫아두었던 것이다. 포르시아를 위해 한 조치가 오히려 마차를 완벽히 외부와 차단해 오히려 그녀를 위험하게 만들었다.

대거의 끝이 포르시아의 등에 닿는 감촉이 나는 순간 미르의 입가에 미소가 어렸다. 먼저 죽어간 동료 네 명을 드디어 떳떳하게 웃으며 만날 수 있게 된 것이다.

그리고 대거의 끝이 포르시아의 등에 닿는 바로 그 순간 열화의 대거의 마법이 발동되어 검신에서 붉은 불꽃이 사방으로 피어올랐다.

'됐어. 이걸로 끝이야.'

마법이 발동되는 것을 확인하는 순간 미르의 입가에 미소가 어렸다. 이제 남은 것은 품에 있는 실드 마법이 담긴 스크롤 카드를 찢어 방어 마법을 발동시킨 후 카르니아의 부츠로 최대한 멀리 도망치는 것이다.

그때.

포르시아의 옷의 가슴 부분이 부풀어 올랐다.

'뭐지?'

갑작스러운 이상 현상에 눈을 크게 뜨는 미르.

그 순간 옷이 찢어지며 찬란한 빛이 포르시아의 가슴에서 쏟아져 나왔다.

그 빛의 근원은 포르시아의 가슴 앞에 둥실 떠 있는 육망성의 펜던트였다.

"이, 이건?"

갑작스러운 현상에 미르의 입에서 경악성이 터져 나왔다.

파앗!

순식간에 그 빛은 포르시아의 몸을 감싼 후 둥그런 구체로 크게 확장되어 사방으로 뻗어나갔다.

펑!

빛의 확장으로 인한 충격으로 마차가 커다란 소리를 내며 터져 나갔고 열화의 대거에서 발동된 파이어 월 역시 빛 안으로 침투하지 못하고 빛의 위력에 밀려 밖으로 튕겨 나갔다. 미르 역시 실드의 스크롤 카드를 찢지도 못하고 빛에 튕겨 나가 바닥에 나동그라졌다.

샤이닝 실드.

빛의 방패. 8서클의 방어 마법이 목걸이에서 발동된 것이다. 그것도 일반적인 샤이닝 실드의 방어 범위를 훨씬 초월한 광범위 방어였다. 그 안에 포르시아의 곁에 딱 붙어 있던 캐서린은 물론, 좀 떨어져 있던 다프네까지 있었으니 말이다.

"이, 이건?"

갑작스런 현상에 당황한 포르시아가 주변을 두리번거렸다. 그때 어깨에 무언가 내려앉는 감촉이 느껴졌다.

"응?"

"공녀님, 이것을."

언제 다가온 것일까? 이니안은 미르를 튕겨낸 샤이닝 실드 안으로 너무도 자연스럽게 들어와 자신의 로브를 벗어 포르시아의 양어깨를 덮어 주었다.

"아!"

그제야 자신의 옷가슴 자락이 찢어졌다는 것을 기억해 낸 포르시아는 황급히 이니안의 로브 자락을 여몄다.

"고마워요, 세이버 경."

"별말씀을요. 오히려 죄송합니다. 제가 해야 할 일을 제대로 하지 못해 이런 일을 당하셨으니."

"아니에요. 세이버 경이 준 목걸이 덕에 또 한 번 위기를 넘겼는걸요."

포르시아는 로브 자락 사이로 살짝 삐져나온 육망성의 펜던트를 보면서 미소 지었다. 이니안에게서 받은 이후 한 번도 몸에서 떼놓은 적이 없었다. 왜 그랬는지 모르겠지만 몸에서 떼어놓기가 싫어 항상 목에 걸고 있었던 것이다.

로즈의 시선을 따라가던 이니안의 얼굴에 살짝 변화가 생겼다. 그도 자신이 준 목걸이를 본 것이다.

설마 하고 있으리라고는 생각지 못했다.

그 목걸이는 칼에게 부탁해 특별히 만든 목걸이로 최초의 착용자를 기억에 그 착용자에게 물리적인 위험이 생겼을 때 샤이닝 실드를 발동하게끔 만들어진 것이다. 일단 최초 착용자가 정해지면 그 이후에는 착용자로부터 반경 일 킬로미터 이내에 목걸이가 있기만 하면 되었다. 마법사라도 느낄 수 없는 마나의 실로 연결이 되어 있기에 최초 착용자의 신변이 물리적인 위험에 노출되었을 때 순간적으로 이동해 마법을 발동시키는 것이다.

이니안은 포르시아가 자신이 준 목걸이를 버리지는 않을 것이라는 생각에 그렇게 만들어서 건넨 것이다. 나르센 산에서와 같은 일이 벌어지더라도 자신이 포르시아를 향해 달려올 수 있는 시간을 벌기 위해서 말이다. 한데 그것을 포르시아가 목에 걸고 있는 것은 이니안의 예상 밖이었다.

"그럼 저는 습격자를 잡도록 하겠습니다."

포르시아에게 살짝 고개를 숙인 이니안은 샤이닝 실드의 밖으로 걸어나갔다. 실드의 여파에 튕겨나간 충격이 굉장히 컸는지 미르는 몸을 휘청거리며 겨우 서 있었다.

"쳇. 이렇게 끝날 줄이야."

"다크 크리스 길드원 맞나?"

이니안이 담담히 물었다. 상대는 이미 모든 것을 포기한 듯했다.

"맞아. 네놈 손에 처참히 죽은 그 네 사람의 동료지."

"그럼 네가 마지막이군."

"호호. 그래. 어서 죽여."

미르가 한이 맺힌 눈으로 이니안을 노려보며 말했다.

"미안하지만 지금은 그럴 수 없다."

그렇다. 포르시아가 지켜보고 있는 앞에서 살인은 자제해야 한다. 그녀에게 살인하는 모습 따위 보여주고 싶지 않았다.

"그래? 호호. 그럼 네가 죽어!"

이니안이 한 발, 한 발 걸어 불과 서너 걸음 앞으로 다가오자 미르의 오른손이 품속에 들어갔다가 나오면서 섬광과도 같은 빛이 이니안을 향해 날아갔다.

파괴의 스틸레토.

미르가 가지고 있던 마지막 아티팩트였다. 모든 걸 부수고 지나가는 극강한 마력을 지닌 마의 단검. 그것이 파괴의 스틸레토다.

"우윽."

이니안은 갑작스레 자신을 향해 날아오는 어마어마한 힘에 깜짝 놀랐다. 소드 마스터 급의 기사가 사용하는 피어스 브레이크 못지않은 위력이었다.

'이건… 샤이닝 소드보다 훨씬 강력할지도…….'

이니안이 느끼기에 그것은 카르세온의 피어스 브레이크보다도 훨씬 강력한 위력이었다.

"만혼검쇄!"

순식간에 이니안의 검에서 청광의 오러가 타올랐다.

그리고 이어서 펼쳐진 마령천참검의 만혼금쇄의 수법.

콰아아아앙!

거대한 폭음이 울렸다. 그와 동시에 이니안의 몸이 뒤로 주욱 밀려났다. 파괴의 스틸레토의 힘에 뒤로 밀린 것이다. 만혼금쇄와 스틸레토의 충돌의 여파로 미르의 몸은 뒤로 형편없이 나동그라지며 날아갔다.

"으윽. 쿨럭."

지근거리에서 폭발의 충격을 고스란히 받았기 때문일까? 그녀는 엎드린 자세로 피를 토했다.

"제, 젠장… 실패인가?"

이니안을 바라보는 미르의 눈가가 파르르 떨렸다.

이니안이 천천히 미르를 향해 걸어갔다.

"쳇. 괴… 물 같은 녀… 석."

"너의 마지막 한 수는 정말 위험했다."

과연 이니안이 입고 있는 가죽 갑옷 이곳저곳이 찢어져 맨살이 드러나 있었다. 칼의 레어를 나온 후 처음 있는 일이었다.

"쿨럭."

미르는 다시 한 번 피를 게워냈다. 이미 조금 전의 충격으로 그녀의 내부는 엉망진창이었다. 마지막 생명의 끈으로 의식을 차리고 있을 뿐, 이제 그 끈도 곧 끊어질 것이다. 이니안은 한눈에 그것을 알 수 있었다.

"잘 가라."

"쳇… 어… 어떻… 어떻게… 그 녀… 석들을… 보… 보…….."

투욱.

미르의 얼굴이 힘없이 땅에 닿았다. 그녀는 마지막 말을 끝내지 못하고 그렇게 생명의 불을 꺼뜨렸다.

이니안이 몸을 돌렸다. 몸을 돌리자마자 자신을 걱정스레 바라보는 포르시아와 눈이 마주쳤다.

"세이버 경, 괜찮은 가요?"

여기저기 찢어진 가죽 갑옷을 보는 포르시아의 눈에는 걱정이 가득했다.

"네. 괜찮습니다."

이니안은 포르시아의 걱정을 덜어주기 위해 싱긋 웃었다.

"다행이에요."

이니안의 웃음을 본 후에야 포르시아는 안도의 한숨을 쉬었다.

"그리고 이것. 정말로 고마워요. 정말 귀한 물건이네요."

포르시아는 육망성 모양의 펜던트를 두 손으로 꼭 쥐며 말했다. 정말로 그랬다. 그 펜던트가 그녀를 살린 셈이었으니.

"대단한 것은 아닙니다. 용병 시절에 우연히 손에 넣은 물건이지요. 공녀님께 잘 어울릴 것 같아 드렸을 뿐인데… 그런 대단한 힘을 발휘할 수 있다는 것은 저도 처음 알았습니다."

모든 것을 알고 있으면서도 이니안은 모르쇠로 나갔다. 누가 보든 이니안 역시 자신이 준 목걸이의 위력에 정말로 놀란 듯한 얼굴이었다.

"그럼, 역시 돌려 드려야겠네요. 경도 이렇게 대단한 물건인지 모르고 저에게 주었으니까요."

포르시아가 목걸이를 풀기 위해 손을 뒷목으로 가져갔다. 그 모습에 이니안이 가만히 고개를 저었다.

"아닙니다, 공녀님. 그 목걸이 덕에 제가 제 임무를 다할 수 있었습니다. 그러니 계속 가지고 계십시오. 그 목걸이는 공녀님의 목에 걸려 있는 지금이 가장 빛나는군요."

스스로 말하고도 머쓱했음인가, 이니안은 그렇게 말한 후 살짝 붉어진 얼굴로 포르시아를 지나쳤다.

멀리서 또 다른 몬스터들이 이쪽으로 다가오고 있었기 때문이다.

"고, 고마워요. 소중히 간직할게요."

포르시아는 들릴 듯 말 듯 작은 목소리로 말했다.

"…이니안."

마지막 한마디는 그야말로 입 안에서만 웅얼거리는 듯했다. 그 누구도 듣지 못한 오직 포르시아 혼자만 들은 소리. 그녀는 그렇게 나직하게 이니안의 성이 아닌 이름을 불렀다.

육망성의 펜던트를 움켜쥔 그녀의 두 손에 더욱 힘이 들어갔다. 그녀는 분명히 보았다. 자신의 곁을 지나치는 이니안의 얼굴에 살짝 어린 홍조를 말이다. 그것이 왜 그렇게 포르시아의 기분을 좋게 만들었을까? 그녀 자신도 모를 일이었다.

[제법 낯간지러운 말이었다. 네 녀석이 설마 그런 말도 할 줄 알 것이라고는 상상도 못했어.]

"시끄러."

칼의 놀림에 이니안이 작은 목소리로 대꾸했다.

[너 얼굴 빨개진 건 아냐?]

칼의 놀림이 계속됐다.

"내 알 바 아냐."

[짜식, 부끄러워 하긴. 크크.]

이니안은 머리의 한쪽이 지끈거렸다. 흡사 케라우에게 놀림을 당하는 듯한 느낌. 당최 드래곤의 영혼이라는 녀석이 하찮은 뱀파이어의 성향을 닮아버리다니 이 무슨 일이란 말인가.

[그나저나 그 여자 제법 위험한 것을 가지고 있었어. 그럴 줄 알았으면 미리 말해주는 건데 말이야.]

"응? 뭐야? 알고 있었어?"

이니안이 깜짝 놀라서 물었다.

[물론. 난 영혼인걸. 그 여자 은신의 로브라는 아티팩트를 지니고 있었어. 고대 시대의 유물인데 어떤 방법으로 마법을 심었는지 모르겠지만 우리 드래곤들도 그 기척을 느낄 수 없게끔 숨겨주는 물건이지. 뭐, 영혼에게는 소용이 없는지 내 눈에는 뻔히 보였지만.]

"그렇다면 진작 말했었야지. 하마터면 큰일날 뻔했잖아."

이니안이 살짝 화가 난 목소리로 말했다.

[난들 그렇게 위험한 줄 알았을라고. 게다가 내가 만들어준 목걸이가 있잖아. 한 번 사용 후 다시 마나를 충천하는데 시간이 걸리기는 하지만 거의 반영구적으로 사용할 수 있다고. 인간의 기준으로는 그 가치를 따질 수 없는 보물이야.]

칼의 말이 맞긴 맞았다. 그 덕에 시간을 벌지 않았던가.

[하지만 조금 위험할 뻔했어. 설마 파괴의 스틸레토도 가지고 있을 줄은 몰랐거든.]

"파괴의 스틸레토?"

이니안이 고개를 가웃거렸다.

[그래. 네가 마지막에 부딪쳤던 그 단검. 그거라면 목걸이의 방어 마법도 뚫을 수 있거든. 그 여자가 처음의 공격을 열화의 대거로 한 것이 운이 좋았지.]

"칼."

칼의 이름을 나직이 부르는 이니안의 목소리에는 분노의 기운이 넘길거리며 똬리를 틀고 있었다. 하마터면 정말로 포르시아가 위험할 뻔한 것이다. 칼의 말대로 단검의 사용 순서가 바뀌어 포르시아가 공격당했다면… 생각만 해도 끔찍했다.

[다 왔다.]

이니안의 분노를 피하기 위함인지 칼은 주변을 환기했다. 어느새 이니안이 새로이 나타난 몬스터 근처에 당도한 것이다.

[저놈들이 마지막 같은데? 힘내라구.]

거기에 더해 응원까지 한다. 그도 내심 미안한 마음이 없잖아 있었던 것이다. 칼 자신이 보았을 때도 이니안과 파괴의 스틸레토가 부딪쳤을 때 얼마나 간담이 서늘했던가.

"후우. 그래. 이놈들이 마지막이지."

트윈 헤드 오우거와 트윈 하트 트롤은 진즉에 케라우와 케이로스가 처리한 후였다. 트윈 헤드 오우거는 토막나 있었고 트윈 하트 트롤은 목이 덜렁거릴 정도로 떨어진 채 양쪽 가슴에 커다란 구멍이 두 개가 뚫려 있었다.

이니안은 세 마리의 몬스터를 마주하고 있었지만 어느 것 하나 만만한 것이 없었다.

"이게 마지막이라고? 대체 여긴 어떻게 되먹은 공간이야?"

어느새 곁에 다가온 케라우가 물었다.

"여기? 결계 안이지, 빌어먹을 정도로 귀찮은."

이니안이 검을 뽑으며 말했다. 그리고 곧장 앞으로 튀어나갔다. 그의 검은 가운데 서 있는 머리 셋 달린 개 케르베로스를 향하고 있었다.

"쳇. 어쨌든 마지막이라니까 힘내야지."

케라우는 그렇게 중얼거리며 오른쪽에 자리하고 있는 미노타우로스를 향해 몸을 날렸다.

아우우우우!

커다란 울음을 터뜨리며 케이로스가 왼쪽의 바포메트의 목을 물어갔다.

세 마리의 몬스터가 정리되는데 그렇게 많은 시간이 걸리지 않았다. 셋 모두 인간계에는 없는 마족들의 세상인 마계의 몬스터로 알려져 있지만 상대하는 한 인간과 한 뱀파이어, 한 늑대가 너무 강했다.

"끝났습니다."

이니안이 포르시아를 향해 돌아가서 말했다.

"이제 더 이상의 몬스터는 없는 건가요?"

포르시아의 물음에 이니안이 고개를 끄덕였다.

"네. 이곳의 몬스터는 저것들이 전부입니다."

"다행이네요."

이니안의 대답에 포르시아가 가슴을 쓸어내리며 말했다.

"어이, 이니안, 이 여자는 뭐냐?"

"어새신."

"설마?"

"그래."

미르의 시신을 뒤적이던 케라우는 놀랍다는 눈으로 다시 한 번 그녀의 시신을 바라보았다. 아직도 나르센 산에서의 그 끔찍했던 기억을 잊을 수 없었다.

"흐음. 상당히 진귀한 물건들을 가지고 있는걸. 그래서 그렇게 상대하기 까다로웠나? 은신의 로브에 카르니아의 부츠, 그리고 이건… 세상에! 파괴의 스틸레토로군."

"그리고 이것도 있다."

이니안은 부서진 마차 근처에 떨어져 있던 붉은 검신의 단검을 집어서 케라우에게 던졌다.

"우와! 이건 열화의 대거네! 대체 저 어새신은 어떻게 되먹은 녀석이야? 하나만 나타나도 귀족들이 영지 전쟁을 불사할 정도의 물건을 네 개나 지니고 있다니. 아, 전의 환마의 크리스까지 하면 다섯인가?"

케라우가 질린다는 듯 말했다.

"자."

미르의 아티팩트를 모두 수거해 온 케라우가 그것을 이니안에게 내밀었다. 그것을 받아 든 이니안은 곧 포르시아 앞에 공손히 무릎을 꿇으며 그것들을 그녀를 향해 들어올렸다.

"세이버 경, 이건?"

"보관해 주십시오. 공녀님께 유용하게 쓰일 때가 있을 겁니다."

포르시아는 물끄러미 이니안이 올려든 것을 내려다보았다.

"알았어요."

평소라면 거절했을 포르시아였지만 이번에는 순순히 승낙했다. 자신이 거절하면 이니안이 몇 번이나 권하면서 지금의 자세를 유지할 것이라는 것을 알기 때문이다. 이니안이 무릎을 꿇고 자신을 향해 물건을 받쳐 들고 있는 모습, 별로 보고 싶지 않았다. 아니, 보기 싫었다. 그래서 서둘러 대답을 한 것이다.

Chapter 7

너는 내가 그 말을 믿을 것이라 생각하느냐?

너는 내가 그 말을 믿을 것이라 생각하느냐?

거대한 저택이 있다. 사람들이 바삐 움직이는 번화한 거리에서 조금 떨어진 한적한 곳이다. 카일로니아의 수도인 사우론에서 이렇게 넓은 땅을 차지한 저택에 과연 누가 살 수 있을까란 생각이 절로 들 규모였다.

그 저택의 정문 앞에 세 명의 여인이 나타났다. 셋 모두 윤기있는 검은 머리카락이 어깨 아래로 길게 내려와 찰랑거린다. 하나같이 아름다운 얼굴, 세 여인은 바로 이니안의 누나들이었다.

"다 왔어. 집이야!"

로레인이 감격스럽게 중얼거렸다.

"그래. 생각보다 빨리 왔어. 일 년의 시간을 얻어서 나갔는데 벌써 돌아오다니."

"그거야 이니안을 빨리 찾았으니까."

이리아의 중얼거림에 로레인이 당연하다는 듯 대꾸했다.

"그리고 변변찮은 남자도 없었지. 갈라히벤의 무투회라고 기대를 좀 했었는데 영 아니올시다야. 그래서야 대륙을 더 뒤져 봤자지."

로레인의 말에 메이린이 아쉽다는 듯 말을 덧붙였다.

이 세 사람은 이니안이 떠난 후에도 갈라히벤에 남아 무투회를 모두 지켜보고 왔다. 그리고 그에 대한 감상은 '시시해' 였다.

이들의 여행 중 가장 박진감 넘치는 전투는 로레인과 이니안의 대련이었다. 그 정도 수준의 대련을 봐버렸으니 다른 무투회는 당연히 시시해 보일 수밖에 없었다.

"그나마 카르세온이라는 사람은 좀 낫지 않았어?"

이리아가 메이린에게 말한다. 하지만 그사이 로레인이 고개를 가로저었다.

"그래도 그 녀석은 나에게 졌어."

"모르지, 앞으로는."

의미를 알 수 없는 메이린의 말에 로레인은 고개를 갸웃거렸다. 다만 메이린이 무얼 말하려는지 대강 짐작한 이리아가 살짝 웃을 뿐이었다.

저택의 경비병은 세 사람의 모습을 보고 얼른 문을 열어줬다. 세 사람은 경비병에게 간단한 인사를 한 후 천천히 저택을 향해 걸어갔다. 정문에서 저택의 현관까지 가는 길이 무척이나 멀어 보통은 마차를 이용하는데도 불구하고 세 사람은 별 상관 없다는 듯이 산책하는 걸음으로 여유 있게 움직였다.

어차피 바쁜 일도 없거니와 오랜만에 돌아온 집 안의 분위기를 정원에서부터 느끼고 싶다는 까닭도 있었다.

"왔으면 빨리빨리 들어올 것이지, 뭘 정원에서 밍기적거리고 있어?"

현관 안으로 들어서자 소식을 듣고 내려온 이슈데인이 세 사람을 향해 말했다.

"바쁜 일도 없는데, 뭐 하러 서둘러? 마부도, 말도 쉬어야지. 그나저나 오늘은 비번인 모양이네?"

"응. 마침."

메이린의 말에 이슈데인이 웃으면서 고개를 끄덕였다.

"그래 갔던 일은 어떻게 됐어? 상당히 빨리 돌아왔는데."

자신의 예상보다 빨리 돌아온 동생들을 보며 이슈데인이 궁금하다는 얼굴로 물었다. 일단 집을 떠난 이후 세 사람은 집에 아무런 연락도 취하지 않았던 것이다.

"천천히 이야기하자고. 우린 막 도착했어."

로레인이 피곤하다는 얼굴로 말했다.

"넌 들어가서 쉬어도 돼."

이슈데인이 로레인을 보며 별 신경도 안 쓴다는 듯 말했다.

"오빠!"

이슈데인의 말에 로레인이 앙칼지게 외친다.

"뭐, 이리아나 메이린이 너보다 훨씬 더 설명을 잘하니까, 피곤하신 분은 쉬시라고요."

이슈데인의 말에 얼굴을 찡그린 로레인이 무언가 생각이 난 듯 곧 얼굴을 풀었다. 그리고는 눈알을 데구룩 굴린다.

"알았어요. 말 잘 못하는 여동생은 이만 피로를 풀기 위해 쉬도록 하지요. 그동안 슈마인은 많이 컸으려나?"

그러면서 몸을 핑그르르 돌리는 로레인. 하지만 그녀의 말에 이슈데인의 얼굴이 딱딱하게 굳었다.

이제 겨우 세 살배기인 이슈데인의 아들 슈마인은 지금이 한창 귀여울 때이면서 동시에 서서히 말썽을 피기 시작할 나이였다. 현재 사이몬 공작가의 귀여움을 독차지 하고 있는 슈마인. 로레인도 물론 자신의 하나뿐인 조카를 끔찍이 귀여워했다, 단지 그 표현 방식에 문제가 있을 뿐이지. 슈마인은 그녀만 보면 경기를 일으켰다. 그것은 이슈데인도 익히 아는 사실이다. 그렇지 않아도 이슈데인이 조금 전에 직접 슈마인을 낮잠 재우고 내려오는 길이다.

지금 로레인이 슈마인을 깨우는 것은 곤란한 일이다.

"아, 알았어. 같이 가자, 로레인."

어쩔 수 없는 부정(父情)에 이슈데인은 로레인에게 백기를 흔들었다.

"아니, 됐어. 그것보다 슈마인이 너무 보고 싶은걸."

로레인의 입가에 미소가 걸린다.

"로, 로레인······."

이슈데인이 정말 애처로운 표정을 지었다. 그를 아는 모든 사람이 단한 번도 본 적이 없는 얼굴이다. 아니, 이슈데인에게 그러한 표정이 존재할 수 있다는 사실을 그 누구도 믿지 않을 것이다. 하지만 로레인은 너무도 쉽게 이슈데인의 얼굴에 애처로움을 만들어 버렸다.

"뭐, 오빠가 그렇게 부탁한다면 사랑스러운 여동생으로서 어쩔 수 없지."

다시 몸을 빙글 돌리는 로레인, 그녀의 얼굴에는 승리자의 미소가 걸려 있었다.

이리아와 메이린은 질린 얼굴로 자신들의 큰언니를 바라보았다. 확실히 사이몬 공작가의 세 번째 서열다운 솜씨다. 참고로 첫 번째와 두 번째는 각각 사이몬 공작과 공작 부인이다. 즉, 이 집안의 장남인 이슈데인은 자신의 여동생에게 서열에서 밀린 것이다.

"하아. 서재로 가자. 마침 아버님도 비번이시라 기다리고 계셔."

로레인의 얼굴에 한숨을 내쉰 이슈데인이 앞장 서 걸음을 옮겼다.

"응? 아버지도? 별일이네. ·아버지랑 오빠가 비번일이 겹치다니."

이리아가 신기하다는 얼굴로 중얼거렸다.

"뭐, 가끔은 그런 날도 있어야 아버지랑 아들이 얼굴 보면서 지내지."

옆에서 걷는 메이린의 말이다.

"왔느냐?"

이슈데인이 서재의 문을 열고 들어서자 사이몬 공작은 늘 한결같은 얼굴로 딸들을 맞이했다. 마치 저녁 파티에 참석했다가 돌아오는 딸을 맞이하는 얼굴 같았다.

"다녀왔습니다."

세 사람은 공손히 허리를 숙이며 인사를 했다.

"그래, 앉자."

공작이 소파에 앉자 다른 네 사람도 각기 자리를 잡고 앉았다.

"갔던 일은 어찌 되었느냐?"

"전혀요. 쓸 만한 남자라고는 하나도 없었어요."

로레인이 실망했다는 얼굴로 말한다.

"그럼, 모두 이겼느냐?"

사이몬 공작이 웃음을 지으며 물었다. 대륙에 자신의 왈가닥 큰딸을 이길 남자가 없을 것임은 누구보다도 자신이 잘 알았다. 이미 예상했던 일인 것이다. 그래도 혹시나 딸의 마음에 드는 남자가 있을까 싶어서 보냈던 것인데 결과는 역시나 인 듯하다.

"…아뇨."

잠시 멈칫 하던 로레인이 힘겹게 대답을 했다.

그녀의 대답에 사이몬 공작과 이슈데인이 의외라는 얼굴을 했다. 설마 그녀가 지리라고는 생각도 안했던 것이다.

"허허허. 그럼 너도 이제 시집가는 거냐?"

놀라기는 했지만 그래도 하늘 높은 줄 모르고 설치는 딸을 꺾은 이가 있다는 말에 사이몬 공작이 너털웃음을 지으며 묻는다.

아버지의 물음에 로레인이 고개를 가로저었다.

"아쉽지만요. 시집갈 수 있는 상대가 아니었거든요."

"설마 너보다 강한 여기사가 있다는 말이냐?"

사이몬 공작이 의아한 듯 물었다. 그녀가 시집갈 수 있는 상대가 아니라면 여자밖에 없었다. 그녀는 공공연히 말하지 않았던가, 자신을 꺾는 남자에게 시집을 가겠다고. 그러니 공작은 자신의 딸이 여자에게 졌다고 생각한 것이다.

"아니요."

로레인의 대답에 사이몬 공작은 알 수 없다는 얼굴을 했다. 이것도 아니다, 저것도 아니다. 당최 이해할 수가 없었다.

"답답하구나."

속 시원히 이야기를 하지 않는 딸을 보며 사이몬 공작이 말했다.

"혹시……."

그때 곰곰이 생각에 잠겨 있던 이슈데인의 입이 열렸다. 사이몬 공작의 눈이 그를 향했다.

"그럴 리는 없을 거라고 생각하지만 설마 이니안에게 진 거냐?"

이슈데인은 자신의 동생들이 막내를 찾아 나선 사실을 알고 있었다. 자신이 직접 정보를 제공까지 하지 않았던가. 이슈데인은 그런 그녀들이 이렇게 빨리 돌아왔다는 것은 이미 이니안을 찾았다는 것이라 생각했다.

"그게 무슨 말이냐?"

하지만 그 사실을 몰랐던 사이몬 공작의 얼굴이 놀람으로 가득 찼다.

"그래, 이니안에게 졌어."

이리아가 로레인을 대신해 대답했다. 로레인은 그때 일을 다시 떠올리자 그때의 분함이 떠오르는 듯 주먹을 꼭 쥐고 있었다.

이리아의 대답에 사이몬 공작의 얼굴에 자리하고 있던 놀람은 황당함으로 바뀌었다.

"허어. 대체 무슨 말이냐? 속 시원하게 설명해 보거라."

공작의 말에 메이린이 입을 열어 처음부터 차근차근 설명하기 시작했다. 이 중에서 그녀가 가장 알아듣기 쉽고 일목요연하게 설명을 잘했다.

"으음……."

메이린의 설명이 모두 끝나자 잠자코 듣기에 집중하던 사이몬 공작의 입에서 짧은 신음이 흘러 나왔다.

"정말로 그런 게 가능하단 말이냐?"

이슈데인은 도무지 믿을 수 없다는 듯 메이린에게 물었다.

"몰라. 내가 익힌 게 아니니까. 난 단지 책을 읽었을 뿐인걸. 그리고 가능한 거겠지, 실제로 이니안은 해냈으니까."

메이린의 대답에 사이몬 공작은 고개를 끄덕였다.

"다행이구나."

그의 말에는 진심이 담겨 있었다. 그는 진심으로 자신의 막내아들이 옛 실력을 회복한 것을 다행스럽게 여기고 있었다.

힘을 가진 자가 힘을 잃었을 때의 고통은 그 당사자가 아니면 누구도 알 수 없었다. 그것은 공작 역시 마찬가지였다. 자신이 상상도 하지 못할 고통을 겪고 있을 아들 생각에 항상 마음 한쪽이 아팠었는데 다시 힘을 찾았다니 정말 다행이었다.

"그래서 앞으로 어떻게 할 거야?"

이슈데인의 물음에 메이린이 고개를 저었다.

"특별히 할 일은 없는걸. 마일론이랑 파르미안이 무투회가 끝난 후 메이른 후작가의 옛 별장으로 가긴 했지만 우리랑은 상관없는 일이고. 뭐, 로레인 언니는 무척이나 가고 싶어했지만 우리가 간다고 뾰족한 수는 없잖아. 오빠가 아무것도 발견하지 못했으면 우리도 마찬가지야. 단, 그 현장에 있었던 마일론이라면 좀 다를지도 모르지만."

메이린의 말에 이슈데인이 고개를 끄덕였다.

"그렇다면 그 녀석은 어떻게 한데?"

"일단 칸세르 공작가의 공녀가 실마리를 쥐고 있다면서 계속 곁에 있을 생각인 것 같았어."

메이린의 대답에 이슈데인이 잠시 생각에 잠겼다.

"드래곤의 눈물이라… 그런 물건이 있는 줄은 몰랐어. 그리고 미에른 후작가에 그런 것이 있었는 줄도 몰랐고."

"아마 후작가에서도 몰랐을 거야. 보통 사람은 모르는 거니까. 그리고 어지간한 마법사들도 몰라. 흑마법사가 아니면 말이야. 그러니 미에른 후작가도 딱하지. 엉뚱한 물건 때문에 그런 화를 당했으니까."

메이린이 안타깝다는 듯 중얼거렸다.

"흐음. 그때 그 일에 제국의 공작가가 관계 되어 있단 말이지……."

사이몬 공작의 목소리에 은은한 분노가 어려 있었다.

이슈데인의 조사로 제국의 고위 귀족이 관련되어 있다는 사실까지는 알아냈지만 설마 공작일 줄은 몰랐다.

물론 이것도 어디까지나 심증일 뿐이고, 정확한 물증은 없었지만 정황이 너무나 잘 들어맞았다.

공작은 분노했다.

그때 그 일로 인해 카일로니아 왕국의 후작가 하나가 큰일을 당하고 휘청거렸고 또한 자신의 아들이 커다란 상처를 입고 집을 나가 버렸다.

그 상처가 가문에 대한 불만 때문이든 스스로의 나약함 때문이든 어쨌든 도화선에 불을 붙인 것은 그 사건이었다.

"공작가가 직접 관련했는지는 몰라요. 분명 그때 그곳을 습격한 사람들이 무슨 눈물이라는 것을 찾았고 또한 미에른 후작가에 확실히 그 드래곤의 눈물이라는 것이 존재한 것 또한 사실이에요. 또 공녀의 몸에 드래곤의 눈물의 기운이 어린 대법이 펼쳐진 것도 사실이고요. 하지만 그때 습격자가 공작의 사주를 받았는지는 모를 일이지요."

메이린이 차분하게 말했다.

"그것도 그렇지만 상황이 너무 딱 맞아떨어져."

이슈데인이 고개를 저었다.

"그래. 사실 나도 칸세르 공작의 짓이라고 생각해. 이리아 언니의 말을 들어보면 그것은 정말로 희귀한 것이라서 지금까지 발견된 것을 손가락으로 헤아릴 수 있다고 하니까. 하지만 그것만 가지고는 제국의 공작가에게 무어라 할 수 없으니까 문제야. 정확한 물증이 필요한데 아무것도 없잖아. 심지어 미에른 후작가에서 사라진 그 드래곤의 눈물도 이미 대법에 사용해 버려서 남아 있지 않을 건데."

메이린의 말에 그 자리에 앉아 있는 사람들이 모두 고개를 끄덕였다. 그녀의 말에서 이치에 어긋나는 것은 없었다.

심증과 정황이 확실한데도 물증이 없기에 어쩌지 못하는 상황. 그것만큼 답답하고 또 화나는 상황도 없었다.

"후우."

그 답답함이 이슈데인의 한숨이 되어 밖으로 나왔다.

사이몬 공작은 얼굴을 딱딱하게 굳힌 채 가만히 벽의 한 점을 응시하고 있다. 무언가 생각에 잠길 때의 그의 버릇이었다.

그때 그 일은 카일로니아의 국왕도 무척이나 분노했던 사건이다. 이미 4년이라는 시간이 지났지만 여전히 그때 일에 대한 조사는 이루어지고 있었다. 근위기사인 이슈데인이 왕세자의 경호 업무를 중단한 채 3년이나 왕국을 떠나 있기도 했다. 그리고 이슈데인이 돌아온 후에도 이슈데인이 책임자로 근위기사단의 근위기사들로 구성된 조사단이 활동을 계속하는 중이다.

"어떻게 하시겠습니까?"

이슈데인은 아들로써 아버지에게 묻는 것이 아닌 근위기사로써 근위기사단장에게 물었다.

"설사 제국의 황제라 할지라도 그런 식으로 우리 왕국을 어지럽혔다면 응당 그 죗값을 치러야 할 것이다. 하물며 공작가에서 저지른 일을 묵과할 수는 없다. 그러나 그러려면 그에 맞는 명분과 명명백백한 증거가 있어야 한다. 그것이 국가 간의 일을 처리하는 절차다. 우리에게는 명분과 증거, 모두 없다. 아니, 명분은 있을지 몰라도 그 명분을 받쳐 줄 증거가 없구나."

사이몬 공작은 안타까운 음성으로 말했다. 그 음성의 한켠에는 짐작하지만 그 대상을 어찌할 수 없는 분노 역시 스며 있었다.

"그래도 일단은 국왕 전하께 사실을 알리도록 하겠다. 아니, 네가 이 일의 조사단장이니 너도 함께 가는 것이 좋겠구나. 너희 셋도 같이 가자꾸나. 일단 직접 보고 겪은 것은 너희들이니까."

사이몬 공작의 말에 네 사람은 고개를 끄덕였다.

"하지만 결론은 이미 나 있는 것 아닌가요? 어쩔 수 없다고."

"그렇지. 그래도 일단 보고는 드려야지. 아직도 국왕 전하께서는 내게 종종 물으신다. 그때 그 일의 조사 과정의 진척 상황에 대해서 말이다. 미에른 후작가는 우리 나라에 큰 공헌을 했고 또 큰 축을 담당하는 가문이다. 그런 가문이 그런 횡액을 당했으니 전하께서 여전히 마음에 담아 두고 계심이야. 그러니 일단 우리가 알아낸 모든 것을 아뢰어야지. 그것이 비록 심증과 정황 증거뿐이라도 말이다."

막내딸의 물음에 사이몬 공작이 대답했다.

"그러긴 하네요."

대답을 하는 메이린의 목소리에는 힘이 없었다. 집으로 돌아오는 내내 고민했고 이미 이렇게 될 것을 예측했었다. 하지만 막상 그렇게 결론이 나니 힘이 빠지는 것은 어쩔 수 없었다. 사실 왕국의 힘도 필요가 없었다. 사이몬 공작가가 지닌 힘이라면 그 힘만으로도 어떻게든 할 수 있었다.

명백한 증거만 있다면…

"그리고."

공작의 입이 다시 열리자 네 사람의 시선이 아버지를 향했다.

"나는 이니안을 믿는다. 그 아이가 실마리를 발견했고, 그때 일을 파헤치고자 한다면 능히 그 일을 모두 알아낼 수 있을 것이다. 너희들 앞에서 이런 말을 하기도 조금 그렇지만 내 자식들 중 가장 뛰어난 아이는 이니안이라고 확실히 말할 수 있다. 어리석은 그 녀석이 자각하지 못할 뿐이지만 말이다."

사이몬 공자의 말에 네 사람은 고개를 끄덕였다. 그것은 그들 남매들 모두 인정하는 사실이다. 다만 이니안만이 그 사실을 몰랐다.

"그래요. 이니안이라면 가능할 거예요."

메이린이 동생에 대한 믿음이 가득한 눈으로 대답했다.

"뭐, 그럼 그렇게 결론이 난 건가요?"

이슈데인이 빙그레 웃으며 말했다.

이미 결론이 났다면 그 일에 관해 더 이상 인상 쓰고 고민할 필요는 없다. 그것은 심력 낭비다. 그 사실을 이들 다섯 사람은 너무나 잘 알았기에 금세 바뀐 이슈데인의 표정에 무어라 하지 않았다.

"그럼… 그 카르세온이라는 녀석 어땠어?"

이슈데인이 로레인을 보면서 물었다. 메이린의 이야기에서 대강 듣기는 했지만 본인의 감상을 직접 듣고 싶었던 것이다.

"형편없었어."

로레인이 생각할 것도 없다는 듯 대답했다.

"아쉽네, 장래의 매제감으로 점찍어 놨던 녀석인데."

이슈데인은 정말 아쉬운 듯했다.

"그랬다가는 매형과 처남이 매일 치고받고 으르렁거릴걸."

카르세온과 이니안의 관계를 상기시키며 로레인이 어림없다는 얼굴로 말했다.

"그래도 나 언니랑 상당히 잘 어울리는 조합이라고 생각해."

그때 이리아가 끼어들었다.

"너!"

이리아를 향해 로레인이 소리쳤다.

"뭐, 모르지. 내가 준 실마리를 풀었다면 내 형부가 될지도."

메이린의 말에 로레인의 고개가 획 돌아갔다.

"그게 무슨 말이야?"

금시초문인 말이다, 메이린이 카르세온에게 실마리를 줬다니?

다른 이들이 흥미로운 얼굴로 메이린을 쳐다보았다.

"마나가 흐르는 길은 하나가 아니다."

메이린의 말에 사이몬 공작과 이슈데인의 얼굴이 딱딱하게 굳었다. 대륙에서 오직 사이몬 가만이 알고 있는 사실이다. 그것을 메이린은 전혀 상관없는 사람에게 이야기했다고 말하고 있었다.

"그건 조금 경솔했던 것 같구나."

사이몬 공작이 엄한 목소리로 말했다.

"어차피 우리 가문 사람이 될 건데요, 뭐."

아버지의 엄한 얼굴에도 메이린은 대수롭지 않다는 듯 말한다.

"너!"

메이린의 말의 의미를 아는 로레인이 다시 한 번 소리를 지른다.

"그래도 그건 너무 많이 알려준 것 아니야?"

"하지만, 그 정도로 한 단계 발전하려면 보통 천재여서는 불가능할걸. 몇백 년을 내려온 상식을 깨는 말을 해줬다고 당장에 그 방법을 깨달을 수 있을까? 만약 그게 가능하다면 그 사람은 정말 천재라는 뜻이라고. 그렇다면 반드시 우리 가문 사람으로 만들어야지."

메이린이 생긋 웃으며 말하자 사이먼 공작과 이슈데인이 고개를 끄덕였다. 그녀의 말이 일리가 있었던 것이다. 의지로 마나를 움직이는 방법, 그것은 그 한마디에 떠올릴 수 있는 것이 아니다. 만약 정말로 알아낸다면 그는 정말로 탐나는 인재인 것이다.

"아, 맞아. 메이린 네 앞으로 책이 하나 와 있어. 이번에 왕국에서 발굴한 던전의 고대 서적이라던데 번역을 의뢰하더구나."

"번역 마법으로 해결이 안 되는 거야?"

이슈데인이 생각났다는 듯 말하자 메이린의 눈이 반짝였다.

"그래. 강력한 디스펠 마법이 걸려 있어서 번역 마법을 걸 수 없다고 하던데?"

그 말에 메이린이 냉큼 일어섰다.

"그거 내 방에 있지? 그럼 전 먼저 가볼게요!"

고대의 서적이라는 말에 재빨리 인사를 마친 메이린이 바람 같이 사라졌다.

"그럼 우리도 이만 일어나자꾸나. 왕궁에는 내일 들어가도록 하고. 내가 말을 전해놓으마."

그 말과 함께 공작도 소파에서 몸을 일으켜 서재를 떠났다. 남은 세 사람도 각자 서재를 떠났다.

　　　　　　*　　　　*　　　　*

　무겁다.

　질식할 것같이 무거운 공기. 가만히 턱을 괴고 있는 한 사람과 그 앞에 허리를 숙이고 있는 한 사람. 이 두 사람은 아무런 말도 하지 않고 있었다.

　의자에 앉은 사람에게서 뿜어져 나오는 침묵의 무게에 이 방의 공기는 거대한 산의 무게보다도 무겁게 변해 맞은편에 서 있는 이의 등을 내리눌렀다.

　"너는 내가 그 말을 믿을 것이라 생각하느냐?"

　마침내 턱을 괴고 있는 사내가 입을 열었다.

　"저는 오직 진실만을 말했습니다."

　허리를 숙인 이는 더욱 공손히 말했다.

　"고개를 들어라."

　그의 말에 허리를 숙이고 있던 사람은 허리를 펴고 살짝 고개를 숙인 시선으로 의자에 앉은 이를 바라본다. 그의 눈에는 의자에 앉은 이의 가슴 아래 부위만이 눈에 들어왔다.

　그런 공손한 자세로 서 있는 사내, 그는 바실러스였다.

　"네 말이 진실이라는 것을 어떻게 나에게 보이겠느냐?"

　"마법사에게는 마나의 맹약이라는 것이 있습니다, 황자 저하."

　바실러스의 이야기를 듣고 있는 사람, 그는 제국의 1황자 카르발 칼폰트 미오나인이었다.

　"그게 무엇이냐?"

　"마법사가 스스로의 마나에 걸고 맹약을 했을 경우 그 맹약을 지키지 못하면 스스로 가진 마나가 모두 사라지는 맹약입니다. 저는 저에게 이 이야기를 들려준 호크의 요청으로 황자 저하께 이 이야기를 모두 아뢰겠다는 맹약을 맺었습니다."

"흐음. 그렇다고 할지라고 나는 모르는 일이니 그 말만으로는 증명할 수 없지 않느냐?"

카르발 황자는 정말 엄숙한 얼굴로 말했다.

그가 바실러스에게 들은 이야기, 그것이 사실이라면 절대 묵과할 수 없는 일이었다. 또한 거짓이라면 눈앞의 바실러스의 목이 당장 떨어질 만한 이야기였다.

"혹시 개인적으로 부리시는 마법사가 있으신지요?"

바실러스가 조심스레 물었다. 카르발 황자는 그 물음에 고개를 끄덕였다.

"그렇다면 그 마법사로 하여금 저에게 진실의 언령이라는 마법을 펼치도록 하십시오. 그 마법이 펼쳐져 있는 동안 제가 만약 황자 저하께 거짓을 아뢴다면 마법의 힘으로 저의 몸에 갖가지 상처가 날 것입니다."

그 말에 카르발 황자는 자신의 의자 곁에 내려와 있는 줄을 잡아당겼다.

"부르셨습니까?"

줄을 당기자 곧 문이 열리며 시녀가 공손히 허리를 숙이고 들어왔다.

"가서 레이한 경을 모셔 오너라."

카르발 황자의 명에 시녀는 뒷걸음질치면서 방을 물러났다. 시녀가 들어왔다 나가고 얼마나 있었을까? 문에서 노크 소리가 울렸다.

"레이한입니다, 저하."

"들어오시죠."

카르발 황자의 허락이 떨어지자 문이 열리며 중년의 사내가 들어왔다.

"경의 실력이 6서클 러너라고 알고 있습니다만."

"네. 정확하십니다, 저하."

"그렇다면 혹 진실의 언령이라는 마법을 사용할 줄 아십니까?"

"네. 부족하나마 사용할 수 있는 마법입니다."

레이한의 대답에 카르발 황자는 고개를 끄덕였다.

"어떤 마법입니까?"

"이 마법이 작용하는 동안 거짓을 말하는 자는 거짓을 말하는 만큼 몸에 상처가 생기는 마법입니다. 거짓말을 많이 할수록 깊고 많은 상처가 생깁니다."

"과연."

바실러스의 말에 거짓이 없음을 확인한 카르발 황자의 시선이 바실러스를 향했다.

"저자에게 그 마법을 써주시오."

카르발 황자의 말에 레이한은 고개를 갸웃거렸다. 그가 보기에 황자가 가리킨 인물도 마법사였다. 황자가 자신과 독대를 하고 있는 마법사에게 진실의 언령을 써달라고 요청을 하다니, 드문 일이다. 대체 얼마나 중요한 이야기를 나누고 있으면 진실의 언령까지 동원해서 그 사실의 진위 여부를 가리려고 하는 것일까?

제국의 황자라면 굳이 그런 방법을 동원하지 않더라도 어지간한 일은 몇 시간 안에 진실의 여부를 판별해 낼 수 있는 힘을 가지고 있었다. 하지만 레이한 그는 그런 사실을 궁금해할 입장이 아니었다. 황궁의 궁정 마법사인 이상 황자의 정중한 요청을 들어주어야 했다.

"알겠습니다."

황자에게 허리를 숙인 후 레이한은 바실러스에게 다가갔다.

"상당한 실력을 쌓으신 마법사 같으십니다. 제가 거는 마법의 마나에

저항하지 말고 순순히 받아들여 주십시오."

레이한은 정중히 말했다.

"제가 자청한 일입니다. 당연한 일이지요."

바실러스는 웃으며 고개를 끄덕였다.

마법사는 다른 마법사의 마법에 저항을 할 수 있다. 특히 자신의 몸에 직접 펼쳐지는 마법에 대한 저항력은 아주 강했다. 그러한 능력을 항마력이라고 하는데 마법사 간의 실력 차가 클수록 커진다. 바실러스 정도의 실력이라면 눈앞의 마법사가 펼치는 진실의 언령 정도는 단번에 튕겨낼 수 있다.

"하늘에, 땅에 존재하는 위대한 힘, 마나의 진실에 기대어 말하노라. 지금부터 너의 입에서 나오는 모든 소리는 세상 모든 힘의 근원인 마나에 의해 심판을 받으리니 그 말은 곧 힘이 되어 진실에 등을 보이매 소리가 칼이 되어 너의 몸에 심판을 가하리라."

레이한의 주문 영창이 끝나자 바실러스의 몸이 빛에 휩싸였다. 그 모습을 확인한 레이한이 한 발 옆으로 물러섰다.

"이제 된 것이오?"

그 모습에 카르발 황자가 물었다.

"네, 저하."

레이한의 말에 카르발이 의자에서 일어섰다.

"정확한 확인을 위해 확실한 거짓말을 하나 해보거라."

과연 제국의 황자답게 카르발은 철저했다.

"저는 여자입니다."

바실러스가 그렇게 말을 하는 순간 그의 오른팔에 날카로운 상처가 생기면서 피가 베어 나왔다. 그 모습에 카르발 황자가 고개를 끄덕였다.

"좋아. 그럼 레이한 경, 잠시 나가 계시다가 제가 요청하면 다시 들어오셔서 저 마법을 풀어주시기 바랍니다."

"알겠습니다."

카르발 황자의 말에 허리를 숙여 인사를 한 레이한은 뒷걸음질치며 방을 빠져나갔다. 방문이 완전히 닫히자 카르발은 다시 의자에 앉아 가만히 바실러스를 응시한다.

"조금 전에 했던 말을 다시 해보거라."

카르발 황자의 말이 떨어지자 바실러스는 천천히 또렷한 목소리로 같은 말을 한 번 더 반복했다.

바실러스의 말이 끝날 때까지 그의 몸에는 상처가 단 하나도 생기지 않았다. 그의 몸에 생긴 상처는 처음 대법을 시험할 때 생긴 팔의 상처가 전부였다.

"과연."

그 모습에 카르발 황자는 다시 한 번 고개를 끄덕인다. 그러나 조금 전과는 다르게 그의 얼굴이 딱딱하게 굳어 있었다.

카르발 황자는 다시 한 번 의자 곁의 줄을 당겼다. 그리고 들어온 레이한으로 하여금 진실의 언령을 풀게 했다. 곧 바실러스의 몸에서 발하던 빛은 사라졌다. 레이한이 공손히 인사를 하고 돌아가자 카르발 황자의 시선이 다시 바실러스를 향했다.

그의 두 눈은 분노로 시뻘겋게 변해 활활 타오르고 있었다.

"그러니까… 지금 포르시아는 사실 메이지아 공작가의 여식이고, 칸세르 공작은 날 암살하기 위해 납치해서는 자신의 딸로 기억을 조작했다라… 게다가 얼마 전에 사라졌던 것은 그 대법으로부터 포르시아를 지키기 위해 다른 마법사가 탈출시켰기 때문이고 그때의 부작용으로 잠시 기억을 잃은 것이다. 그리고 다시 돌아온 포르시아에게 한 번 더 드래곤의 눈물이라는 것을 사용한 대법을 펼쳐서 완벽하게 나를 살해하도록 명령

할 수 있게끔 만들어놓았다는 말이… 모두 사실이란 말이지. 하아… 하하, 하하, 크하하하하하. 이렇게 황당할 수가. 크하하하하하!"

카르발 황자는 미친 듯이 웃었다. 그의 광소가 방 안을 가득 채웠다. 그가 앉은 의자의 팔걸이가 와지끈 소리를 내며 부서져 나갔다. 그 모습에 바실러스가 살짝 놀랐다.

세상에 알려진 바로 카르발 황자는 머리가 총명하고, 뛰어난 정치가의 기질을 가지고 있으나 육체적 단련은 하지 않아 보통 사람 정도의 체력을 가졌다 하였다. 하지만 지금 그는 단단하기로 소문난 오크 나무로 만들어진 의자의 팔걸이를 아주 가볍게 부서 버렸다. 무언가 숨긴 힘을 가지고 있는 것이다.

바실러스는 곧 그것을 느낄 수 있었다.

카르발 황자의 웃음소리가 커질수록 방 안의 마나가 요동을 쳤다. 그야말로 엄청난 마나의 폭풍이었다. 단지 웃음소리만으로 이렇게 방 안의 마나를 진탕시킬 수 있다는 사실에 바실러스는 깜짝 놀랐다. 그가 알기로 이 정도의 마나의 폭풍을 만들어내려면 그 경지가 소느 마스터를 넘어서야 한다.

카일로니아 왕국 최강, 아니, 라칼트 대륙 최강의 기사라 일컬어지는 그랜드 마스터의 경지에 오른 강자, 라이데온 케이 사이몬 공작 정도는 되어야 가능한 일일 것이다.

바실러스는 지금 그 정도로 어마어마한 압력을 느끼고 있었다.

'설마… 이 정도의 힘을 숨기고 있는 사람이었을 줄이야……. 이 정도라면 설사 포르시아 공녀가 암습을 한다 하더라도 백 중 백 실패한다. 칸세르 공작… 당신이 사람 보는 눈이 탁월하다 하나 그 눈은 까막눈이었소. 어찌 1황자의 저런 숨겨진 힘을 알아보지 못할 수 있는지…….'

바실러스는 최후에 자신이 배를 갈아탄 것이 정말 탁월한 선택이었다는 것을 절감했다. 이런 힘을 가진 황자를 적으로 돌릴 뻔하다니 간담이 서늘해졌다.

'호크 말라온, 정말 고맙소이다. 당신 덕에 내가 살았소.'

정말 운이 좋았다. 그가 만약 호크를 만나지 못했다면 여전히 칸세르 공작 밑에서 죽음을 향해 질주하는 마차에 유유자적 몸을 싣고 있었을 것이다.

"칸세르 공작, 내 당신의 야망은 모르는 바 아니었으나 포르시아의 아버지기에 눈감아주고 있었소. 페르마타가 그렇게 나에게 충고를 하여도 그냥 눈을 감아주고 있었소이다. 하나 이런 정도의 야망인 줄은 몰랐소이다. 내가 이제 그 야망을 알았으니 앞으로 각오하는 것이 좋을 것이오."

음산하게 울리는 카르발 황자의 목소리에서 진득한 살기가 묻어 나왔다.

"바실러스 자작."

"네."

카르발 황자의 부름에 바실러스는 허리를 숙였다.

"포르시아에게 걸렸다는 그 대법, 풀 방법은 없는가?"

"없습니다."

바실러스는 생각할 것도 없다는 듯 단호하게 대답했다. 본래 거는 방법만 연구되어 있고, 푸는 방법은 연구되어 있지 않은 대법이다. 게다가 그것을 호크와 클레비클이 연구하여 더욱 복잡하고 정교한 변형된 대법을 만들어냈다. 그가 아무리 백마법과 흑마법을 함께 익혔다 하나 불가능한 것은 불가능한 것이다.

"바실러스 자작 말고 다른 사람은?"

"인간은 불가능합니다. 단언할 수 있습니다."

바실러스의 대답에 카르발 황자의 얼굴이 어두워졌다.

"그렇다면 나는 포르시아와 결혼하게 되면 항상 그녀의 암살 위협에 시달려야 한단 말인가?"

그는 고개를 숙였다.

"저, 외람된 말씀입니다만… 제가 느낀 황자 저하의 힘이시라면 굳이 그런 걱정을 하실 필요가 없다고 사료됩니다만……."

"훗."

바실러스의 말에 카르발 황자가 힘없이 웃었다.

"그래. 보통 시녀가 그렇다면 아무 문제없지. 문제는 칼을 들고 나를 찌르려는 이가 포르시아라는 거야. 자작은 모를지도 모르겠군. 하지만 말야, 내 모든 것을 줘도 아깝지 않을 사랑하는 사람이 그 사랑스러운 눈동자로 나를 바라보면서 검으로 나를 찌른다면 난 어떠한 반항도 할 수 없을 거야. 크크크. 그래, 난 그 정도로 포르시아를 사랑해. 분명히 말할 수 있어. 그녀가 나를 죽이려 한다면 나는 죽을 거야. 칸세르 공작, 다른 것은 몰라도 적어도 그것만큼은 성공을 했군, 그래. 나를 죽이고 티게르를 황제로 세우겠다? 킥킥킥."

고개를 숙인 채 카르발 황자의 입에서 웃음이 새어 나왔다.

"그렇다면 정말로 방법이 없는 건가?"

"네."

"내가 살려면 결혼을 하면 안 되겠군."

"그렇습니다."

카르발 황자는 아무 말이 없었다.

그는 지금 암흑과도 같은 길 속에서 수없이 많은 미로들을 바라보며 깊은 고민에 잠겨 있었다. 도저히 답이 없는 미궁.

빠져나갈 방법은 있었다.

미궁을 파괴하면 된다. 하지만 그러면 자신도 죽는다. 아니, 살기 위해 미궁을 파괴하는 것이지만 그렇게 하면 몸은 살되 정신은 죽는다.

"바실러스 자작."

"네."

"그 대법이란 것으로 인해 나를 죽이려는 행동은 나를 보면 바로 이루어지는 걸까?"

"제가 본 마법진의 도해에 따르면 그건 아닌 것 같았습니다. 어떤 계기가 필요할 것 같습니다."

"계기라… 그게 무얼 것 같은가?"

카르발 황자의 물음에 바실러스는 고민에 잠겼다. 마법진의 수식으로는 그 정확한 계기까지는 알 수 없었다. 다만 어떠한 계기로 인해 발동되게끔 고안되었다는 것만 알 수 있었다.

바실러스는 가만히 고개를 숙였다.

그때 그의 머리를 번득 스쳐 지나가는 자신의 손에 최후를 마친 호크의 모습. 그 모습이 눈앞에 아른거렸다.

'그래, 분명… 그때 그가 최후에 무어라고……'

바실러스는 다시 한 번 그때 상황을 곰곰이 떠올렸다. 호크는 죽어가면서 무어라 한마디를 남겼었다. 자신을 저주하는 말을 한 후 남긴 그 한마디. 그때는 도무지 알 수 없는 말이었다. 그렇게 최후를 마칠 때 남길 말은 자신을 향한 저주나 원망의 말일 수밖에 없었기에 별로 신경 쓰지 않았다.

'하지만… 지금 생각해 보면 못 다한 말을 하려고 한 것 같아.'

그렇다. 당시 호크는 자신이 바실러스의 손에 죽을 것이라고는 전혀 생각하지 않는 듯한 모습이었다. 그래서 무언가 말하지 않았던 것을 자신의 죽음에 임박해서야 말한 것 같았다.

그렇게 자신이 죽게 된다면 그전에 반드시 알려야 할 사실, 그것을 알리기 위해 필사적인 모습이었다. 호크는 그렇게 죽어갔었다.

'만약 그 상황에서 필사적으로 알려야 할 것이라면……'

바실러스는 곰곰이 생각에 잠겼다. 자신이라면 그 상황에서 무엇을 알리려 했을 것인가.

카르발 황자는 그런 바실러스의 모습을 가만히 지켜보았다.

'그는 내가 대법이 행해졌던 방에서 대법의 마법진을 본 것을 알고 있었다. 그리고 나의 경지가 7서클 마스터라는 것도 알고 있었다, 그것도 백마법과 흑마법을 동시에 익힌 마법사라는 것까지. 그렇다면 나의 실력을 상당히 높게 평가했을 터, 내가 그 마법진을 어느 정도는 해석할 수 있다고 생각했을지도. 그렇다면… 그래! 그거다. 그는 내가 그 마법진에서 계기를 통해 대법의 진정한 목적이 실현될 것이라는 사실을 알아차렸을 것이라 생각했을 거다. 그렇다면 그때 그가 나에게 알리려고 한 것은 분명 계기, 그 계기일 것이다!'

바실러스는 호크의 입장이 되어 그가 마지막에 필사적으로 남긴 말의 정체를 유추해 냈다.

'분명 그는 나에게 계기를 알리려 했을 것이다. 그때 그가 뭐라고 했었지? 생각해 내라. 생각해 내라, 크리스토 바실러스.'

바실러스의 눈썹 사이에 주름이 생겼다. 무언가를 떠올려 내려고 안간힘을 쓰는 모습. 그 모습에 카르발 황자는 기대를 가진 눈으로 그를 바라보았다.

'겨, 겨, 결… 혼… 식… 이, 이, 이… 다. 맞아! 분명 그렇게 말했다. 결혼식! 결혼식이었어!'

결국 바실러스는 호크의 마지막 한마디를 기억해 낼 수 있었다. 바실러스의 얼굴이 환해졌다. 그 모습에 카르발 황자의 눈에 어린 기대도 더욱 커졌다.

"짐작 가는 것이 있나?"

"네. 있습니다. 제가 호크의 목숨을 취했을 때 그가 필사적으로 남긴 한마디가 있었습니다."

바실러스의 말에 카르발 황자의 눈가에 살짝 주름이 생겼다.

"바실러스 자작이 쓸데없는 짓만 하지 않았어도 그에게 직접 물었으면 됐을 것을……."

바실러스 역시 그 일을 후회했다. 하지만 당시 그는 그 계기를 카르발 황자가 막으려 할 것이라는 것을 추측하지 못했기에 그를 죽이는데 아무런 망설임이 없었던 것이다.

"송구스럽습니다. 제 생각이 짧았습니다."

바실러스가 벌겋게 변한 얼굴로 허리를 숙였다.

"이미 지난 일이니 됐다, 지금 그런다고 해서 그가 살아오는 것도 아니고. 어서 그 이야기나 해봐."

"네. 제가 만약 그였다면 그리고 그 상황에서 알리지 않은 것이 있다면 아마 그 계기였을 겁니다. 실제로 저는 그에게서 계기에 관해 아무것도 듣지 못했으니까요. 그런 상황에서 죽음을 맞이하게 된다면 마지막에 필사적으로 남길 말은 한 가지뿐입니다."

"그 계기겠군."

카르발 황자가 고개를 끄덕이며 중얼거렸다.

"네. 그렇습니다. 그는 마지막에 결혼식이라고 했습니다."

바실러스가 자신 있게 말했다.

"결혼식이라……."

바실러스의 말에 카르발 황자는 다시 생각에 빠졌다.

"그것 참 절묘한 조건이로군."

잠시 후 들려오는 카르발 황자의 목소리.

"제국의 황자가 결혼식도 없이 비를 맞아들일 수는 없는 노릇이지. 게다가 얼마 전 포르시아가 이번 여행에서 돌아오는 대로 결혼식을 올리자고 칸세르 공작과 이야기도 되어 있는 상황이니… 이거 음모를 꾸미는 능력만큼은 대단한 사람이야, 칸세르 공작."

난간한 듯 중얼거리는 카르발 황자.

대법을 발동시키는 계기를 알아냈다 하나 그 계기를 막기에는 참으로 난감한 상황이었다.

"흐음."

다시 깊은 생각에 빠지는 카르발 황자. 그는 깊은 고민 속에 빠졌다, 이 상황을 타계할 방법을 찾기 위해. 바실러스로부터 들은 사실을 잘 조합하면 어떻게 길이 보일 것 같기도 했다.

"그래!"

얼마나 시간이 흘렀을까? 그의 입에서 탄성이 터져 나왔다. 방법을 찾은 것이리라.

"결혼식이 계기라면 결혼식을 할 수 없는 상황을 만들면 되는 것이지."

카르발 황자의 입가에 미소가 어린다.

"바실러스 자작."

"네."

"네 실력이 어느 정도지?"

"마법사로서의 실력이라면 7서클 마스터입니다. 하지만 제가 백마법과 흑마법을 모두 익힌 상태, 일반적인 마법사의 기준이라면 능히 8서클 마스터를 제압할 수 있습니다."

자신에 가득 찬 대답이다. 그의 대답에 카르발 황자는 고개를 끄덕이며 미소를 지었다.

"좋아. 그렇다면 임무를 하나 주지. 그것을 해결하면 나의 그늘 아래 들어올 수 있을 것이야."

그의 말에 바실러스의 입가에 은은한 미소가 어렸다. 드디어 그의 목적을 이룰 수 있게 된 것이다.

"무엇이든 말씀만 하십시오."

"포르시아를 납치해 와. 이곳으로 아무도 모르게 말이야. 신부가 사라지면 결혼식을 올릴 수 없겠지. 후후후. 그리고 실종된 신부를 1황자 궁에서 찾으려는 미친놈도 없을 것이고. 설마 신랑이 신부를 납치할 것이라 누가 상상이나 하겠는가 말이야."

"참으로 탁월한 방법이십니다."

"일단 그 일만 성공하면 내 그늘에 둠은 물론, 백작의 작위를 보장하지. 이 일은 모든 전후 사정을 아는 자만이 가능하니 나로서는 자네밖에 선택의 패가 없어."

일단 임무를 주며 자신의 그늘에 두겠다는 조건을 걸자 카르발 황자의 말투가 달라졌다.

"그리고 그 후 천천히 시간을 들여 그 대법을 풀 방법을 찾아보도록 하지. 만약 대법을 풀어낸다면 내 황제가 된 후 칸세르 공작을 쳐내고 비게 되는 공작의 자리를 자네에게 주도록 하지."

카르발 황자의 말에 바실러스는 환희와 전율을 동시에 느꼈다.

공, 후, 백, 자, 남의 다섯 작위 중 최고의 작위라는 공작.

그것도 라칼트 대륙 최강의 국가라는 미오나인 제국의 공작이다. 어찌 전율이 일지 않을 수 있겠는가.

'이리도 쉽게 중앙에서 힘을 얻을 길이 열리다니.'

바실러스는 진실로 자신이 정말 운이 좋았다 생각하고 있었다.

"충성을 다해 섬기겠나이다, 저하!"

바실러스는 즉각 그 자리에 엎드렸다. 그 모습에 카르발 황자의 입가에 미소가 어린다.

"일단 내가 준 임무를 성공시킨 다음부터일세."

"네, 저하."

"그럼 어서 가보게."

"알겠습니다."

우렁차게 대답한 바실러스 자작은 카르발 황자의 방을 떠났다. 그가 떠난 후 홀로 남은 카르발 황자의 얼굴에는 짙은 수심이 어렸다.

포르시아에 대한 진하고도 진한 사랑과 걱정이리라.

Chapter 8

진은 그러지 않았다

당당한 걸음을 한 발 한 발 옮긴다. 온몸을 뒤덮은 은색의 털이 그렇게 멋질 수가 없었다. 그 좌우를 호위하듯 걷고 있는 기사들과 병사들의 모습이 가운데를 당당히 치지하고 있는 케이로스의 모습을 더욱 돋보이게 하고 있었다.

"너도 기분이 좋니, 케이로스?"

포르시아가 생긋 웃으면서 케이로스의 등의 털을 쓰다듬었다.

걸음을 옮기고 있는 케이로스의 등을 포르시아가 쓰다듬었다? 가능한 일일까? 보통이라면 불가능한 일이다. 하지만 지금은 가능했다.

그녀는 지금 케이로스의 등에 타고 있었다.

포르시아의 목걸이에서 발동한 방어 마법의 여파로 마차가 박살이 났다. 기본 뼈대는 그런대로 남아 있었지만 마차의 벽과 천장의 파손은 정말 심각한 지경으로 도저히 공녀가 타고 갈 상태가 아니었다.

하지만 포르시아의 짐 정도는 실을 수 있었기에 마차는 그냥 짐만 실은 채 일행을 따르기로 하고 포르시아를 비롯해 다프네와 캐서린은 말을 타고 가기로 했다.

문제는 포르시아에게서 발생했다.

말을 타고 가기로 했음에도 말에 오를 생각은 하지 않고 케이로스를 물끄러미 바라만 보고 있었던 것이다. 그런 그녀의 시선이 무엇을 의미하는지는 모두들 알고 있었다.

케이로스를 타고 가고 싶은 것이다.

이 자리에 에드워드는 없었다. 즉, 포르시아의 고집을 꺾을 사람이 존재하지 않는 것이다. 결국 이니안이 말을 타고 포르시아의 곁에서 움직이기로 하고 포르시아는 케이로스의 등에 올랐다.

양발을 가지런히 모으고 옆으로 몸을 틀어서 케이로스의 등에 앉은 미녀. 로브로 그 신비로운 몸을 감싸고 아름다운 눈으로 주변을 굽어보는 모습이 그야말로 성녀와도 같았다.

"후훗. 마차에 타고 있는 거랑 이렇게 케이로스의 등에 타서 실제 공기를 맞으면서 가는 거랑 기분이 많이 다르네요."

포르시아가 이니안을 보며 말했다.

"네, 공녀님. 다른 곳이었다면 제가 끝까지 반대했겠습니다만 이곳은 이제 더 이상 위험이 없으니 그 기분을 마음껏 즐기십시오."

이니안이 웃으며 대답했다.

"정말 신기한 곳이에요. 책에서 한 번도 읽은 적이 없어요. 라칼트 대륙의 지리서를 제법 읽었다고 생각했는데도 말이에요. 세이버 경은 어떻게 이런 곳을 알고 계시죠?"

"어린 시절 약간의 인연이 있던 곳입니다."

포르시아의 물음에 이니안은 자세한 대답은 피했다.

"그리고 역시 케이로스의 등은 제가 생각했던 것처럼 편안하고 좋네요. 나빴어요, 세이버 경. 이런 자리를 혼자서 독점하고요."

케이로스의 등을 다시 한 번 쓰다듬으며 포르시아는 방긋 웃었다. 정말로 기분이 좋을 때 지을 수 있는 미소, 그것이 지금 포르시아의 입가에 걸려 있었다. 그 모습에 이니안 역시 기분이 좋아졌다.

"어이, 이니안. 얼마나 더 가야 해?"

한창 좋은 분위기에 케라우가 끼어들었다.

"이제 곧이다."

"빨리빨리 가자고. 이곳, 정말이지 빨리 빠져나가고 싶은 곳이야."

케라우가 기분이 나쁜 듯 말을 했다. 이곳이 모종의 결계 안이라는 것을 굳이 주변 사람들에게 알릴 필요가 없었기에 케라우는 단지 빨리 빠져나가고 싶은 곳이라 말했다. 하지만 그 속에 숨은 뜻을 충분히 알아들은 이니안의 입가에 쓴웃음이 걸렸다.

"걱정마. 이제 30분 정도 가면 끝이니까."

이니안의 말과는 달리 앞에 펼쳐져 있는 바위산들은 더욱 험준한 지형으로 일행들을 맞이하고 있었다.

이제 겨우 마차가 지나갈 정도로 좁은 길만이 나 있고 양옆으로 거대한 산이 우뚝 버티고 서 있었다. 그야말로 협곡이라 불릴 만한 지형인 것이다.

"세이버 경, 정말 이 길 안전한 것 맞나요? 저 바위산 위에 적들이 매복해 있다면 우리는 꼼짝없이 죽은 목숨입니다."

주변을 살피며 다프네가 믿음이 안 간다는 얼굴로 이니안을 보면서 물었다.

"걱정 마세요. 이곳에 들어올 수 있는 존재는 그렇게 많지 않아요. 어떤 면에서 여러분들에게는 행운이에요. 이곳을 드나드는 인간의 수란 손가락으로 꼽을 수 있을 정도니까요. 저도 공녀님의 고집만 아니었다면 군이 이곳으로 오고 싶은 마음은 없었습니다.”

다프네의 걱정에 이니안이 담담하게 말했다.

“세이버 경.”

이니안의 마지막 말에 케이로스의 등 위에서 포르시아가 입술을 샐쭉였다.

“하하, 죄송합니다. 하지만 공녀님도 잠시 후 정말 진귀한 경험을 하게 되실 겁니다. 어쩌면 저 마차도 해결할 수 있을지 모르고요.”

포르시아의 모습에 이니안이 머쓱하게 웃은 후 말했다.

[그렇군. 정말 마차도 해결할 수 있겠군.]

칼이 이니안의 말에 가만히 중얼거렸다.

그의 말에 포르시아의 얼굴은 궁금함으로 가득 찼다. 정말이지 알 수 없는 길과 알 수 없는 말, 과연 이니안의 말대로 대륙을 가로지를 수 있을지의 여부를 떠나서 이 공간 자체도 정말 신기했다.

이니안의 대답에도 다프네의 얼굴에서 불안이 가시지 않았다. 벌써 두 번이나 습격을 받았다. 물론 두 번째 습격에서 어새신을 처리하긴 했지만 말이다. 그 두 번의 습격 모두에서 자신은 포르시아에게 아무런 도움이 되지 않았다는 사실이 그녀의 가슴에는 못내 큰 상처로 자리했다.

마차 안으로 어새신이 들어왔을 때 그때 그녀가 어새신을 처리했어야 옳았다. 하지만 그녀의 실력으로 역부족이었다. 그 어새신은 정말이지 허무할 정도로 그녀의 검을 피해 포르시아에게 접근하지 않았던가.

포르시아의 경호 기사로 임명된 이후 다프네는 하이 나이트로서의 자존심에 점점 금이 가고 있었다.

“다 왔군.”

그때 이니안이 나직이 중얼거렸다.

"응? 어디?"

그 말을 들은 케라우가 안력을 집중해 앞을 바라보았다. 하지만 그곳에는 아무것도 보이지 않았다. 단지 검은 아가리를 벌리고 있는 동굴이 하나 있을 뿐이다.

그 동굴은 길 전체를 차지하고 있었다. 동굴을 피해 가려면 깎아지른 듯한 옆의 경사면을 오르는 수밖에 없었다.

"동굴밖에 없는걸."

케라우가 고개를 갸웃거리면서 말했다.

"그곳이 목적지야."

이니안은 당연하다는 듯 고개를 끄덕였다.

"동굴 안으로 들어가는 건가요?"

포르시아의 눈이 반짝인다. 생소한 경험을 할 수 있다는 것에 대한 기대가 그녀의 얼굴을 가득 채우고 있다.

"정말 괜찮은 겁니까? 위험한 것 아닌가요?"

다프네가 다시 한 번 물어온다.

"절대로 안전하다고 말씀드리겠습니다. 혹시라도 위험한 것이 있을 것 같다면 파이어 경이 공녀님의 곁을 지키고 있는데 무엇을 걱정하겠습니까."

이니안의 대답에 다프네의 눈가가 살짝 찡그려진다. 이니안의 말이 마치 자신의 무능력을 비꼬는 듯했기 때문이다.

"멈춰라!"

동굴에서 십 미터쯤 떨어진 곳에 다다랐을 때 위쪽에서 거친 목소리가 들렸다. 그 목소리에 일행은 반사적으로 멈춰 섰다.

"이곳은 아무나 들어올 수 있는 곳이 아니다. 너희들은 대체 누구냐?"

다시 한 번 들려온 목소리에 일행들은 목소리가 들린 곳을 찾으려 했으나 찾을 수 없었다. 그 때문에 병사들 중 당황해하는 사람도 나타나기 시작했다.

　이니안이 오른쪽 경사면의 한 곳을 바라보며 입을 열었다.

　"오랜만입니다. 저 이니안입니다."

　이니안의 말에 경사진 벽의 한 곳에 공간이 나타났다. 사람 한 명이 목을 빼 밖을 볼 수 있을 창문 정도의 크기였다. 그 공간이 나타난 후 그곳으로 얼굴에 수염이 가득한 인물의 머리가 밖으로 빠져나왔다.

　"이니안? 그 막내 녀석? 정말이냐?"

　밖으로 머리를 내민 인물은 이니안 일행을 유심히 살폈다. 이니안을 찾기 위함이다. 그는 금세 이니안을 찾을 수 있었다. 그중 검은 머리칼을 가진 이는 이니안 단 하나였으니까.

　"오오. 그렇군. 막내 녀석이군. 오랜만이구나. 슬슬 올 때가 되었다고 생각했었는데 이제야 오는구나. 그런데 어떻게 이쪽으로 오느냐? 난 네가 카일로니아 쪽에서 올 거라고 생각했는데."

　그의 말에 이니안은 쓴웃음을 지었다. 곧 올 때가 되었을 거라 생각했다는 말의 의미를 알기 때문이다.

　"그나저나 몬타 아저씨는 여전하시네요."

　"하하. 우리야 뭐 늘 그렇지. 그런데 어쩐 일이냐? 이렇게 많은 사람들을 이끌고 말이다."

　"사정이 있어서요. 버티컬 산맥을 가로질러서 카일로니아로 갈 일이 있습니다."

　"그래?"

　몬타가 고개를 갸웃거린다.

　"네. 지금 사정이 있어서 모시는 분이 있는데 그분의 사정상 조금 빨리 카일로니아로 가야 해서요."

"마법을 사용하면 되지 않느냐?"

"몸의 상태로 인해 이동 마법을 사용할 수 없습니다."

"그래?"

몬타는 알 수 없다는 듯한 얼굴을 했다. 대체 이동 마법을 사용할 수 없는 몸의 상태라니? 그의 지식 수준에서는 이해할 수 없는 말이었다. 그의 시선이 이니안 뒤로 향했다. 아마 이니안이 말한 인물을 찾으려는 것이리라.

그 시선의 의미를 알아챈 포르시아가 케이로스가 한 발 앞으로 가게하며 고개를 숙였다.

"처음 뵙겠습니다. 미오나인 제국의 공작 카르시노마 오마 칸세르 공작의 딸 포르시아 오마 칸세르라고 합니다."

"허어. 예쁜 아가씨로군. 과연 저 녀석이 모실 만해."

몬타는 정녕 감탄한 얼굴로 말했다.

"무 레히디!"

그때 몬타의 말에 다프네가 화를 내며 앞으로 나섰다.

"응? 보아하니 딱딱하고 답답하기 이를 데 없는 기사라는 족속 같구만. 뭐, 자네가 나에게 화를 내는 것은 이해하네만 그렇다고 나에게 인간의 예법을 강요하지 말게나. 이곳은 우리의 땅이지, 인간의 땅이 아니야."

몬타의 말에 포르시아의 눈에 의혹이 서린다. 인간의 예법을 강요하지 말라니, 그렇다면 자신은 인간이 아니라는 말인가? 하지만 창밖으로 드러난 얼굴은 분명 인간의 그것이었다.

"녀석, 가출했다는 말은 들었는데 이런 일을 할 줄은 몰랐다. 크크크."

몬타의 말에 이니안의 얼굴에 낭패한 표정이 어렸다. 아마 가족 중 누가 이곳을 다녀가면서 자신의 소식을 전한 것 같았다.

이니안은 자신을 향한 의혹 어린 시선을 느낄 수 있었다. 포르시아, 다프네, 캐서린, 그리고 기사들과 병사들. 그들 모두 의혹 가득한 시선으로 자신을 바라보았다.

"아저씨, 그것보다 우리가 지나갈 수 있을까요?"

이니안은 재빨리 화제를 돌렸다.

"으음, 글쎄다… 이런 인원이 찾아온 것은 처음이라서 말이야. 일단 내가 족장님께 물어보마. 시간이 걸릴 듯하니 잠시 기다리고 있어라."

"알겠습니다."

그리곤 몬타의 얼굴이 창 안으로 사라진 후 창이 닫혔다.

"세이버 경, 가출했나요?"

몬타가 사라지자마자 바로 물어오는 포르시아. 그녀의 물음에 이니안의 얼굴에 난감함이 어렸다.

"뭐, 이런저런 사정이 있어서요."

이니안은 웃음으로 얼버무리려고 하였다.

"그리고 혹 세이버 경 카일로니아 출신인가요? 아까 그분께서는 경이 카일로니아 쪽에서 올 줄 알았다고 말씀하시던데요."

의외의 곳에서 새로운 사실을 알게 되었다. 그러고 보니 이니안에 대해서 아는 것이 별로 없었다. 그저 칸세르 공작가에 계약으로 들어온 기사이며, 그 실력이 소드 마스터에 이른다는 사실만 알 뿐이다.

포르시아는 궁금해 죽겠다는 얼굴로 이니안을 바라보고 있다. 그 반짝이는 눈빛을 이겨내기란 이니안에게 여간 곤혹스러운 것이 아니다.

"그, 그것이… 집안에서 조금 안 좋은 일이 있었습니다. 그래서 잠시 조국을 떠나서 용병 생활을 했었고요."

이니안은 거기까지만 겨우 이야기하고 입을 닫았다. 더 이상은 정말로 곤란했다.

"그런… 무슨 일인지 모르겠지만 하루 빨리 집에 소식이라도 전하도록 하세요. 가족 분들이 걱정이 많으실 거예요."

포르시아는 정말로 걱정 가득한 얼굴로 안타깝게 말했다.

"네, 얼마 전에 전했습니다."

이니안이 작은 목소리로 대답한다. 정말 의도하지도 않았고 예상하지도 않았던 갑작스러운 만남이었다.

"잘하셨어요."

이니안의 대답에 금세 포르시아의 표정이 바뀌어 방긋 웃고 있다.

"아! 잘 됐네요. 마침 카일로니아로 가는 길이니 그때 세이버 경의 집에 들르는 것은 어떨까요? 일단 우리 기사단과 2년의 기간 동안 계약되어 있으니 어쩔 수 없지만 여행 경로를 조정하면 그것은 상관없을 것 같은데요."

"공녀님의 배려에는 감사드립니다만 아직은 집에 들어갈 때가 아닌 것 같습니다."

이니안은 정중히 허리를 숙이며 말했다.

"그래요? 경이 그렇게 말씀하신다면 어쩔 수 없지요."

포르시아가 아쉬운 얼굴로 대답했다.

그때 다시 바위 위의 창문이 열렸다. 그리고 창밖으로 드러난 얼굴은 좀 전의 인물과는 다른 인물이었다.

"오랜만이로구나, 막내야."

"오랜만에 뵙습니다, 타라 족장님. 그리고 전 이니안입니다."

"그래, 막내지."

돌아온 타라의 대답에 이니안의 얼굴이 살짝 찡그려졌다. 족장은 항상 그랬다. 이니안을 처음 봤을 때부터 항상 그를 막내라 불렀다. 그만큼 이니안을 귀여워했기에 그리 부르는 것이다. 그러나 이니안으로서는 어렸을 때는 모르지만 지금은 막내라는 말을 별로 듣고 싶지 않았다.

"그래, 카일로니아로 가겠다고?"

"네."

"집에 가려는 거냐?"

"아닙니다."

이니안의 대답에 타라가 고개를 끄덕였다.

"그래, 이야기는 몬타에게 들었다. 그래서 내가 직접 나오지 않았느냐?"

타라가 빙그레 웃었다.

"그래서 결과가 뭐예요?"

이니안의 얼굴에 살짝 짜증이 어렸다. 가장 중요한 것에 대한 이야기는 하지 않고 자꾸 이야기를 빙빙 돌리는 타라의 행동에 심사가 조금 꼬인 것이다.

"내가 왜 나왔겠느냐? 확답을 해주기 위해서지. 이곳까지 이 많은 사람들을 끌고 온 막내 네 체면도 있는데 말이다. 원래는 장로 회의를 거쳐야 할 사정이지만 막내 너희 집과의 안면도 있고, 또 나와 너의 관계도 있으니… 나의 직권으로 허락해 주마. 다른 사람들은 오고 싶어한다고 올 수 있는 곳도 아니니 말이다."

타라 족장이 빙그레 웃으며 고개를 끄덕였다.

"그런 말을 제일 먼저 하란 말이에요."

투정부리는 듯한 말이다.

그런 이니안의 모습을 처음 본 포르시아는 놀랍다는 얼굴로 잠시 그를

내려다보았다. 하지만 이니안은 그런 포르시아의 눈길을 알아차리지 못
했다.

"너무 쉽게 대답해 주면 재미없지 않느냐. 자, 동굴로 들어오너라."

"네."

대답을 한 이니안이 말에서 내렸다. 말을 타고 들어가도 충분한 공간
이지만 그렇게 되면 동굴 안이 너무 복잡해진다. 이니안이 말에서 내리
자 다프네가 말에서 내려 포르시아가 케이로스의 등에서 내릴 수 있도록
도왔다. 그리고 나머지 사람들도 모두 말에서 내렸다.

이니안이 포르시아의 곁에서 가장 선두로 나서 동굴 안으로 들어갔다.
하지만 동굴은 조금 들어가자 그 길이 막혀 있었다.

"막혔잖아."

케라우가 어이가 없다는 듯 중얼거렸다. 이렇게 막힌 동굴에 들어오기
위해 그리고 밖에서 있었단 말인가.

"성격 급하긴. 조금만 기다려 봐."

이니안의 대답이 떨어지기 무섭게 우르릉 소리가 울리면서 앞에 막혀
있던 동굴의 벽이 올라갔다.

"헉!"

"저럴 수가!"

"아니!"

동굴의 벽이 올라가고 드러난 안쪽의 풍경에 사람들의 입에서 경악에
찬 외침이 터져 나왔다.

정확히는 풍경 때문이 아니었다. 그들 앞에 그들을 기다리고 있는 사
람들의 모습에 다들 놀라 입을 벌리고 쳐다보고 있는 것이다.

아니, 사람들이 아니었다. 그들은 인간이 아니었으니 사람들이라 부를
수 없었다.

얼굴은 인간과 똑같았다. 다만 하나같이 수염이 얼굴의 반을 뒤덮은 땅딸막한 난쟁이들. 바로 드워프들이었다.

동굴의 벽이 올라가고 드러난 공간에 일렬로 서 있는 드워프들의 모습에 일행은 딱딱하게 굳은 채 그저 그들을 보고만 있었다.

"하하하. 어서 오너라, 막내야. 그리고 여러분들, 우리 빛의 일족의 마을에 온 것을 환영합니다."

아까 벽에 얼굴을 드러냈던 족장이라는 드워프가 한 발 앞으로 나서 호탕하게 웃으며 말했다.

타라 족장의 인사에 이니안이 포르시아에게 눈짓을 했다. 멍하니 자신들을 바라보고 있는 드워프들의 모습을 지켜보고 있던 포르시아는 이니안의 눈짓에 정신을 차렸다.

"아, 반갑습니다. 다시 한 번 인사드리겠습니다. 대륙에 인간들이 만든 제국 미오나인의 공작 카르시노마 오마 칸세르의 딸 포르시아 오마 칸세르라고 합니다. 빛의 일족의 환영에 진심을 담아 감사드립니다."

포르시아는 한 발 앞으로 나서며 로브 아래로 드러난 치맛자락을 우아하게 펼치며 귀족의 예법대로 허리와 고개를 숙여 품위있는 인사를 했다. 타라 족장과 드워프들은 그런 포르시아의 모습을 즐거이 웃으며 바라보았다.

"오랜만이에요."

포르시아가 인사를 마치자 그제야 이니안이 한 발 앞으로 나서며 드워프들과 악수를 나누었다.

이니안의 익숙한 모습에 사람들은 신기하다는 얼굴로 그를 바라보았다. 이제는 세상 깊은 곳에 숨어 그 모습을 찾기 어렵다는 드워프들이다. 간혹 트레져 헌터들이 드워프의 마을을 발견하고 드워프제 장신구 및 무기들을 가지고 오면 그 값은 이루 말할 수 없을 정도로 치솟는다. 그런데 이렇게 친숙하게 드워프들과 교류를 나누고 있는 인간이 있었다니 정말 놀랄 수밖에 없지 않겠는가.

"자, 여기서 이럴 것이 아니라 어서 우리 마을로 갑시다."

타라 주장이 웃으며 앞장섰다.

"이곳이 마을이 아닌가요?"

포르시아가 이니안의 곁에 다가서며 작은 목소리로 물었다.

"네, 아닙니다. 이곳은 드워프들이 암석을 채굴하고 남은 갱도입니다. 단지 드워프의 마을에서 외부로 나가려면 갱도를 통해야 할 뿐이죠. 드워프 마을도 잘 정돈된 모습이 제법 멋지답니다. 엘프 마을의 신비로운 모습과는 또 다른 멋이지요."

이니안이 웃으며 포르시아만 들을 수 있는 작은 목소리로 대답했다.

"엘프 마을에도 가본 적이 있나요?"

이니안이 말이 가리키는 사실 하나를 깨달은 포르시아의 눈이 동그레졌다. 세상에 어떻게 그럴 수가 있단 말인가. 기하급수적으로 늘어난 인간의 수에 밀려 이제는 그 모습을 찾아보기 어렵다는 이종족, 드워프와 엘프. 그 두 종족 중 하나를 만나는 것도 보통 사람이라면 평생 동안 불가능한 일이다. 그런데 이니안은 아무렇지도 않게 둘을 보았다고 이야기하고 있지 않은가.

"운이 좋았습니다."

이니안은 작게 웃었다.

많은 사람들이 걷는지라 갱도는 발자국 소리가 크게 울렸다.

말들은 한 기사가 가장 후미에서 한꺼번에 이끌고 있었다. 케이로스가 가장 뒤에서 말들을 정리하며 걸음을 옮기고 있었다. 누가 시키지도 않았지만 드래곤의 가디언인 케이로스는 능히 그런 일을 알아서 했다. 단지 스스로 알아서 인간들의 뒤치다꺼리를 할 정도로 그는 어느새 애완동물의 입장에 익숙해지고 있었던 것이다. 그리고 케이로스의 뒤를 마부가 마차를 몰며 천천히 따르고 있었다. 마차는 양옆으로 두 사람이 겨우 설 정도의 공간만을 남기며 동굴을 지나갔다.

그렇게 얼마나 걸었을까? 멀리에서 빛이 보였다. 사실 드워프의 걸음에 맞추어 걸었기에 제법 많이 걸은 것 같았지만 인간의 걸음으로는 그렇게 먼 거리가 아니었다.

"우와!"

빛이 쏟아져 들어오는 곳으로 나가자 사람들의 입에서 일제히 함성이 터져 나왔다.

반듯반듯하게 정리된 길과 그 사이사이 구획에 갖가지 모양으로 지어진 집들. 어느 집이든 같은 모양이 없었음에도 묘하게 마을 전체가 질서 있고 균형 잡힌 모습이었다. 그리고 건축물 하나하나가 아름답지 않은 것이 없었다. 심미안이 떨어진다는 기사들과 병사들의 눈에도 이럴진대 정말로 예술을 사랑하고 예술을 아는 이가 이 마을에 온다면 분명 감격에 겨워 기절하리라.

이미 포르시아가 그런 비슷한 지경에 빠져들고 있었다. 그녀는 온몸을 부들부들 떨며 아무런 말도 못하고 있었다. 그런 모습은 다프네와 캐서린 역시 마찬가지였다. 아무리 무가라고는 하지만 명색이 전통있는 귀족가의 여식이다. 그런 다프네의 심미안이 보통일 리가 없었다. 게다가 캐서린 역시 제국 제일의 공작가의 시녀로 어지간한 하급 귀족 이상의 교양을 쌓았다.

그 세 사람의 눈에 비친 이곳은 마을 자체가 세상에 다시없을 최고의 예술품인 것이다.

포르시아의 모습에 걱정이 된 이니안은 살짝 한 걸음 더 그녀의 곁에 다가갔다. 혹시 모를 사태에 대비한 것이다.

하지만 이니안이 대비한 그런 사태는 벌어지지 않았다.

'조금 아쉽군.'

이니안은 입맛을 다셨다. 단지 자신이 무엇 때문에 아쉬워하는지 깨닫지 못하면서 말이다.

타라 족장의 안내로 사람들은 마을 안으로 들어섰다.

신기한 것이 분명 드워프의 마을인데 모든 길과 건물들의 크기는 마치 인간들의 체형을 기준으로 만들어진 듯했다. 아니, 그랬다. 단지 드워프들이 생활하기에 불편하지도 않게끔 안배가 되어 있다 뿐이지 크기는 인간 마을의 그것과 같았다.

"하하하. 집과 길의 크기가 신기한가 보군요. 드워프의 마을이라면 응당 작아야 할 텐데 모든 것들이 인간들의 크기에 맞게 큼직큼직 하니 말이오. 사실 우리는 이 정도로는 별로 불편하지 않다오. 충분히 편리하게 생활할 수 있지. 하지만 우리 크기에 맞춰서 마을을 작게 만든다면 가끔 오는 인간 손님들이 불편할 것 아니오. 그들을 배려해야 하지요."

일행들과 함께 걸음을 옮기던 가장 처음 창밖으로 얼굴을 드러냈던 몬타라는 드워프가 웃으면서 이야기했다. 그의 말에 포르시아가 고개를 갸웃거렸다. 그녀가 읽은 책에 나와 있는 드워프의 성격과는 많이 다른 설명이었기 때문이다.

그녀가 책으로부터 얻은 드워프에 대한 지식에 의하면 드워프는 한마디로 독불장군이었다.

그런 포르시아의 심정을 눈치 챈 이니안이 웃으며 말했다.

"빛의 일족은 조금 특별한 드워프입니다."

지금 포르시아가 느끼는 곤혹스러움은 이니안 자신도 처음 이곳에 방문했을 때 느꼈었기에 이니안은 그 심정을 잘 안다는 듯 이야기했다.

빛의 일족.

엘프에게 한 차원 높은 고위 종족으로서 하이 엘프가 있다면 드워프에게는 빛의 일족이 있었다. 일반적인 드워프와는 상당히 다른 드워프. 드워프들이 가지고 있는 모든 능력을 기본적으로 가지고 있음은 물론 성격은 조금 더 유순하면서 남을 배려할 줄 알고 또한 마법에도 능했다.

단, 드워프 특유의 작품에 대한 고집 역시 가지고 있어서 자신의 작품에 대한 독선과 독단, 고집은 대단했다. 빛의 일족이라고 하더라도 드워프는 드워프다. 드워프의 가장 큰 특징인 장인 정신은 그들 역시 가지고 있는 것이다.

"자, 손님들의 숙소도 있으니 그곳으로 가시지요. 다만 이렇게 많은 분들이 오신 것은 처음이라 방이 충분할지 모르겠군요. 막내, 너는 우리 집으로 가자."

길을 따라 걸으며 타라 족장이 말했다.

"죄송하지만 그럴 수는 없을 것 같은데요. 저는 공녀님의 호위기사라서요. 공녀님을 모셔야 합니다."

이니안의 대답에 타라 족장의 눈이 가늘어진다.

"호위기사라고?"

"네."

"그러면 저 아가씨를 네가 지킨다는 말이지?"

"네."

타라 족장의 말에 이니안이 고개를 끄덕이며 대답했다. 그의 대답에 타라 족장의 표정이 미묘하게 변했다.

"흐음. 거 신통한 녀석일세. 죽어도 싫다고 할 때는 언제고 말이야. 쯧 쯧. 역시 애들은 철이 없어."

"족장님!"

타라 족장이 말하는 바의 의미를 너무나 잘 아는 이니안이었기에 얼굴이 빨갛게 물들었다. 그 모습에 포르시아는 고개를 갸웃거렸지만 물을 수는 없었다.

"그렇다면 저도 족장님의 댁에 신세를 지면 안 될까요?"

포르시아가 타라 족장에게 웃으며 물었다.

"오오, 그런 방법이 있었군요. 아가씨, 귀족이라고 하시더니 머리가 참 좋습니다그려. 허허허!"

포르시아의 말에 타라 족장이 기껍게 웃었다.

"그렇게 되면 가야 할 사람이 모두 다섯이에요."

이미 이니안은 케라우를 자신과 함께 움직이는 무리에 항상 끼워 넣고 있었다. 다섯이라는 숫자에서 그 사실을 깨달은 케라우가 웃으면서 이니안의 어깨를 두드렸다.

"카하하하. 네가 친구를 대할 줄을 아는구나, 이니안. 카하하하!"

그의 웃음에 타라 족장이 케라우를 힐끔 쳐다본다.

"원… 막내야, 별 신기한 녀석을 다 친구로 삼았구나."

타라 족장은 단번에 케라우의 정체를 파악했다. 빛의 일족으로서 상대의 진실을 알아볼 수 있는 눈을 가졌기에 가능한 일이었다.

"벌건 대낮에 돌아다니다니 참으로 신기한 놈일세."

타라 족장이 중얼거린다.

"헹. 남이야 어떻든 영감이 말이 많네."

"새파랗게 어린놈이!"

케라우의 대꾸에 타라 족장의 눈에 시뻘겋게 불이 붙었다.

"새파랗다니! 나도 살만큼 살았다 이거요!"

케라우와 드잡이질에 포르시아는 불안한 눈으로 그를 바라보았다. 일단 손님으로서 이곳에 방문한 것이라면 상대의 족장에게 저렇게 막대해서는 곤란하다.

하지만 이니안은 웃으며 그저 지켜볼 뿐이었다.

"세이버 경, 말려야 하지 않나요?"

이니안의 옷자락을 살짝 잡아당기며 포르시아가 물었다.

"괜찮습니다. 타라 족장님은 케라우가 마음에 든 듯하군요."

그렇다. 마음에 든 사람에게 저런 타박을 보내는 것이 타라 족장 특유의 성격이었다. 이니안도 처음 왔을 때 그의 저런 타박을 얼마나 받았던가.

"그래요?"

"네. 저분은 마음에 안 드는 사람은 아예 없는 것처럼 무시를 해버립니다."

그렇다. 그래서 로레인이 이 마을을 별로 안 좋아했다. 반드시 와야 하는 마을이지만 좋아하지 않는 이유는 항상 자신을 없는 사람 취급하며 무시하는 타라 족장 때문이었다.

"특이하시네요."

"많이 특이하죠."

포르시아의 말에 이니안은 웃으며 대답했다. 빛의 일족 중에서도 정말 특이한 성격이었다. 드워프 답지 않은 온유함을 가진 빛의 일족에 저렇게 꼬인 심사를 가진 드워프도 드물기 때문이다. 그의 성격은 빛의 일족 드워프보다는 일반 드워프에 가까웠으니 말이다.

"이놈아. 나이를 좀 먹었다고 하려면 적어도 500년은 살아야지. 그리고 나처럼 887년 정도 살면 이제 삶이라는 것을 좀 안다고 하는 거다."

그때 들린 타라 족장의 한마디.

"쳇!"

나이로서는 도저히 할 말이 없는 케라우였기에 그저 고개를 돌릴 뿐이다.

"훗."

그 모습이 포르시아로부터 웃음을 자아냈다.

드워프의 수명이 길다는 것은 드워프의 모습을 찾아보기 어려운 지금에서도 일반 상식이다. 그런데 인간이 나이를 가지고 드워프와 대거리를 했다는 것이 재미있는 것이다.

하지만 케라우는 포르시아의 생각과는 달리 뱀파이어다. 그는 그가 살아온 300년이 넘는 세월에 나름대로 자신을 가지고 그런 것인데 500년은 되어야 한다니. 그야말로 애처로이 고개를 숙일 뿐이다.

"자, 이곳입니다. 다른 분들은 이곳에서 쉬십시오."

타라 족장이 안내해 준 곳은 멋들어진 8층 건물이었다. 이 마을에서 가장 큰 건물인 듯했다. 정말로 아름답게 꾸며진 건물은 만든 이의 정성을 절로 느낄 수 있었다.

"대단하네요."

정말 제국의 특급 호텔 못지않은 건물이었다. 물론 규모에서는 그런 호텔에 비해서 제법 작기는 했지만 크기를 제외하면 다른 모든 것은 오히려 특급 호텔 그 이상이었다.

건물을 본 병사들의 얼굴에도 희색이 가득했다. 일개 병사인 그들이 언제 이런 고급스러운 곳에서 묵어본 적이 있었던가. 과거에도 없었고 미래에도 없을 것이다. 그러니 저렇게 즐거울 수밖에.

"그럼 막내야, 너는 저분들이랑 같이 가자."

"알았어요."

타라 족장과 함께 온 몇몇 드워프들이 기사들과 병사들의 휴식을 돕기 위해 남아서 그들을 건물 안으로 안내했다. 드워프들을 따라 건물 안으로 들어가는 그들의 얼굴은 정말 즐거워 보였다.

병사들의 숙소에서 오래 걷지 않아 곧 타라 족장의 집에 도착할 수 있었다.

"가깝네요."

포르시아의 말에 타라 족장이 웃음을 지으며 대답했다.

"그렇지요. 아무래도 손님의 대접은 마을의 대표인 족장이 할 일이니까요. 숙소에서 가까운 곳에 있어야지요. 자, 그럼 들어갑시다."

타라 족장이 앞장서 문을 열고 안으로 들어갔다.

집 안은 멋스럽게 잘 꾸며져 있었다. 모든 것을 드워프가 만든 집답게 어느 것 하나 예술품이 아닌 것이 없었고, 어느 것 하나 감탄을 자아내지 않는 것이 없었다.

"이제 들어오세요?"

"허허. 막내 녀석이 와서 말이오. 그것도 손님들을 잔뜩 끌고 왔구려."

"호호. 이미 보고 있답니다. 어서 오너라, 이니안."

타라 족장의 부인, 호에가 웃으며 이니안을 반겼다.

"정말 오랜만이에요, 아줌마."

이니안도 반가이 웃으면서 인사를 했다. 정말로 오랜만이었다.

"정말 인간은 인간이구나. 잠깐 안 본 사이에 이렇게 훌쩍 커버리다니."

이니안은 정말로 오랜만에 만난 것이지만 드워프의 시간으로는 잠깐 동안일 뿐이었다.

"뒤에 있는 손님 분들도 반가워요."

"처음 뵙겠습니다. 저는 대륙의 인간들의 제국……."

"괜찮아요. 밖에서는 누구시든 이곳에서는 모두 손님인걸요. 그렇게 어려워하실 필요없어요. 그리고 인간 세계의 예의나 신분은 이곳에서는 의미없는 것들이지요. 그냥 이름만 말씀해 주세요."

다시 한 번 포르시아의 긴 인사가 시작되려는 찰나 호에가 손을 흔들며 말을 잘랐다. 하지만 그 얼굴의 웃음이 너무나 인자해 중간에 인사가 잘렸다는 불쾌함 같은 것은 전혀 없었다.

"네, 포르시아 오마 칸세르입니다."

포르시아는 호에의 말대로 웃으며 성을 포함한 자기의 이름만을 간단하게 말했다.

"반가워요. 호에라고 해요. 우리 드워프들은 따로 성이 없답니다. 단지 뒤에 일족 명을 붙일 뿐이죠. 호에 라이트. 그게 제 풀 네임이에요."

"케라우 드로 라토시스라고 합니다."

"다프네 파이어라고 합니다."

"캐서린이에요."

뒤이어 나머지 사람들이 인사를 했다.

"모두들 저희 집에 오신 것을 환영해요. 아직 저녁 식사까지는 시간이 많이 남았으니 모두들 올라가서 쉬세요. 이 사람이 쓸데없이 집을 크게 짓는 바람에 방이 많이 있으니 충분할 거에요."

일단 집에 들어오자 타라 족장은 말이 없어졌다. 집안의 분위기를 호에가 꽉 잡고 있다는 것을 여실히 알 수 있었다.

"이리로 가시죠."

몇 번 이곳에 온 적이 있었던 이니안이 앞장서서 2층으로 올라가는 층계로 향했다.

타라 족장은 어느새 안락의자에 앉아서 파이프 담배에 불을 붙이고 있었다. 집 안에만 들어오면 조용해지는 타라 족장, 몇 번을 봐도 신기한 장면이다.

"저희 다섯이라면 2층이면 충분할 겁니다. 큰 방도 있으니 그곳에 세 분이서 들어가시면 될 거에요."

마치 이 집의 가족이라도 되는 양 말하는 이니안의 모습에 포르시아는 다시 웃음 지었다.

포르시아는 이니안을 만난 후 자신이 웃는 일이 부쩍 잦아진 것을 느꼈다.

'이건 이것대로 좋은 거겠지. 웃음이란 좋은 거니까.'

포르시아는 솔직히 지금의 이 여행이 굉장히 만족스러웠다. 중간중간 상심하는 일도 있었고 위험한 일도 있었지만 그래도 좋았다, 누군가가 자신을 지켜주고 또 자신에게 웃음을 선사하기에.

"이 방입니다."

이니안이 한 쪽 문을 열어주었다.

포르시아는 이니안이 열어준 문 안쪽으로 걸음을 옮겼다. 포르시아가 들어가자 이니안이 그 뒤로 걸음을 옮겼다. 그리고 나머지 세 사람도 따라 들어왔다.

"……."

방 안을 둘러본 포르시아는 아무런 말도 하지 않았다. 아니, 하지 못했다. 방 안의 모습에 압도된 것이다.

제국의 공작가의 공녀가 방의 호화스러움과 아름다움에 압도된 것이다.

사실 드워프들의 기준으로는 그렇게 호화스러운 방이 아니다. 그저 자신들이 즐거이 만든 물건들로 방 안을 장식했을 뿐이니 말이다. 하지만 인간 세상에 나오면 그 하나하나가 가치를 매길 수 없을 정도로 귀한 것들이기에 인간인 포르시아의 눈에는 호화의 극치로 보이는 것이다.

"어, 엄청나네요."

다프네가 떨리는 목소리로 말했다.

"그래요."

그제야 겨우 포르시아의 입이 열렸다. 그 모습에 이니안은 싱긋 웃었다. 언제였던가, 이리아와 메이린이 이 방을 처음 봤을 때가 떠오른 것이다. 그녀들도 이 방을 처음 보고 저런 얼굴을 했었다.

그때 이니안은 아무것도 몰랐기에 그저 생각없이 큰 방이구나라고 하며 보고 있었을 뿐이지만 말이다.

"옷 방은 이쪽이고 욕실은 이쪽입니다."

이니안이 문을 하나하나 열면서 방의 구조를 설명했다. 그 방 하나하나를 보는 그녀들의 얼굴에는 계속해서 경악이 어렸다. 특하나 욕실의 그 호화로움이란 포르시아도 일찍이 경험해 보지 못한 것이다.

"욕실은 좀 특이하니 제가 먼저 설명을 드리겠습니다."

드워프들은 그 특유의 기술력으로 욕실을 아주 편리하게 바꾸어 놓았다. 게다가 마법까지 사용할 줄 아는 빛의 일족이었기에 그 욕실 사용법은 모르는 사람들에게는 더욱 어려웠다.

"이곳을 만지면 물이 나옵니다."

이니안은 욕조 위에 올라와 있는 구슬을 한 번 만졌다. 그러사 욕조에 난 다섯 곳의 구멍에서 물이 흘러 나왔다.

"그리고 한 번 더 만지면 물이 멈추죠. 오른쪽의 파란 구슬이 차가운 물이고 왼쪽의 빨간 구슬이 뜨거운 물입니다. 그리고 여기 검은 구슬을 한 번 누르면 욕조에서 물이 빠지지 않도록 배수구가 막히고 한 번 더 누르면 배수구가 열립니다. 여기 벽에 있는 이 분홍색 구슬을 만지면 위에서 따뜻한 바람이 나와서 몸의 물기를 말려주지요."

이니안이 설명을 끝내자 세 여인은 신기한 듯 욕실의 구조를 살폈다.

"그럼 저는 이만."

이니안은 설명을 끝내고 고개를 숙여 인사를 한 후 방을 빠져나가려했다.

"아, 공녀님, 옷 가방을 마차에 두고 왔어요."

그러고 보니 그때까지 포르시아는 로브를 두르고 있었다. 미르의 습격 때 찢어진 옷을 입은 그대로라 로브를 벗을 수가 없는 것이다. 마차가 부서지는 바람에 옷을 갈아입을 곳이 마땅치 않아 지금껏 그 복장을 입고 있었기 때문이다.

"제가 다녀오겠습니다."

캐서린의 말에 방을 나가던 이니안이 말했다.

"아니, 아니에요. 캐서린, 네게 부탁해도 될까?"

이니안을 서둘러 만류하며 포르시아가 캐서린에게 말했다.

"네, 알겠어요. 공녀님, 그런데 제가 가면 목욕 시중은 누가……."

"일단 혼자 하고 있지, 뭐. 괜찮으니까 천천히 갔다 와."

포르시아가 괜찮다는 얼굴로 캐서린을 바라보았다.

"네. 가까우니까 금방 갔다 올 수 있을 거예요. 빨리 다녀와서 목욕 시중들어 드릴게요."

이니안이 방을 빠져나올 때 말을 마친 캐서린도 함께 밖으로 나왔다.

"그럼 세이버 경, 편히 쉬세요."

"네. 캐서린 양도 편히 쉬도록 해요."

아래층으로 내려가는 캐서린이 꾸벅 인사를 하고는 종종 걸음으로 사라졌다.

"자, 우리는 이 방에서 지내자."

이니안은 포르시아의 맞은편 방의 문을 열었다. 그 방은 크기는 포르시아의 방에 비해 좀 작긴 했지만 내부는 별 차이가 없었다.

"드워프들은 대단하네. 하나같이 이런 대단한 방이라니."

"뭐, 이들에게는 일상이야."

이니안은 별거 아니라는 투로 말했다.

"그렇겠지. 우리가 피를 빨고 사는 게 일상이듯 말이야. 훗. 그럼 나 먼저 씻는다."

케라우는 묘한 말을 남기고는 먼저 욕실로 쏙 들어가 버렸다. 조금 전 포르시아의 욕실에서 본 그 신기한 욕실을 사용해 보고 싶은 마음인 듯했다. 이니안이 사용법을 설명할 때 케라우의 눈도 그 누구 못지않게 반짝 빛났었다.

[그래도 역시 빛의 일족이야. 다른 드워프들과는 다른 품격이 느껴지는군.]

칼 역시 드워프들의 실력에 감탄한 듯 한마디 했다.

"응? 너 여기 와본 적 없는 거야?"

칼의 말에 의외라는 듯 이니안이 물었다.

[으음, 글쎄… 예전에는 종종 왔었지. 하지만 죽고 나서는 처음이야.]

"그거야 당연한 것이고."

[뭐, 그리고 지금은 드래곤들도 못 올 곳으로 바뀌었더군.]

"그게 무슨 말이야?"

의외의 말에 이니안이 고개를 갸웃거리면서 물었다.

[훗. 너의 누나를 만나지 않았다면 나도 몰랐을 거야. 우리가 알려준 결계에 그 진법이라는 것을 가미했더군.]

"아, 그거?"

칼의 말에 이니안은 알겠다는 듯 고개를 끄덕였다.

"그거 우리 가문의 초대 공작께서 만들어준 거야. 그 덕에 우리 가문 사람들은 자주 이곳에 오지. 초대 공작께서 결계를 보강해 줄 때가 아마 타라 족장님이 어렸을 때였다고 들었는데 말이야."

[그러면 최근 몇백 년은 이곳은 드래곤조차 들어오지 못하는 곳으로 바뀌었겠군. 다른 드래곤들이 조금 곤혹스럽겠는걸?]

"그건 무슨 말이야?"

[왜 드래곤들이 이곳의 결계를 만들어주었다고 생각해? 그만큼 빛의 일족의 실력을 인정하고 존중했기에 그런 것이야. 그들을 보호하기 위해서지. 이곳에 오면서 상대한 그 몬스터들도 우리가 만들어 준 몬스터 소환진에 의해서 나타나는 것이지. 그런데 갑자기 이런 식으로 결계를 변경해서 막아버리면 드래곤들이 느낄 곤혹스러움은 상당할 거야. 일단 드래곤들에게도 빛의 일족은 정말 필요한 드워프들이니까.]

칼의 말에 이니안은 고개를 끄덕였다. 일리가 있는 말이기 때문이다.

"뭐, 무슨 다른 조치를 취했겠지. 드래곤들이 브레스라도 뿜으면 아무리 진법이라도 박살이 나니까. 빛의 일족들이 그렇게 생각이 없겠어?"

[뭐, 그건 그렇지.]

이니안의 말에 칼은 고개를 끄덕이며 수긍을 했다. 정말로 자신의 생각대로 이곳이 몇백 년간 막혀 있었다면 성질 급한 레드 일족이 가만히 있었을 리가 없다. 벌써 브레스로 초토화시켜 버렸을 것이다. 이곳이 아직 멀쩡히 남아 있다는 것이 바로 다른 드래곤들이 빛의 일족을 만날 수 있는 길이 열려 있다는 증거였다.

"이야! 정말 신기하네? 이니안, 너는 안 씻어?"

그때 자욱한 수증기와 함께 케라우가 욕실 문을 열고 나왔다.

"응? 그럼 나도 씻어볼까? 오랜만인걸."

갈라히벤을 떠난 후 처음 하는 목욕이었으니 충분히 오랜만이었다. 이니안이 목욕을 마치고 나오자 어느새 해가 져 저녁 식사 때가 되어 있었다.

목욕으로 인해 발갛게 달아오른 이니안의 얼굴이 원래의 색으로 돌아올 때쯤 저녁 식사를 알리러 호에가 올라왔다.

모두들 식탁에 둘러 앉아 먹음직스러운 음식들을 각자의 접시에 덜어

먹고 있었다.

식탁의 높이가 인간의 신장에 맞춰진 것이었지만 의자의 높이를 자유자재로 조절할 수 있게 되어 있어 드워프와 인간이 같이 식사하는데 아무런 불편함이 없었다.

"막내야, 너 검은 어떻게 하고 있나?"

이니안의 허리에 있는 검을 보며 타라 족장이 물었다.

"지금 보시는 걸로 쓰고 있지요."

"잘 맞나?"

"뭐, 이것도 드워프제라 그럭저럭 쓸 만해요."

이니안의 대답에 포르시아를 비롯한 다른 사람들의 시선이 이니안을 향해 획 돌아갔다. 그의 검이 훌륭하다는 생각은 했지만 설마 드워프제였을 줄은 몰랐다. 일개 용병이 그렇게 귀한 검을 가지고 있다니, 갈수록 이니안의 정체가 궁금해졌다.

지금까지 심각하게 생각하지 않았지만 이곳에 들어온 후 이니안의 진정한 정체에 대한 호기심이 계속 머리에서 솟아올랐다. 지금 생각해 보면 이니안이 소드 마스터라는 사실도 신기했다. 세상에 알려지지 않은 B급 용병이 소드 마스터라니… 절대 있을 수 없는 일이었다.

포르시아에게 있어 이니안은 그야말로 어느 날 하늘에서 뚝 떨어진 신비 속의 기사였다.

"쯧쯧. 그저 그런 검을 쓰면 되나. 진은 그러지 않았다."

타라 족장이 혀를 차며 말했다.

타라 족장이 말하는 진, 그는 사이몬 공작가의 초대 공작인 인물이다.

"그게 언제 적인데요?"

"흐음. 어디보자… 그러니까……."

"그만, 됐어요. 알았으니까 그만 말해요."

타라 족장이 세월을 가늠하려 하자 이니안이 얼른 말을 잘랐다. 그의 입에서 '아마 팔백 년쯤 전이었던가?' 같은 소리가 나오면 또다시 포르시아를 비롯한 다른 사람의 의혹 어린 부담스러운 시선이 자신을 향할 것은 뻔한 사실이었기에 미리 차단한 것이다.

"흠, 뭐 그렇게 말한다면야……."

말끝을 흐리는 타라 족장의 시선이 이니안의 허리에 멈춰 있었다.

"여보, 식사 중이에요."

호에가 그런 타라 족장의 행동에 타박을 줬지만 그의 눈은 변하지 않았다. 드워프 특유의 독선이 시작된 것이다.

"으이그. 자요, 자."

그 모습에 이니안은 졌다는 듯 허리의 검을 풀어서 타라 족장에게 건넸다.

타라 족장은 이니안이 건넨 검을 냉큼 받아 들고 검을 살피기에 여념이 없었다. 그에게 식사가 뒷전이 된 지는 이미 오래였다.

"에휴… 저 성질을 어찌 이기나. 자, 다들 저 양반은 신경 쓰지 말고 맛있게 들어요. 오랜만에 실력 발휘를 한 거니까요."

호에가 한숨을 쉰 후 웃는 얼굴로 주위 사람들에게 말했다. 포르시아를 비롯한 나머지 사람들은 그녀의 말대로 다시 식사를 시작했다. 사실 그녀가 오랜만에 실력 발휘를 했다고 할 만큼 맛있었다.

"정말 맛있네요."

포르시아가 포크를 음식에 가져가며 말했다.

"호호호. 빈말이라도 고마워요."

포르시아의 칭찬에 기분이 좋은 듯 호에는 소리 내어 웃었다.

"으음. 정말 훌륭한 물건인걸. 너 이거 어디서 났냐? 내가 너한테 준 검 못지않게 훌륭한 녀석이야. 게다가 재질은 오리하르콘이라니."

오리하르콘이라는 말에 다프네의 고개가 번쩍 들렸다.

다른 이들은 금속에 별 관심이 없었다. 라칼트 대륙에서 여성들이 관심을 가지는 금속이란 금과 미스릴이 전부였다. 하지만 기사인 다프네는 달랐다. 세상에 존재하는 모든 금속 중 가장 단단하다는 금속, 오리하르콘. 그것으로 만든 검을 가지는 것은 모든 기사들의 꿈이요, 소망이었다. 그것을 이니안이 가지고 있다고 하자 반사적으로 고개가 들린 것이다.

"던전 탐사하다가 주운 거예요."

이니안이 대수롭지 않게 말했다.

"그런 것 같아. 확실히 세월의 흔적이 묻어 있어. 쳇. 운도 좋은 녀석, 이런 검을 주웠다고 말하다니 검이 불쌍하다."

이니안의 대답이 마음에 안 든다는 듯 타라 족장이 투덜거렸다. 하지만 이내 활활 불타는 눈으로 이니안을 보며 입을 열었다.

"하지만 너한테는 맞지 않는군. 뭐, 그사이 손도 커졌겠지만 이 검과는 확실히 맞지 않아. 좀 머물다가 가라. 내가 깨끗하게 다듬어주마. 이건외 중량이나 무게의 중심도 네 취향과는 다른걸."

타라 족장의 열망이 가득한 눈을 이니안은 외면했다.

"바빠요."

냉정하고도 단호한 한마디.

"여보, 이니안이 바쁘다고 하네요."

하지만 그렇다고 순순히 포기할 타라 족장이 아니었다.

"내 오면서 보아하니 마차도 박살이 났던데… 저 아가씨 인간 세상에서는 제법 지체 높은 귀족이라고 했지? 그렇다면 그런 마차에 태우고 다닐 수 없을 텐데……."

그제야 이니안은 마차에 생각이 미쳤다.

"아, 맞다! 마차. 그렇지 않아도 수리 좀 부탁드리려고 했어요."

"공짜로?"

타라 족장이 어림없다는 얼굴로 말했다.

"후우."

이니안이 난감하다는 얼굴로 한숨을 쉬었다.

"세이버 경, 왜 그러시죠? 경에게 좋은 이야기 아닌가요? 저는 상관없으니 조금 더 머무르도록 해요. 물론 족장님께서 허락을 해주셔야 하지만요."

포르시아가 고개를 갸웃거리면서 대화에 끼어들었다.

"크하하하하. 역시 아가씨가 무엇을 좀 아는군요, 그래. 그럼, 이니안에게 좋은 이야기고말고. 네 검만 나에게 맡기면 내 마차까지 깔끔하게 고쳐 주마. 아, 덤으로 거기 아가씨에게 내 검 하나 선물 하지. 보아하니 기사 같은데 말이야."

타라 족장은 정말로 기분이 좋은 듯 호탕한 웃음을 터뜨렸다. 그와 함께 다프네의 얼굴에도 기쁨이 떠올랐다. 어찌 그렇지 않겠는가, 드워프가 만든 검을 얻을 수 있게 된 것이다. 검을 쓰는 기사에게 있어서 훌륭한 검을 가지게 되는 것처럼 기쁜 일이 또 있을까.

하지만 이니안은 얼굴을 감싸 쥐며 고개를 푹 숙였다.

타라 족장을 모르는 이들은 일을 너무 쉽게 생각하고 있었다. 하지만 모든 것을 알고 있는 이니안의 그 심정이란 참담했다.

'휴우. 이런 식으로 발목을 잡히는구나. 그래서 크게 내키지 않았던 건데.'

호에는 그런 이니안을 보며 동정의 빛이 가득한 웃음을 지으며 그의 등을 가볍게 두드려 주었다.

쾅쾅!

그때 문이 요란하게 울렸다.

"응? 무슨 일이지? 저렇게 요란하게 문을 두드릴 일이 없는데?"

드워프들의 집은 모두 초인종이라고 방문객의 존재를 알릴 수 있는 장치가 달려 있다. 방문객이 그 초인종을 누르면 집 안에 듣기 좋은 음악이 흘러 방문객이 있음을 알 수 있기에 저런 식으로 문을 두드리는 일은 드워프 마을에서는 보기 힘든 일이다.

호에가 의자의 높이를 낮춰 발이 땅에 닿자 몸을 일으키며 고개를 갸웃거렸다.

소리가 울린 문을 연 호에는 고개를 갸웃거리면서 밖을 내다보았다.

"저기, 이런 아이가 밖에 있는데 이 일이 어떻게 된 걸까요?"

호에는 문 밖을 가리키며 이니안 일행을 돌아보았다. 호에의 손가락이 가리키는 곳으로 시선을 돌리니 그곳에는 은빛 털이 달빛에 빛나고 있는 거대한 늑대가 한 마리 애처로운 얼굴로 앉아 있었다.

"케이로스!"

케이로스의 모습에 포르시아가 벌떡 자리에서 일어났다.

"그러고 보니 널 잊고 있었구나!"

드워프들을 처음 본 신기함에 빠져서인가, 포르시아는 그만 지금까지 케이로스의 존재를 까맣게 잊고 있었던 것이다.

"그래… 무언가 허전하다고 했는데."

얼른 케이로스에게 달려가 목을 껴안은 포르시아는 케이로스의 목덜미를 쓰다듬으며 진정으로 미안해했다.

"아!"

그때 캐서린이 오른손 주먹으로 왼손 손바닥을 치며 무언가 생각난 듯 탄성을 질렀다.

"그러고 보니 아까 옷 가방을 가지러 마차에 갔을 때 병사들의 숙소 곁에 케이로스가 가만히 엎드려 있는 걸 봤었는데, 그걸 공녀님께 말씀드린다는 것이 그만 목욕 시중을 들어드리면서 깜빡했어요. 죄송해요."

캐서린은 연신 허리를 숙이며 용서를 빌었다.

"아니, 괜찮아. 애초에 케이로스에게 신경을 못 쓴 내 잘못인걸."

어쩔 줄 몰라 하는 캐서린의 모습에 포르시아는 고개를 가로저었다.

"이 늑대는 뭔가요?"

"아, 제가 데리고 다니는 녀석이에요, 아줌마. 그런데 공녀님께서 너무 예뻐하셔서요."

이니안이 다가오면서 말했다.

"그렇구나. 범상치 않은 늑대 같은데. 너도 여러 가지 일을 겪은 모양이구나."

"그렇죠, 뭐."

이니안은 머쓱한 얼굴로 웃었다.

케이로스를 집 안에 들이고 다시 식사가 시작되었다. 오직 타라 족장만이 이니안의 검을 요모조모 살피며 어떻게 손을 볼지 고민하고 있을 뿐이다.

"왜 나를 부르지 않았지?"

[깜빡했습니다, 마스터.]

"그리고 집 앞까지 왔으면 문을 두드릴 필요도 없었잖아."

[그 방법 밖에 생각이 안 나더군요.]

케이로스의 대답에 이니안의 얼굴이 묘하게 변했다.

"너, 점점 애완동물다워지고 있는 것 같다."

[그, 그런가요, 마스터?]

이니안의 말에는 진심이 담겨 있었고 그것을 느낀 케이로스는 의기소침해했다. 스스로가 이곳에서의 행동을 생각해 보아도 정말 그런 것 같았다.

"뭐, 어쩔 수 없지. 그냥 네 운이려니 해, 적어도 포르시아와 헤어지기 전까지는."

[후우. 알겠습니다.]

결국 케이로스는 자신의 상황을 받아들이기로 했다. 아마도 케이로스의 이러한 운명은 그날 칼의 레어의 입구에서 로즈를 품에서 재워주는 순간 그렇게 결정된 것인지도 모른다.

어둠에 감싸인 공간. 어둠이 내려앉은 것뿐 아니라 공기도 무겁게 내려앉아 있었다.

뒤로 돌려진 소파를 향해 한쪽 무릎을 꿇고 앉은 이는 숨도 제대로 쉬지 못하고 있었다. 그는 자신의 주인의 분노를 온몸으로 느끼고 있었기에 그저 고개를 숙이고 있을 뿐이다.

"벌써 한 달이 지났다."

"……."

드디어 주인의 입이 열렸지만 그는 그저 고개를 숙이고 있을 뿐이다.

"한 달 전 너는 나에게 공녀가 버티컬 산맥으로 간다고 했다. 그리고 나는 매복을 지시했지. 그런데 버티컬 산맥에 들어서는 순간 공녀가 사라졌다는 것이냐? 추적자는 완벽하게 그 흔적을 놓치고?"

"송구스럽습니다."

하지만 그것이 사실이었다. 그는 주인에게 그 말밖에 할 말이 없었다.

"버티컬 산맥이 한 번 들어가면 절대 빠져나올 수 없는 미궁도 아니고 어떻게 종적을 놓친단 말이지? 그것도 최고 수준의 추적자 다섯이 동시에?"

"하지만 그들은 그렇게 말했습니다, 순간 연기가 사라진 것처럼 흔적이 사라졌다고."

그는 자신의 말이 주인의 분노를 더욱 돋울 것을 알았지만 할 수밖에 없었다, 그것이 사실이었기에.

"그것이 그 사이몬 가의 애송이와 공녀 둘이면 이해해 줄 수 있다. 하지만 수많은 일반 병사들이 함께 있었어. 그렇다면 그들은 어떻게 되었단 말이냐? 전설에나 나오는 이공간으로 들어가기라고 했단 거냐? 지금!"

사내의 주인이 소파의 팔걸이에 세차게 내려친 주먹에 쾅 하는 소리가 방에 울렸다.

하지만 그는 할 말이 없었다. 자신의 주인이 저렇게 분노한다고 해서 사실이 거짓으로 바뀌지는 않는다. 그는 자신의 일을 다 하지 못한 책임을 지고 그에 대한 처분을 받을 뿐이다.

"후우. 그래서 벌써 한 달 동안 같은 곳에 진을 치고 있단 말이냐?"

"네. 혹시 저희를 피해서 산맥을 넘은 것은 아닌가 싶어서 소호 왕국과 카일로니아 왕국 쪽으로 사람도 보내봤습니다만 그런 흔적은 없었습니다."

으드득.

그의 보고에 주인은 이를 갈며 분노했다.

그러더니 소파에서 벌떡 일어났다. 그는 정말로 놀랐다. 그가 이 방에서 보고를 한 이후 자신의 주인이 저 소파에서 일어나는 모습을 단 한 번도 본 적이 없었기 때문이다.

소파에서 일어난 주인은 앞으로 걸음을 옮겨 작은 탁자에 대륙의 지도를 촤라락 펼쳤다.

"그렇다면 아직 산맥을 벗어나지 못했다는 소리니… 이곳 열 곳에 감시자를 붙인다. 그리고 그곳을 벗어났을 때를 대비해 소호 왕국의 여덟 곳의 도시 주변에도 사람을 풀어!"

주인은 펜으로 몇 곳에 표시를 한 지도를 뒤로 던졌다. 지도는 바닥에 형편없는 모습으로 구겨져 떨어졌다. 사내는 그것을 조심스레 들어 잘 접은 후 품 안에 갈무리했다.

"알겠습니다."

"이번이 거의 마지막 기회일 수 있다. 얼마 전 좋지 않은 소식이 들어왔어. 앞으로 반년 안에 반드시 처리해야 한다. 이 일은 빠르면 빠를수록 좋아."

"네."

사내는 자신의 주인의 목소리에서 분노의 기색이 가시지 않자 의아함을 느꼈다. 그의 주인은 신통치 않은 결과에 불같이 화를 내더라도 새로운 지시를 내리면 곧 냉정침착한 평소의 모습을 되찾았다. 아니, 주인이 그렇게 화를 내는 모습은 일 년에 한 번 있을까 말까한 일이다. 최근 들어 그의 주인은 부쩍 화를 자주 내고 있었다.

"그리고 수배해 둔 어새신들은 언제든지 어느 곳으로 갈 수 있게 잘 분산해서 배치해 둬. 일단 한 곳에서 시간을 끄는 동안 나머지 모든 어새신들이 그곳에 도착할 수 있게 위치 계산을 잘하고."

"네."

"나가봐."

주인의 말이 떨어지기 무섭게 그는 그 방을 빠져나왔다. 더 있다가는 질식할 것만 같은 공간이었기에 그 명령이 그렇게 고마울 수가 없었다.

"후우……"

수하가 나가자 소파의 주인은 깊은 한숨을 쉬었다.

"설마 그렇게 날을 빨리 잡을 줄은 예상치 못했는데… 성급해, 성급해도 너무 성급해……."

그는 낮게 중얼거렸다.

"이번에 만나면 어떻게든 설득을 해야지, 그렇지 않아도 곧 만나러 가야 할 날이군."

그의 두 눈은 모종의 결심으로 빛나고 있었다.

*   *   *

한 달이다.

정확히 한 달이다.

한 달이라는 시간이 이렇게 지루할 줄 포르시아는 꿈에도 몰랐다. 아니, 검을 손보는데 한 달이라는 시간이 걸릴 줄은 꿈에도 몰랐다고 해야 할까?

처음에는 신기하기만 하던 드워프의 마을에 그녀는 이제 충분히 익숙해져 있었다. 드워프의 마을이라 처음에는 신기한 마음에 이곳저곳 돌아다닌다고 시간가는 줄 몰랐지만 그것도 곧 싫증이 났다.

집 안에서 자신의 작업에 열중하는 드워프들의 특성상 그녀는 드워프들을 그다지 만나지 못했던 것이다. 특히나 늦여름이 끝나가는 이 계절이 드워프들에게는 작업에 열중하는 시기였다.

평소라면 낮에는 열심히 작업에 열중하더라도 저녁이면 저마다 맥주잔을 들고 흥겨운 연회를 여는 그들이지만 여름이란 대지의 열기가 가장 뜨거울 때, 드워프들에게 있어서는 작업에 열중해야 할 신성한 계절이었던 것이다.

타라 족장도 지금 작업에 열중해 있었다.

그 작업이라는 것이 이니안의 검을 수정하고 다프네의 검을 만들어주는 것이다.

그 덕에 다프네는 타라 족장에게 여러 번 불려갔다. 검병을 잡을 때의 손의 모습을 본떠야 했고 갖가지 물건들을 잡아보아야 했다. 그리고 자신의 검술을 수십 번은 펼쳤다. 그 모든 것을 알아야 본인에게 가장 적합한 검을 만들 수 있다는 타라 족장의 고집 때문이었다.

그는 진정한 검의 장인이었다.

물론 이니안은 이러한 사실을 모두 알고 있었다. 그래서 타라 족장이 검을 맡기라고 할 때 시큰둥한 반응을 보였던 것인데 포르시아가 대수롭지 않게 생각하고 대답한 덕에 이곳에서 벌써 한 달이라는 시간을 보낸 것이다.

마차는 물론 말끔히 고쳐졌다.

아니, 이전과 비교할 수 없을 정도로 좋아졌다.

대륙에 드워프가 만든 마차는 단 세 대가 존재했다. 하나가 제국의 황제의 의전용 마차였으며, 다른 둘은 각기 카일로니아 국왕의 의전용 마차와 사이몬 공작가의 마차였다. 그리고 오늘로부터 이십팔 일 전, 또 한대의 마차가 탄생했다.

그러니까 마차를 수리, 아니, 새로 만드는데 걸린 시간은 겨우 이틀이었다. 세 명의 드워프가 달라붙으니 그야말로 세상에 둘도 없을 것같이 아름답고 호화로우면서 편안하고, 편리한 마차가 단 이틀 만에 만들어진 것이다.

하지만 이니안과 다프네의 검은 달랐다.

여전히 타라 족장이 작업 중이었다.

"하아……."

마을의 한쪽 구석에 있는 언덕 위 아름드리나무에 앉아 있는 포르시아의 입에서 한숨이 새어 나왔다.

그녀도 이제 슬슬 떠나고 싶은 것이다.

"많이 지루하시죠?"

"세이버 경?"

언제 찾아온 것일까? 이니안이 그녀의 곁에 서 있었다.

"네. 마을을 둘러보아도 찾을 수 없어서요. 이곳에 계실 것 같아서 이곳으로 왔습니다. 역시 이곳이었군요."

"그래요? 파이어 경은요?"

"검을 시험 중에 있습니다."

"그럼 끝인가요?"

이니안의 말에 포르시아는 반색을 했다. 하지만 이니안은 아쉽다는 얼굴로 고개를 가로저었다.

"아닙니다. 일단 대략적인 것이 완성되었을 뿐이죠. 그건 어디까지나 타라 족장님의 기준이지만요. 앞으로 일주일 정도는 세부적인 조정을 할 겁니다."

"하아. 그렇군요."

"네."

"그럼 세이버 경의 검은요?"

"아, 제 것 역시 파이어 경의 것과 비슷한 때 완성될 겁니다. 보통은 3주면 끝나는 작업인데 이번에는 두 개를 동시에 한다고 한 달이 조금 넘네요. 그래도 그것도 굉장히 빨리 하는 겁니다. 마침 여름이라 타라 족장님이 밤낮을 가리지 않고 일에 빠져 계신 덕이죠."

이니안의 대답에 포르시아는 가만히 고개를 끄덕일 뿐이었다.

"많이 지루하시죠? 떠나고 싶으실 테고요. 그래서 제가 그때 타라 족장님의 제안을 거절했던 겁니다."

이니안이 고소를 지으며 포르시아의 곁에 털썩 주저앉았다. 호위기사가 공녀의 곁에 아무런 예고도 없이 앉다니 무례도 이런 무례가 없었다. 하지만 포르시아는 아무런 말도 하지 않고 여전히 언덕 아래를 내려다볼 뿐이다.

두 사람 사이로 늦여름 마지막 기승을 부리는 더위를 품은 바람이 스처 지나갔다.

"세이버 경."

"네."

가만히 아래를 내려다보던 포르시아가 이니안을 가만히 부른다.

"그러고 보니 저는 세이버 경에 대해서 아는 것이 아무것도 없네요. 이 마을에 오면서 하루하루 세이버 경의 새로운 모습을 보면서 어쩌나 놀랐는지 몰라요."

"죄송합니다."

이니안의 대답에 포르시아는 고개를 도리도리 저었다.

"아니에요. 알면 알수록 놀람을 주는 세이버 경이라 또 얼마나 사람을 놀래켜 줄까 하고 은근히 기대가 되기도 해요."

가지런히 세운 무릎에 얼굴을 기대면서 고개를 돌려 이니안을 바라보며 생긋 웃는 포르시아. 그 웃음이 너무나 눈부셨다.

"공녀님의 기대를 저버리지 않아야 할 텐데요."

이니안도 마주 웃었다.

"노력해 보세요. 호홋."

그 말에 포르시아가 맑은 소리로 웃었다. 그러더니 벌떡 일어나 아름드리나무에 등을 기댄다. 이니안은 여전히 앉아 있었다.

"세이버 경."

"네."

"전에 불어줬던 그 휘파람 소리 있죠?"

"네."

"지금 불어줄 수 있을까요? 갑자기 듣고 싶네요."

"알겠습니다."

이니안이 웃으며 고개를 끄덕였다.

휘이이위휘위히휘이휘이~

곧 이니안의 입에서 감미로운 휘파람 소리가 퍼져 나왔다.

휘이익휘이휘익휘위이~

계속되는 휘파람 소리. 포르시아는 나무에 등을 기댄 채 눈을 감았다. 이니안이 만들어내는 아름다운 선율에 완전히 몰입해 가는 것이다.

이니안 역시 눈을 감고 앉은 채로 계속 휘파람을 불었다.

나 여기에 있어요.

그대는 어디에 있나요?

내가 그대를 찾고 있다는 것은 알고 있나요?

여기에 이렇게 내가 있어요.

그대는 어디에 있나요?

이제 나에게로 와주세요.

내가 이곳에서 그대를 기다리고 있다는 것은 알고 있나요?

난 여기에서 이렇게 노래 불러요.

포르시아가 눈을 감은 채 그 감미로운 목소리로 노래를 불렀다. 이니안의 휘파람 소리와 포르시아의 목소리가 만들어낸 노래가 감미롭고도 아름다운 하모니를 이루며 울려 퍼졌다.

포르시아가 노래를 끝내자 이니안의 휘파람 소리도 멎었다.

"좋은 노래군요. 저는 처음 듣는 것 같습니다만."

이니안이 몸을 일으키면서 말했다.

"그래요? 저도 처음 듣는 노래예요."

"네?"

이니안이 포르시아의 말에 의아한 듯 물었지만 포르시아는 이니안을 지나쳐 언덕 아래로 걸음을 옮겼다.

"갑자기 차 생각이 간절해지네요. 호에 아주머니의 차 끓이는 솜씨가 일품이죠."

포르시아가 갑자기 화제를 바꾸는 바람에 이니안은 그녀의 말뜻을 곰곰이 생각하지 못했다. 그리고 그녀가 부른 노랫말이 의미하는바 역시 그냥 지나쳐 넘어갔다, 그저 아름다운 노래라고 생각하면서.

"그런데 세이버 경."

아래로 내려가던 포르시아가 몸을 빙글 돌리며 이니안을 바라본다.

"위험합니다, 공녀님."

언덕의 내리막길에서 포르시아가 보여준 위험천만한 움직임에 이니안은 가슴이 철렁했다.

"풋. 이 정도는 괜찮아요."

이니안의 걱정 어린 표정에 포르시아는 보란 듯이 내리막을 뒷걸음질 쳐 보인다.

"그런데요, 이 마을은 어떻게 아는 거예요? 상낭히 어린 시절부터 왔던 거 같은데?"

포르시아가 걸음을 멈추고 양손을 허리 뒤로 돌린 자세로 올려다보며 물었다. 포르시아의 그 눈망울을 마주 보고 있자니 이니안은 도무지 대답을 피할 수가 없었다.

"할아버지께서 이 마을과 인연이 있으셨습니다. 그 뒤로 종종 아버지를 따라 들렀었지요. 그때의 인연이 작은 것이 아니라 우리 집안사람들의 검을 아무 조건 없이 타라 족장님이 기꺼이 만들어주셨으니까요."

"흐웅. 그래요?"

포르시아가 눈을 가늘게 만들며 지그시 이니안을 바라본다. 아마도 대답의 진실성을 그녀 나름대로 가늠해 보겠다는 몸짓이리라. 그 모습에 이니안의 입에는 웃음이 떠올랐다.

"모두 사실입니다."

"알겠어요, 세이버 경. 비록 성도 없이 용병 생활을 하고 있지만 알고 보면 대단한 집안의 아들이겠네요. 드워프제 검을 집안사람들이 가지고 있다니, 결국 그 보물을 지킬 힘도 있다는 거겠죠? 세이버 경만 하더라도 이미 소드 마스터이고 말이에요."

지혜로운 포르시아는 이니안의 대답만으로도 벌써 몇 가지 사실을 유추해 냈다.

"글쎄요."

하지만 이니안은 포르시아의 유도 심문에 넘어가지 않았다.

"역시, 세이버 경도 보통은 아니네요."

자신의 유도 심문이 실패했다는 사실에 포르시아는 안타깝다는 듯이 웃었다.

그렇게 이런저런 대화를 하는 사이 두 사람은 타라 족장의 집에 도착했다.

그리고 다시 일주일의 시간이 흘렀다.

이니안의 예상대로 두 자루의 검이 완성되었다.

타라 족장이 건네는 검을 받아들었을 때 다프네가 보이는 그 감격스러운 얼굴이란……

"이렇게 귀한 것을 제가 받아도 될는지요?"

다프네는 정말로 타라가 만들어준 검을 받아도 될까라는 고민이 가득한 얼굴로 조심스레 물었다. 기사로서 훌륭한 검을 손에 넣은 것은 기뻤지만 그녀의 분수에 넘치는 검이었기에 또한 조심스러워지기도 했다.

"괜찮아. 내가 그 검을 만드는 동안 즐거움을 얻었으니 그 즐거움의 대가라 생각하고 받아. 자네도 고생 많았어."

타라의 말이 사실이었다. 다프네는 그녀의 검을 만드는 타라 족장의 요구에 부응하느라 정말로 빈번히 그에게 불려갔다. 그녀의 임무인 포르시아의 경호는 거의 하지 못할 정도였다, 물론 이 마을 안에서는 별달리 경호할 일이 없기도 했지만.

"어서 뽑아봐."

검집째 건네진 검이었기에 다프네는 아직 그 검신을 보지 못했다. 타라 족장의 재촉에 다프네는 검을 받아들고 처음으로 검병을 잡았다.

그때 손에 착 감기는 그 느낌이란……

검을 잡는 순간 검이 이미 몸의 일부가 되었다. 처음부터 자신의 몸이었던 것만 같은 느낌. 잘려서 떨어져 나갔던 몸의 일부가 다시 붙는 듯한 느낌이었다.

다프네는 자신의 손에 전해져 오는 감각에 감격하며 천천히 검을 뽑았다.

찬란히 빛나는 그 신성한 은광.

"아아……"

다프네는 검신을 보며 감격에 찬 소리를 흘렸다.

"오리하르콘이야."

"네?"

타라 족장의 말에 다프네는 깜짝 놀랐다.

"놀랄 것 없어. 귀한 금속이긴 하지만 이곳에서는 그래도 여유가 있는 편이니까. 자, 막내, 옜다."

다프네에게 대수롭지 않게 말한 타라 족장은 이니안에게 검을 획 던졌다.

이니안은 검을 받고는 아무렇게나 허리에 찼다.

"막내, 너는 어째 검을 받는 모습이 영 불만인 모양이구나."

타라 족장은 그 모습이 심히 마음에 안 드는 듯했다.

자신이 준 검에 감격에 겨워하는 다프네의 모습과 아주 절묘한 대조를 이루었기 때문인지도 몰랐다.

"믿으니까요."

이니안은 짤막하게 대답했다.

"에휴."

자신을 믿는다는 말에 별달리 대꾸할 말이 없었기에 타라는 한숨을 내쉬었다.

"그럼 이제 갈게요."

이니안은 옆집에 놀러왔다가 자신의 집으로 돌아가는 아이처럼 간단히 말했다. 타라 족장 역시 그 말에 고개를 끄덕이는 정도로 대답을 대신했다.

"공녀님, 이제 떠나도록 하겠습니다. 마차에 오르시죠."

이니안의 말에 포르시아는 고개를 끄덕이며 완전히 새로 태어난 마차에 몸을 실었다. 캐서린과 다프네도 그 뒤를 따라 마차에 올랐다. 그러는 동안에도 다프네의 눈은 자신의 허리에 있는 검에 머물러 있었다.

"출발!"

이니안의 지시와 함께 마차가 움직이기 시작했고, 포르시아는 창밖으로 드워프들에게 인사를 했다. 다프네 역시 인사를 하며 연신 타라 족장에게 감사의 인사를 전했다.

이니안의 안내에 따라 일행들은 마을을 벗어나 처음 동굴을 통해 갱도로 접어들었다.

마차가 겨우 지나갈 폭이었기에 대열이 길게 늘어섰다. 이니안은 갱도를 지나는 동안은 케이로스의 등을 떠나 마차의 마부석에 앉았다. 포르시아를 경호하기 위해서는 최대한 가까이 있어야 했다. 특히나 이렇게 좁은 곳은 자신이 재빨리 달려올 수 없었기에 가까이 있는 것이 더욱 중요했다.

"그럼 갱도로 계속해서 가는 건가요?"

포르시아가 마부석으로 통하는 창을 열고 이니안에게 물었다.

"네, 그렇습니다. 빛의 일족이 광석을 채굴하면서 만들어진 길이지요. 이 길이 버티컬 산맥을 관통하고 있답니다."

"아, 그래서 가로지를 수 있다고 했던 거로군요."

"네."

이니안이 자신만만하게 대륙을 가로지를 수 있다고 말한 수단은 바로 버티컬 산맥을 꿰뚫고 만들어진 갱도였다.

"그럼 이 길의 끝에 또 마을이 있는 건가요?"

"아닙니다. 단지 입구를 가리고 있는 결계가 있을 뿐이지요."

이니안이 고개를 저으며 대답했다.

"결계요?"

이니안의 대답에 포르시아가 고개를 갸웃거리며 되물었다.

"네. 저희가 들어올 때 지나쳤던 곳과 같은 곳이죠, 몬스터들이 나왔던. 그 몬스터들도 결계의 일종이었습니다."

"그래요?"

포르시아가 놀랍다는 듯 물었다. 그녀는 그곳이 결계였다는 사실을 이제야 알게 된 것이다.

"그렇다면 나갈 때도 몬스터들 때문에 위험하겠네요."

"들어오려는 사람들에게만 반응하는 결계이니 안심하셔도 됩니다."

이니안의 대답에 포르시아는 안도한 표정을 지었다. 들어올 때는 몬스터가 아닌 다른 것 때문에 고생을 했지만 그래도 한 번 겪고 나서 포르시아는 몬스터를 피해가는 것이 좋다는 사실을 깨달은 것이다.

"이 길을 드워프의 길이라고 부릅니다."

"멋진 이름이네요."

이니안의 말에 포르시아가 웃으며 대꾸했다.

상당한 시간을 드워프의 길을 따라 걸었다. 갱도였던 탓에 벽 곳곳에 박혀 있는 마법등 덕에 어둡지는 않았다. 단지 해가 뜨고 짐을 알 수 없어 시간의 흐름에서 벗어난 듯한 느낌이 들었다.

그렇게 얼마나 걸었을까? 막다른 곳이 나타났다.

이니안이 마부석에서 훌쩍 뛰어내려 일행의 이동을 멈춰 세웠다. 그리고 벽의 한 곳을 꾹 눌렀다.

그르르릉.

벽을 긁는 요란한 소리와 함께 십여 미터 앞의 벽이 올라가며 밝은 빛이 갱도 안으로 쏟아져 들어왔다.

『6권으로 이어집니다』

외전

이니안의 일기

외전—이니안의 일기

잠시 마주 보고 대화를 나누던 네이라와 아이텐은 다시 일기로 시선을 돌렸다. 어차피 그 대련에서 승리하는 것은 자신들의 아빠라는 것은 잘 알고 있다. 뻔히 결과를 알고 있는 일이라도 남의 일기를 읽는 재미에 맛을 들인 남매는 두 눈을 빛내며 당연한 이야기가 써져 있을 일기의 내용에 집중했다.

"파르미안이라고 합니다. 잘 부탁드립니다, 이니안 형."

내 앞에 선 그 파르미안이라는 녀석은 고개를 숙이며 인사를 했다. 먼저 형이라 부르며 인사를 하다니 제법 괜찮은 녀석 같았다. 저 싸가지없었던 바리셀라라는 녀석과는 달랐다.

"반가워. 나도 잘 부탁해."

나의 반말에도 녀석은 고개를 끄덕이며 검을 중단으로 들었다. 볼수록 마음에 든다.

"먼저 와라."

여전히 검을 허리에 꽂은 채 그렇게 말하자 파르미안은 한 걸음 한 걸음 신중하게 앞으로 다가왔다. 역시 아까 그 바리셀라라는 녀석보다는 낫군.

처음부터 끝낼 생각으로 큰 움직임을 보이던 녀석보다는 한 수 높은 실력이다.

나는 가만히 파르미안을 바라보았다. 파르미안은 조심스럽게 움직이면서 접근하여 이제 내 간격 조금 밖에 위치해 있었다. 그러고 보니 나보다 어린 파르미안이 나보다 컸다. 자존심 상하는 일이지만 나보다 한 10센티미터는 커 보였다. 그렇다면 당연히 나보다 팔이 길 터. 내 간격에서는 조금 밖이지만 이미 나는 저 파르미안의 간격에 들어가 있었다.

역시, 내가 그 사실을 깨닫는 순간 파르미안의 검이 움직였다. 자신의 간격을 정확히 알고 있다니 제법이다. 이 정도 수준은 이 나이 또래에서는 절대 있을 수 없을 텐데. 물론 기사 수업을 제대로 받는다면 가능하지만 이곳은 왕립학교다. 검술은 수많은 과목 중 하나일 뿐이다.

게다가 올해부터 배우기 시작했다고 하는데, 자신의 간격을 알고 있다니 놀라운 일이다. 천부적인 재능을 가지고 있거나 명망있는 기사 가문의 아이라서 집에서 배웠거나 둘 중 하나 같았다.

파르미안은 가볍게 내 목을 찔러왔다. 하지만 전혀 투지가 없었다. 저런 검은 생각할 필요도 없는 허초, 즉 속임수다. 실력이 제법 뛰어나긴 하지만 아직 미숙했다. 허초는 실초같이, 실초는 허초처럼. 이런 기본적인 것도 제대로 못하다니.

파르미안은 아마 검에 재능이 뛰어난 평민 아이겠지, 기사 가문의 아이라면 허초와 실초에 대해서는 귀에 못이 박히도록 들었을 테니. 왕립학교에서 검을 처음 잡았기에 허초를 구사하면서도 저렇게 어설프게 사용하는 것일 거다. 이제 기본 동작을 끝낸 아이들이니 허초가 뭔지, 실초가 뭔지 들어나 보았겠는가?

그럼에도 불구하고 이렇게 나에게 허초를 사용해 공격을 시도하는 파르미안은 검에 재능은 비범한 수준이다.

좋아. 그렇다면 내가 한 수 지도해 주도록 하지. 이번 지도의 주제는 허초와 실초의 실전에서의 사용법이다. 잘 배워둬라, 소드 마스터가 친히 가르쳐 주는 것이니.

내가 살짝 걸음을 움직여 파르미안을 향해 다가가자 역시 파르미안은 금세 검을 거둬 나의 무릎 쪽을 베어왔다. 나는 몸을 핑그르르 돌려 파르미안의 옆으로 돌아가서 매섭게 검을 찔렀다. 그러자 파르미안은 깜짝 놀라서 황급히 검을 움직였다.

이런, 미안해서 어쩌지? 사실은 허초거든.

파르미안이 검을 움직인 그 찰나 나의 검은 이미 방향을 바꿔서 파르미안의 어깨를 대각선 베기로 내려치고 있었다. 검술의 기본 동작만 배웠다고 하니 나도 기본 동작만 사용하기로 마음을 먹었다.

아, 아까 바리셀라라는 녀석은 워낙에 싸가지가 없었기에 예외다.

옆구리를 향해 찔러오던 검이 갑자기 어깨를 베어오자 파르미안은 깜짝 놀라서는 황급히 뒤로 물러섰다. 동작이 제법 재빨랐다. 하지만 아직 어설프다. 이럴 때는 상대의 품으로 파고들어 간격을 없애야 하는 법인데. 하긴 이제 기본 동작을 끝낸 녀석에게 너무 많은걸 기대하고 있는 건가?

나는 재빨리 파르미안을 따라붙으며 세로 베기로 강렬하게 검을 내리그었다. 당연히 파르미안은 검을 들어 막으려고 했다.

아쉽군. 이번에도 허초다.

어느새 방향을 바꾼 나의 검은 파르미안의 무릎을 찔러가고 있었다. 깜짝 놀란 파르미안은 껑충 뛰어서 뒤로 물러섰다. 나는 놓치지 않고 재빨리 따라붙으며 이번에는 복부를 찔러갔다.

이번에는 나의 검을 막으려 하지 않았다. 두 번이나 허초에 속더니 이번에도 허초라고 생각한 모양이다. 미안하군. 이번에는 실초라네.

퍽.

제법 둔탁한 소리를 내며 나의 검은 파르미안의 배에 꽂혔다. 파르미안은 자신의 검을 놓치고 배를 움켜쥐며 뒷걸음질쳤다. 하긴 제법 아플 테니까.

"크윽. 으으."

으음. 신음 소리까지 내는군. 하긴 그 고통 나도 잘 알지. 불과 며칠 전에 로레인 누나에게 당했으니 말이다. 그러고 보니 아까 바리셀라 녀석도 배에 검을 꽂아 넣을 것을 목을 찌르다니… 너무 쉽게 끝냈어.

아쉬운 눈빛으로 아까 바리셀라가 들려갔던 장소를 보니 언제 정신을 차렸는지 한 쪽에 앉아서 이곳을 보고 있었다.

"이걸로 끝?"

"아뇨. 계속 부탁드립니다. 120점은 제법 큰 점수거든요."

나의 물음에 파르미안은 떨어뜨린 검을 주우며 말했다. 제법 근성이 마음에 들었다. 원래 검사는 검을 놓치면 죽은 것이다. 하지만 지금은 지도 대련이니 상관없었다. 이게 대결이었으면 묻지도 않고 마지막 일격을 날렸을 것이다.

승? 그럼 바리셀라는 뭐냐고? 다 같은 대련 아니냐고? 아까 그 녀석은 싸가지가 없고 나에게 찍혀서 대결이었고, 파르미안은 마음에 들었으니 지도 대련이지. 그런 건 누가 정하냐고? 당연히 상대해 주는 내 마음이지.

고통스러운 얼굴로 검을 든 파르미안은 나에게 조심스레 다가왔다. 천천히 다가오던 파르미안은 내가 자신의 간격에 들어오자마자 내 어깨를 베어왔다. 허초란 게 뻔히 보이는 공격이다. 하지만 제법 기세가 실린 것이 아까보다는 나았다.

역시 재능이 있군. 조금 전 나에게 당한 걸로 무언가 깨달은 것이 있는 모양이다. 이렇게 빨리 검에 기세가 실린 것을 보면 말이다.

그렇다면 한 가지를 더 가르쳐 주도록 하지.

나는 슬쩍 몸을 비틀어 파르미안의 검을 피하려 했다. 그러자 파르미안은 재빨리 검을 움직여 나의 배를 찔러왔다. 기세가 자못 날카로운 것이 실초였다. 나는 재빨리 몸을 움직여서 파르미안의 품으로 뛰어들었다.

내가 바로 코앞에 나타나자 파르미안은 깜짝 놀란 듯했다. 얼굴에 그 놀람이 어느 정도인지 다 쓰여 있으니······.

그 순간 나는 잽싸게 발을 걸었다. 파르미안은 아무런 반항도 못하고 뒤로 넘어졌고, 어느새 나의 검끝은 파르미안의 목 위에 있었다.

"졌지?"

"예."

"너는 비겁하다는 소리 안 하니?"

"아뇨. 분명 제가 진 겁니다. 검도 몸의 일부일 뿐이니까요."

호오~ 이 녀석은 정신이 제대로 박혀 있군. 더욱더 마음에 들었어.

나는 빙그레 웃으며 손을 내밀자 파르미안은 웃으며 내 손을 맞잡았다. 나는 팔에 힘을 주어 파르미안을 일으켰다. 그리고 다시 손을 내밀었다.

"이니안이야, 앞으로 잘 부탁한다."

"파르미안입니다. 앞으로 잘 부탁드릴게요."

이렇게 우리는 서로에게 정식으로 소개하며 악수를 했다.

"다음 사람?"

파르미안이 자리로 들어가자 알렉스 선생님은 주위를 둘러보며 말했다. 하지만 지원자는 없었다. 가장 실력이 좋다는 파르미안이 패했으니 지원자가 있을 리 없었다.

"흐음. 할 수 없지. 그렇다면 각자 알아서 짝을 맞춰 대련을 하도록. 대련 방법은 잘 봤으니 알 테니까. 그럼 실시해."

알렉스 선생님의 말씀이 끝나자 아이들은 저마다 마음이 맞는 아이들끼리 짝을 지어 연무장 이곳저곳으로 흩어졌다.

"이니안."

흩어지는 아이들을 가만히 바라보는 내게 알렉스 선생님의 목소리가 들렸다.

"예?"

"넌 네 형이나 큰누나가 검술 수업 점수를 어떻게 받았는지 아니?"

"몰라요."

그러고 보니 그걸 듣지 못했다. 분명 일반 아이들과 같은 방법으로는 채점이 불가능했을 텐데. 내 말에 알렉스 선생님은 손가락으로 자신을 가리켰다.

"바로 검술 수업 담당 선생과 대련을 해서 점수를 얻었지. 이리아나 메이린은 이곳에서 다른 아이들과 마찬가지로 처음 검술을 배웠기에 보통의 방법으로 채점을 했지만 말이야."

알렉스 선생님의 말씀은 말이 되지 않았다.

"말도 안 돼요. 어떻게 대련으로 채점을 해요? 일단 형이나 큰누나의 실력은 검술 선생님보다 뛰어나요. 어떻게 실력이 못한 사람이 실력이 나은 사람을 평가할 수 있죠? 그건 절대 불가능하다구요."

바로 내가 말한 것과 같은 이유로 알렉스 선생님의 말은 말이 안 되는 것이다.

"물론이다. 어찌 하수의 눈으로 고수의 실력을 평가할 수 있겠느냐? 다만 채점 방식은 수업 시간에 얼마나 많이, 얼마나 오랫동안 검술 선생과 대련을 해주었느냐였지. 무슨 말인지 알겠니? 대련을 많이 해줄수록 점수를 많이 줬단다. 이니안, 형의 점수를 깨려면 부지런히 나와 대련해야 할거야. 너는 중간에 편입해서 이슈데인에 비해서는 시간이 많이 부족하거든."

말을 마친 알렉스 선생님은 능글맞은 웃음을 보였다.

왕립학교에 이런 비리가 있었다니, 어찌 선생이라는 신분으로 학생에게 배우려 한단 말인가.

우리 집안 기사단의 기사들은 우리 집안의 가신들답게 검술 귀신들이었다. 거의 검술에만 미쳐서 살았다. 그런 이들에게 고수와의 대련은 항상 바라는 일. 지금 알렉스 선생님은 그것을 나에게 바라는 것이다.

"아, 그리고 얼마나 많은 사람과 대련을 해주었는지도 점수에 반영된다."

내가 한숨을 쉬자 알렉스 선생님은 깜빡 잊었다는 듯 말을 덧붙였다.

과연. 누가 나를 맡아 가르치게 되든 모두들 골고루 나와 대련을 하시겠다? 우리 가문의 기사들은 정말 의리도 좋았다.

그렇게 남은 시간 동안 나는 알렉스 선생님과 대련을 했다. 덕분에 자유대련을 하기로 한 이들은 모두 대련하다 말고 나와 알렉스 선생님의 대련을 지켜보았다.

입은 한껏 벌리고 두 눈은 왕방울만 해져서는.

이 정도면 실교시의 망신은 만회가 되었겠지? 그걸로 만족해야겠지, 뭐.

수업을 마치는 종소리와 함께 나와 알렉스 선생님의 대련은 끝이 났고 알렉스 선생님은 '수업 끝!'이라는 한마디만 남기고 사라졌다. 그러자 마실론이 잽싸게 내 옆에 따라붙었다.

"우왁! 대단해요! 이니안 형! 역시 사이몬 공작가 사람이군요!"

그때부터 연무장을 벗어나 탈의실로 갈 때까지 마실론은 쉬지 않고 떠들어댔다. 이미 마실론은 존경이 가득한 눈으로 나를 보고 있었다. 이걸로 수학 시간의 일은 잊혀졌겠지. 마실론뿐만 아니라 나를 보는 다른 아이들의 눈빛 역시 변해 있음을 난 이미 느끼고 있었다.

"역시 아빠라고 해야 하나?"

네이라가 빙그레 웃으며 중얼거렸다.

"뭐, 당연한 일이지."

아이텐은 별것 아니라는 투로 동생의 말에 답했다.

"근데, 오빠. 아빠 일기에 알렉스 아저씨라는 사람 말이야. 설마……."

"아, 그래. 나도 그런 생각이 들었어. 알렉스 할아버지 아닐까?"

"그렇지?"

두 남매는 서로 눈을 마주치며 고개를 끄덕였다.

아이텐과 네이라는 여전히 플라워 기사단의 원로로 노익장을 과시하고 있는 한 노기사를 떠올리며 슬며시 웃었다. 자신들이 태어나기 전 아주 옛날에 이런 일이 있었을 줄은 몰랐다.

아빠의 일기에는 두 아이에게 모르고 있었던 주변 어른들의 새로운 모습을 가르쳐 주고 있었다.

네이라가 손을 뻗어 일기를 다음 장으로 넘겼다.

탈의실에서 옷을 갈아입는 중에도 아이들은 연신 나를 힐끔거렸다. 나는 나를 향한 아이들의 선망 어린 눈빛에 기분 좋게 옷을 갈아입고 탈의실을 나설 수 있었다.

"저어……."

탈의실을 나서 걸음을 옮길 때 내 뒤에서 나를 향한 작은 목소리가 들렸다. 그 목소리에 뒤를 돌아보자 그 자리에는 쉐이나라는 그 아이가 발갛게 물든 얼굴로 고개를 숙이고 서 있었다.

"응? 무슨 일이지?"

내가 돌아서며 묻자 그 아이는 숙이고 있던 머리를 더욱 숙이더니 몸을 돌려 뛰어갔다.

"아, 아니에요. 죄송해요."

뛰어가며 중얼거린 작은 목소리가 들렸다. 과연 내가 들을 수 있을 거라 생각하고 말한 것일까?

"어라? 쟤 쉐이나 아니에요? 무슨 일이지요?"

"글쎄, 나도 궁금한데?"

뒤따라 나온 마실론이 의아한 눈으로 나에게 물었지만 나도 모르는 걸 뭐라 대답하겠는가? 뭔가 수상쩍다는 눈으로 나를 쳐다봐도 난 해줄 말이 없었다.

그렇게 마실론과 함께 교실에 돌아오자 아이들이 하나둘 내 주위로 모여들었다. 역시 검술 수업 시간에 보여준 나의 멋진 모습 덕이겠지.

"이니안 형! 대단해요! 어쩌면 그렇게 검술을 잘할 수가 있지요? 그 대단한 알렉스 선생님과 동등하게 겨루다니!"

'내가 소드 마스터라는 걸 알면 아주 까무러치겠군.'

아직 학교의 학생들은 내가 소드 마스터라는 사실을 모른다. 내가 소드 마스터의 경지에 이른 것을 아는 사람들은 왕국의 고위 귀족들뿐이다. 그러니 고위 귀족 집안의 자제라면 알 수도 있겠지만 아마도 대부분 모른다고 봐야 할 것이다.

"이니안 형, 아까는 정말 고마웠습니다. 형 덕에 검술에 대해서 많은 걸 알았어요."

파르미안은 머리를 긁적이며 나에게 인사를 했다.

"뭘, 그 정도로. 네가 실력이 있으니까 그만큼 알아차린 거지. 어느 멍청이랑은 달리 말이야."

나의 말에 파르미안은 어색하게 웃었고 주위에 있던 아이들은 영문을 모르겠다는 얼굴을 했다. 다만 자기 자리에 앉아서 이쪽을 마땅찮은 눈으로 쳐다보던 바리셀라 녀석의 얼굴이 붉게 달아올랐다. 녀석 제법 청력이 좋은걸? 내 말을 듣다니 말이야. 물론 들으라고 한 소리지만 말이다.

"첫, 겨우 그만한 검술 실력이 대단하면 얼마나 대단하다고 유세야? 기본적인 수학 문제도 못 푸는 녀석이."

못마땅한 듯 홀로 중얼거리는 바리셀라의 목소리. 보통 사람이라면 못 들었겠지만 나는 들을 수 있었다. 대번에 내 얼굴에는 굵은 힘줄들이 솟아올랐다. 내가 가장 자신없는 수학에 관한 이야기라니. 이 녀석이 아직 정신을 덜 차린 모양이다.

땡. 땡. 땡.

그때 수업종이 울렸다. 바리셀라 이 녀석아, 종이 널 살렸다. 3교시 수업이 시작되자 담당 선생님께서 들어오셨다. 선생님은 열심히 수업을 하셨지만 안타깝게도 난 수업을 전혀 듣지 않았다. 옆에 앉은 마일론과 아주 진지하고도 중요한 대화를 나누었기 때문이다.

"마일론."

"예?"

선생님께서 판서하신 것을 열심히 노트에 필기하던 마일론이 날 보며 대답했다.

"저 녀석 있잖아."

"누구요?"

"왜, 그 바리셀라라는 녀석."

"아, 바리셀라요?"

나의 말에 마일론은 크게 고개를 끄덕였다.

"그래, 그 녀석. 대단한 녀석이야? 다들 눈치를 많이 보는 것 같던데?"

"그렇죠. 대단한 집안 자제니까요. 물론 형만은 못하지만요."

마일론의 대답에 난 호기심이 잔뜩 치밀었다. 대체 얼마나 대단한 집안이길래 단번에 저런 대답이 나올까?

"어느 집안?"

"스타필로 집안이요."

"아!"

스타필로 집안이라·· 그렇다면 분명 스타필로 후작가다. 스타필로 후작가는 군부의 이인자 가문으로 요즘 들어 그 세력을 급격히 확장하고 있는 중이었다. 우리 카일로니아의 군부를 책임지고 있는 마히가스 공작가의 사정이 요즘 조금 좋지 않은 상황인데 그 틈을 파고들어 급속도로 세력을 넓히는 중이었다.

"그래서 싸가지가 없었군."

"킥."

나의 말에 마일론은 작게 웃었다. 사실 나는 스타필로 후작가가 무척이나 마음에 들지 않았다. 다른 가문이 어수선한 틈을 타서 자신들의 이익을 늘리다니 그다지 보기 좋은 모습은 아니었다.

언젠가 이런 이야기를 막내누나에게 한 일이 있었다. 그러자 막내누나는 고개를 저으며 나의 생각을 부정했다.

"이니안, 너는 상대와 대련을 할 때 상대의 약점을 파고들지? 그게 승리를 위한 가장 확실한 방법이니까. 정치 역시 마찬가지란다. 상대의 세력이 약해진 틈을 타서 자신의 세력을 넓히는 것은 정치의 기본 중의 기본이야. 그런 걸로 비겁하다고 하면 안 되지. 검술이나 정치나 결국 그런 부분은 다른 게 없거든."

그때 누나가 무엇을 말하려 하는지 알 수는 있었다. 머리로는 이해를 했다. 하지만 가슴은 받아들이지 못했다. 검술과 정치는 분명히 다른 것이니까. 난 그렇게 생각한다.

"하지만 쟤가 아무리 스타필로 후작가의 아들이라고 해도 이곳은 왕립학교잖아. 학교 밖에서의 신분은 아무 소용없는 거 아니야?"

"형식적으로는 그렇죠."

"형식적?"

"아, 완전히 형식적인 것은 아니에요. 뭐라고 할까… 설명하기가 조금 애매하네요. 흐음… 일단 선생님들은 그 원칙을 철저히 지키세요. 하지만 학생들은 아니죠. 정확히 말하면 귀족 학생들. 그들은 저 같은 평민이랑 어울리는 걸 극도로 꺼려 하거든요. 그래서 비슷비슷한 귀족 아이들끼리 어울려요. 고위 귀족은 고위 귀족대로, 하급 귀족은 하급 귀족대로요. 정말 웃긴 일이죠. 뭐, 그렇다고 모든 귀족 아이들이 그런 건 아니에요. 당장 이니안 형만 봐도 그렇잖아요."

마일론의 설명에 나는 고개를 끄덕였다.

어디를 가나 꼭 있다. 자신이 잘났다는 걸 어떻게든 유세하려는 종자들이. 그것도 스스로의 능력이 뛰어남을 보이는 것이 아닌 그저 남을 짓밟고 학대하는 행위 속에서 자신의 우월함을 보이려는 멍청한 족속들이 말이다.

왕립학교에서 끼리끼리 모여 다닌다는 녀석들도 그런 녀석들이 분명하다. 같잖은 녀석들.

"그런데 그렇다면 좀 웃기지 않냐?"

"뭐가요?"

"바리셀라 녀석 말이야. 겨우 후작가의 자제 주제에 감히 공작가의 자제인 나에게 덤빈 거야?"

"그야, 바리셀라의 생각은 자신은 후작가의 후계자고 형은 후계자가 아니니 결국은 자신이 우위라고 생각한 것 아닐까요?"

뭐야? 그랬단 말이야?

"아, 이건 어디까지나 제 생각이에요."

내 이마에 힘줄이 불끈 솟아오르자 당황한 마일론이 급히 자신이 한 말을 무마시키려 했다. 듣지 않았으면 모르되 듣고 보니 그 말이 맞는 것 같았다.

정말 생각할수록 같잖은 녀석이다. 소드 마스터라면 어느 나라를 가나 기본이 백작이고 적당한 공을 세우면 후작이 되는 건 일도 아니라는 걸 모를까? 아니, 어떻게 생각하니 상당히 멍청한 녀석 같다.

분명 스타필로 후작가의 후계자라고 했는데 어떻게 나에 대해서 모를 수가 있지? 스타필로 후작가는 군부에서 두 번째로 세력이 강한 귀족가이다. 그렇다면 당연히 내가 소드 마스터라는 것도 알고 있을 텐데 그렇게 무모하게 덤비다니. 하긴 검술 수업 시간에 녀석의 모습은 나에 대해 모르는 듯했다.

군부의 두 번째 세력의 후계자라면서 이 나라의 소드 마스터에 대한 정보도 제대로 모르다니, 스타필로 후작가도 별것 아니군.

"으음. 그러면 바리셀라가 이 반의 대장 격이겠네?"

"그렇긴 하죠. 그런데 체면이 안 서요. 성적은 항상 쉐이나에게 뒤져서 만년 2등이고요. 검술은 파르미안에게 뒤져서 2등. 결국 어느 하나 최고인 게 없죠. 뭐 전에는 신분만큼은 쉐이나와 함께 최고였는데 이제는 형이 들어왔으니 신분도 두 번째네요."

같잖으면서도 불쌍한 녀석이군, 바리셀라 녀석. 어느 것 하나 최고인 게 없다니 말이다. 이인자의 씁쓸함은 나도 잘 알고 있다. 괴물 같은 이슈데인 형 덕에 말이다.

"파르미안 녀석은 어때? 아까 보니 검술 실력이 상당하던데."

"으음. 있는 듯 없는 듯한 애예요. 모든 게 보통이죠. 지극히 평범한 녀석이에요. 아, 예의는 무척이나 발라요. 같은 동급생한테도 함부로 하지 않거든요. 다만 검술만큼은 뛰어나죠. 그거야 형이 직접 상대했으니 잘 아시죠? 검술 수업 때만큼은 눈빛이 변하지만 다른 때는 그저 보통의 평범, 그 자체예요."

"그래? 그거 의외네."

"저도 의외예요. 아까 파르미안이 형한테 찾아온 것이요. 보통은 쉬는 시간에 조용히 자리에 앉아 있거든요."

그렇단 말이지? 뭐 아무려면 어떻겠는가? 중요한 것은 파르미안이 내 마음에 들었다는 것인데. 그래도 그렇게 평범한 녀석이라니 의외였다. 주머니 속의 송곳은 언젠가는 튀어나오기 마련이라고 저 정도의 재능을 가진 녀석이 그렇게 눈에 띄지 않을 리가 없는데 말이다.

그렇게 마실론과 수다를 떨다 보니 어느새 3교시는 끝났고 선생님도 교실에서 나가신 후였다. 대체 언제 나가신 거지? 어떻게 첫날부터 수업 태도가 좀 불량한 것이 아닌가 싶다.

남은 수업들도 순조롭게(?) 마치고 어느새 하교 시간이 다가왔다. 왕립학교 첫 등교 날이 조용하다면 조용하게, 시끄럽다면 시끄럽게 끝나가고 있었다.

"아우. 드디어 끝인가? 제법 지겨운데 그래?"

"예? 지겨웠다고요? 검술 수업을 제외하고는 수업 시간 내내 저랑 이야기했잖아요, 형. 덕분에 저도 오늘 수업을 제대로 못 들었다구요."

"뭐야?"

이 녀석이 그사이 나랑 친해졌다고 금세 기어오른다. 뭐 수업 시간 내내 마일론 녀석이랑 수다 떨며 논 건 사실이지만 말이다. 내가 살짝 소리를 높이며 째려보자 마일론은 찔끔한 얼굴로 나의 눈치를 봤다.

나이도 내가 많지, 신분도 내가 높지, 검술도 내가 뛰어나지, 당연히 기가 죽을 수밖에. 아, 잠깐 신분도 내가 높지란 말은 취소다. 이곳에서 신분 따위가 무슨 상관이겠는가? 이곳은 왕립학교인데. 그리고 굳이 왕립학교가 아니더라도 타고난 신분으로 상대를 핍박하는 것은 내가 가장 경멸하는 짓이다. 자신에게 당당한 사람이라면 자신의 능력으로 자신을 보일 줄 알아야 하는 법이다.

"됐다. 어서 가자. 즐거운 나의 집으로 가서 재미난 시간을 보내야 할 것 아냐?"

내가 씨익 웃으며 마일론의 어깨에 터억 하니 팔을 걸치자 마일론도 빙그레 웃었다.

"그래요. 사실 저도 학교 수업은 제법 지겹거든요. 어서 집으로 가야죠."

"그래 가자. 그런데 넌 집이 어느 쪽이야?"

"남동 구역이에요."

카실로니아의 수도인 사우론은 커다란 길이 두 개가 있다. 하나는 사우론 동쪽에서 서쪽으로 이어진 길, 다른 하나는 북쪽에서 남쪽으로 이어진 길이다. 각각의 길은 사우론 성의 동, 서, 남, 북문에서 뻗어 나온 길이다.

그 길에 따라 사우론은 네 개의 구역으로 나누어지는데 북서 구역은 왕궁과 여러 관청이 위치한다. 북동 구역은 귀족들의 저택이 남서와 남동 구역은 시장과 평민들의 주거 구역이다.

물론 이런 구역 구분은 대략적인 것이다. 귀족이면서 남동이나 남서 구역에 사는 사람들도 있고, 평민이지만 북서 구역에 살 수 있다. 물론 그 수는 그다지 많이 않았다.

마일론은 이 중 남동 구역에 사는 모양이었다.

"그래? 남동 구역이면 무기 상점들이 많지?"

"예. 남동 구역의 무기 상점은 유명하죠."

"그렇다면 언제 한 번 놀러 가도 돼지? 무기 상점 구경도 하고 싶고 말이야."

나의 말을 들은 마일론은 환한 웃음을 지었다.

"언제든지 환영이에요."

"그래? 고마워."

남동 구역의 무기 상점이 유명한 것은 사우론의 사람이면 누구니 아는 사실이나. 그리고 내가 무기 상점에 관심을 가지는 이유는 바로 검 때문이다.

지난번에 압수당한 나의 애검. 영구 압수라는 처분이 내려졌다.

"이니안, 이 검은 내가 너에게 선물한 것이지. 우리 가문에서 늘 가는 그곳으로 데리고 가서 직접 네 손과 체형, 그리고 검놀림에 가장 적합한 것으로 만들어 온 것이다. 하지만 이제 너도 자랐다. 그때의 네가 아닌 게다. 게다가 진정 검을 다루는 자라면 검을 보는 눈도 길러야 한다. 다음에 네가 그곳으로 가서 새 검을 만들 때까지 쓸 검을 스스로 찾거라. 그렇게 검을 보는 눈을 기르도록 하거라."

내가 실력이 없어 6학년이 된 것이 아니라 어이없는 실수로 6학년이 된 것을 아시고 아버지의 화가 풀리셨을 때 검에 대한 이야기를 꺼냈더니 그 대답이 이것이었다.

나는 진정 간절히 나의 검을 원해서 두근거리는 가슴을 누르며 어렵사리 말을 꺼낸 것인데 돌아온 대답이 영구 압수, 아니, 회수란다. 나는 그때 하늘이 무너지는 심정을 맛보았다.

하지만 아버지의 말씀도 옳은 듯해 나의 검을 내가 직접 찾아보기로 마음먹었다. 그러던 차에 마침 마일론이 남동 구역에 산다고 하니 무기 상점들이 떠올랐던 것이다.

마일론과 이런저런 이야기를 하는 사이 우리는 학교의 정문을 지나고 있었다. 그때 나에게 후다닥 다가오는 작은 그림자가 있었다. 나와 마일론 모두 놀라서 바라보니 쉐이나였다.

빨간 얼굴을 하고 나에게 달려온 쉐이나는 내 손에 무언가를 쥐어주고는 몸을 돌려 올 때보다 빠른 속도로 사라졌다. 잠자코 지켜보니 마차에 타고는 사라져 버렸다.

쉐이나가 마차를 타고 사라진 후 내 손을 펴보니 작은 쪽지가 있었다. 좀 전에 나에게 다가왔던 쉐이나가 쥐어준 것이다.

"뭘까요?"

옆에 있는 마일론이 두 눈을 초롱초롱 빛내며 바라보고 있었다. 잔뜩 들뜬 얼굴로 내 손 위에 있는 쪽지를 보는 모습이 엄청 신나 하는 것 같았다.

"됐어."

"예? 그게 무슨 말이에요? 어서 펼쳐 보세요. 전해준 사람 성의도 있는데."

"집에 가서……."

"예에. 여기서 펼쳐 보세요. 무슨 내용인지 궁금하지도 않아요?"

어쭈? 이 녀석 봐라?

"네가 더 궁금해하는 것 같다?"

내가 눈을 가늘게 뜨고 바라보자 마일론은 어색하게 웃었다.

"하. 하. 하. 그럴 리가요. 그럼 전 이만 가볼게요. 내일 봐요, 형!"

마일론은 그렇게 황급히 인사를 하고는 서둘러 달려갔다. 잠시 후 모퉁이를 돌아 그 모습이 더 이상 보이지 않았다.

"무슨 내용일까?"

사실 나도 그 내용이 무척이나 궁금했다. 아까 검술 수업을 마쳤을 때의 일도 있고 말이다. 하지만 마일론 녀석의 눈빛이 워낙 수상해 펼쳐 보지 못했다. 저 녀석 잘 웃고 인상도 좋고 느낌도 좋은 녀석이지만 가끔씩 엉큼한 구석이 보이기도 했다.

"집에 이대로 가지고 갔다간 큰누나한테 무슨 꼴을 당할지 모르니까."

나는 쪽지를 펼쳐 보았다. 꼼꼼하게 접혀 있어서 펼치는 것도 쉬운 일이 아니었다. 쪽지를 펼치자 그곳에는 아담하고 예쁜 글씨로 몇 글자가 적혀 있었다.

제게 검술을 가르쳐 주실 수 없나요? 부탁드릴게요.

정말 간결한 내용이군. 괜히 무언가를 기대한 내가 바보같이 느껴졌다. 그런데 이게 뭐가 어려운 부탁이라고 그렇게 망설인

걸까?

쪽지의 내용은 부탁하는 것이라고 보기에는 성의가 없기는 하다. 하지만 글씨에서 느껴지는 정성에서 쉐이나라는 아이가 나에게 얼마나 간절히 부탁하는지 알 수 있었다. 어려운 일도 아니니 들어주도록 할까? 얼굴도 예쁘고 말이야.

"그나저나 글씨 정말 예쁘게 잘 쓰네."

나의 작은 중얼거림과 함께 집으로 향하는 나의 손에 쥐어진 쪽지는 곧 작은 불꽃에 재로 화해 길에 흩날려 뿌려졌다.

이런 쪽지 집에 가지고 가봐야 큰누나나 형에게 들켰다가는 상당히 곤란해지니 아쉽지만 내 기억 속에만 넣어둬야지.

"으음. 이거 수상한데… 쉐이나라니? 엄마를 만나기 전에 아빠에게 무슨 일이 있었던 거야?"

네이라의 눈이 반짝였다. 엄마는 모를지도 모르는 아빠의 어릴 적 이야기가 점점 흥미진진해지고 있었다.

"글쎄, 나도 처음 듣는 이야기인데……."

아이덴도 고개를 갸웃거렸다.

"흐음. 이 이야기를 엄마가 알면?"

네이라의 입가에 미묘한 미소가 어린다. 정말이지 아직 열 살도 되지 않은 아이라고는 믿을 수 없는 생각이었다.

"에이. 그냥 검술만 가르쳐 달라고 한 건데."

"훗. 오빠, 여자의 감을 우습게 보지마. 분명 무언가 있어, 이 쉐이나라는 사람."

네이라는 아이덴에게 손가락을 까딱거리며 말했다. 네이라는 분명 일곱 살이다.

두 아이는 이 뒤에 펼쳐질 이야기가 어떠한 것인지 모른 채 흥미로운 얼굴로 일기장을 넘겼다, 아빠의 어린 시절 숨겨진 사랑 이야기를 기대하며 두근거리는 심장을 부여잡고서는.

658년 9월 26일

"좋아, 가르쳐 줄게."

어제 받은 쪽지에 대한 대답을 학교에 오자마자 했다. 마침 교실에는 나와 쉐이나 둘밖에 없었기에 가능한 일이었다. 나는 평소의 습관대로 일찍 일어나 아침 식사를 마친 후 학교로 왔다. 나에게는 평소대로였지만 보통 사람에게는 무척이나 이른 시간이다.

당연히 교실에 아무도 안 왔을 거라 생각했지만 내가 교실에 들어섰을 때 쉐이나가 자기 자리에 앉아서 조용히 책을 보고 있었다.

집중력이 대단한지 내가 교실 문을 열고 들어오는데도 책에서 눈을 떼지 않았다. 그러다가 내가 다가가 다짜고짜 저렇게 말을 하니 놀란 토끼 눈으로 날 바라보았다.

"고, 고맙습니다."

얼굴이 발갛게 변한 채 고개를 푹 숙이고 작은 목소리로 대답하는 쉐이나. 대체 이 아이는 왜 이렇게 얼굴이 잘 발개지는 건지.

"그런데 왜 내게 그런 부탁을 할 생각을 한 거야? 난 겨우 어제 편입해 왔을 뿐인데."

쉐이나의 옆자리 의자를 빼서는 턱 하니 걸터앉아서 물었다. 교실에는 아직 아무도 안 왔기에 둘이 이야기하기에는 좋았다.

"그게… 저… 저는 검술에는 자신이 없고… 또… 이… 이니안 오빠가 검술에 아주 뛰… 뛰어난 것 같아서요."

흐음. 그거야 당연한 일이지. 현재 왕국의 최연소 소드 마스터인걸. 역대 소드 마스터 중 최연소는 우리 형이지만 말이야.

"그런데 왜 그렇게 말을 더듬는 거니? 원래 그래?"

나의 물음에 쉐이나는 목까지 발개져서는 고개를 더욱 숙였다. 이마가 책상에 닿지는 않을까란 걱정이 들 정도로.

"아… 그, 그… 게 아, 아니에요……."

겨우 내 물음에 대답을 했지만 여전히 더듬고 있었다. 그런데 아니라니. 왜 이러지?

좀 더 묻고 싶은 것이 있었지만 멀리서 아이들이 오는 소리가 들려 그만두고 내 자리로 갔다. 왠지 아이들에게 조금 전의 모습을 보여서 좋을 건 없다는 생각이 들었기 때문이다. 시간이 조금 지나자 아이들이 약속이나 한 듯 교실로 우르르 몰려들었다.

어느새 등교를 했는지 마일론이 옆에 앉았다.

"안녕하세요, 이니안 형. 일찍 오셨네요?"

"아, 응? 언제 왔어? 안녕."

"에에? 계속 문쪽을 물끄러미 쳐다보고 있더니 무슨 생각을 하고 있었던 거예요? 제가 온 것도 모르고."

"아아, 뭐, 그냥."

마일론의 말에 난 어색하게 웃으며 머리를 긁적였다. 처음 들었을 때는 인지하지 못했었는데 내 자리에 앉아서 천천히 생각해 보니 정말 듣기 좋은 소리였다.

'오빠'라니. 어제 마일론에게 처음 들은 '형'과 마찬가지로 난 생처음 듣는 소리였다. 그런데 그게 아주 기분이 좋았다. '형'이라는 소리와는 비교도 안 될 만큼.

　그래서 그 기분을 음미하느라 시선은 교실의 문을 향하고 있었지만 내 눈에 들어온 것은 아무것도 없었던 것이다. 이런 사실을 마일론에게 말할 수는 없었기에 그냥 대충 얼버무렸다.

　"그런데, 형. 어제 그 쪽지에 뭐라고 적혀 있었어요?"

　잠시 쉐이나의 자리를 쳐다본 마일론이 은근한 목소리로 물었다.

　"응? 별거 아냐. 검술 좀 가르쳐 달라던데?"

　그다지 숨길 만한 내용이 아니었기에 난 관심없다는 듯 대답했다.

　"예에?"

　"왜 그래?"

　"아니, 너무 시시해서……."

　"뭐야?"

　"아, 아, 아니에요. 너무 의외라서요. 하하하."

　"분명 시시한 게 어쩌고 한 거 같은데?"

　"설마, 그럴 리가요. 하하하."

　나의 추궁에 마일론은 땀을 뻘뻘 흘리며 헛웃음을 지었다. 귀여운 녀석. 그동안 큰누나와 형에게 단련된 모든 것을 너에게 보여주마. 흐흐.

　"그런데 왜 나에게 가르쳐 달라고 했을까? 파르미안도 있는데?"

　"글쎄요. 아마 형이 훨씬 더 뛰어나서 그런 것 아닐까요? 사실 쉐이나가 검술에는 좀 젬병이기는 하죠."

　"그래? 어느 정도?"

나의 물음에 마일론은 대답은 하지 않고 머리만 긁적였다.

"어느 정도인데 그래?"

내가 다시 한 번 묻자 마일론은 어색하게 웃으며 난처한 표정으로 대답했다.

"저랑 함께 꼴지를 다투죠."

"뭐야?"

그러고 보니 어제 마일론의 검술 실력은 제대로 확인하지 않았다. 그런데 그렇게 한심한 수준일 줄이야.

"후우. 안되겠다. 너도 같이 해줄게, 검술 강습."

한숨 섞인 나의 말에 마일론은 고개를 절레절레 저었다.

"아, 저는 됐어요. 신경 쓰지 마세요."

얼레? 내가 몸소 가르쳐 주겠다는데 거절을 해? 배짱이 대단한걸?

"쇄? 모처럼 가르쳐 주겠다는데 말야."

"전, 검술에는 별 관심이 없어요. 막말로 전 학년에서 꼴지를 해도 상관이 없단 말이에요."

그건 의외다, 학생이 점수와 등수에 연연해하지 않는다니.

"호오? 정말?"

"예."

은근한 나의 물음에 마일론은 고개를 크게 끄덕이며 대답했다.

"그렇다면 어제의 그 모습은 뭐지?"

"예? 뭐가요?"

"120점이라는 말에 완전히 뒤집혀서 날 바라보던 너의 그 두 눈 말이야."

눈을 가늘게 뜨고 은근히 째려보며 살짝 운을 띄우자 마일론은 다시 한 번 헛웃음을 터뜨렸다.

"하.하.하. 제가 설마 그랬을라구요?"

"그.랬.어. 분.명.히."

내가 한자한자 또박또박 말하자 마실론의 얼굴은 하얗게 질렸다.

"그, 그건 검술에는 관심이 없고 꼴찌를 해도 상관없지만 그래도 그냥 주는 점수를 안 받을 정도는 아니거든요."

"호오～? 그냥 주는 점수라고? 이 나의 옷자락을 건드리는 게 말이지?"

제대로 나에게 꼬투리를 잡힌 마실론은 나의 공격에 계속해서 코너로 몰리고 있었다.

"아… 그건 그때는 아직 형의 실력을 잘 모를 때고, 반의 다른 아이들도 저랑 마찬가지였고, 또……."

"호오. 나의 사이몬이라는 성이 그렇게 우습게 보였어? 하긴 기본적인 수학 문제도 못 풀 정도로 멍청하니……."

이미 당황할 대로 당황한 마실론은 자신이 뭐라 하는지도 모른 채 횡설수설을 하고 있었다. 그런 상태에 내가 스스로를 깎아내려 가며 회심의 일격을 날렸다.

"아아, 잘못했어요, 이니안 형. 죄송해요."

나의 마지막 일격에 결국 마실론은 무너졌다. 두 눈에는 눈물이 그렁그렁 맺혀 있었다. 사내 녀석이 이 정도 공격에 눈물을 보이다니 너무 약한걸.

"됐어. 뭐 죄송할 것까지야 없고. 그런데 왜 그러는데?"

"예?"

거침없는 공격에 이은 물음에 마실론은 두 눈을 동그랗게 떴다.

"왜 검술에는 관심이 없냐고?"

"아, 그거요?"

내가 다시 한 번 묻자 마일론은 고개를 끄덕이며 입을 열었다.

"일단 전 평민이에요. 왕립학교에서 배우는 검술 정도로는 제대로 된 검술을 익힐 수가 없어요. 물론 왕립 기사 아카데미가 있긴 하지만 제 재능으로 기사가 되는 건 어림없는 일이지요. 일단 체력도 무척 약하구요."

이제 겨우 열세 살인데 벌써 자신에 대해 저리도 냉정한 판단을 내리다니, 마일론을 다시 봤다. 아직은 꿈 많고 하고 싶은 것도 많은 열세 살이다.

나도 아직 어린 주제에 어떻게 아냐고? 나도 아직 꿈도 많고 하고 싶은 것도 많거든. 그런데 나보다 어린 나이에는 오죽하겠어? 내가 저만할 때를 생각하면 말 다 했지, 뭐.

"그런데 다행히 머리는 제법 좋아요."

"호오라~ 그래 머리는 좋다는 말이지?"

나의 말에 숨은 가시를 느꼈음인가? 마일론의 얼굴이 핼쑥해졌다.

"아, 농담이야, 농담. 신경 쓰지 말고 계속해."

나의 말에 마일론은 한숨을 쉬며 자신의 이야기를 이어갔다.

'크크크. 놀려 먹는 재미가 정말 쏠쏠한걸.'

"후우. 머리도 남들에 비해서는 제법 좋은 편이고, 또 제가 무척이나 좋아하는 분야가 있어요. 바로 군사의 전략과 전술이죠. 그래서 저는 그쪽으로 열심히 공부해서 유능한 참모가 되고 싶어요. 참모라면 굳이 검을 잘 쓸 필요도 없고요."

"그러니까 네 목표는 참모란 말이지? 그래서 검술에는 관심이 없고?"

내가 확인하는 차원에서 묻자 마일론은 단호하게 대답했다.

"예. 제대로 익히지도 못할 검술에 매달리느니 그 시간에 차라리 전략과 전술 공부를 더하고 싶어요."

저리도 자신의 앞날에 대한 뜻이 확고한데 내가 무어라 하겠는가? 그가 하고 싶은 걸 하도록 내버려 둬야지.

"알았다. 좋아하는 공부나 열심히 해라."

나의 말에 마일론은 빙긋 웃었다.

"그러면 넌 왕립 군사 아카데미에 들어가려고?"

"예."

왕립 군사 아카데미라는 말에 마일론은 두 눈을 초롱초롱 빛냈다.

10년 과정의 왕립학교를 마치면 그 다음 단계의 상급 과정이 아카데미라는 형태로 존재했다. 모두 네 종류로 기사, 마법, 군사, 행정 아카데미가 존재한다.

총 6년 과정을 거치는데 왕립학교와는 비교도 안 될 정도로 철저하게 관리되고 공부 내용도 무척 고되다고 한다. 6년을 다 버티면 당장에 쓸 만한 기사, 마법사, 행정 관료, 군사관이 된다고 하니 말이다. 그래서 졸업생들은 입학 당시의 수에 비해 절반에도 못 미친다고 한다. 도저히 견디지 못한 이들이 중간에 포기를 하기 때문이다.

기사 아카데미는 말 그대로 기사 양성소다. 마법 아카데미 역시 말 그대로 마법사 양성소로 현재 작은누나인 이리아가 다니고 있다.

행정 아카데미는 행정에 필요한 여러 가지 학문을 가르치는 곳으로 외교와 국제 정세에 대한 내용들도 포함된다고 들었다. 주로 관료들을 교육하고 키워내는 역할을 한다. 메이린 누나가 이곳에 진학하기를 희망하고 있어서 제법 알고 있다.

마지막으로 마일론이 가고 싶다는 군사 아카데미는 군 실무자를 양성하는 학교이다. 기사 아카데미와는 조금 다른 곳이다. 군대라는 곳은 그 자체로 엄청난 소비를 유발하는 생산은 전혀 없는 집단이다.

국가 차원에서 나라를 지키기 위해 꼭 필요하지만 또한 재정 소모의 큰 역할을 담당하는 곳이기도 하다. 그런 군부를 관리하는 장군들과 무관들은 실무에는 문외한인 경우가 많다. 그리고 일반 행정 관료들의 경우 군대라는 특수한 상황을 이해하지 못해 군부의 인물들과 충돌이 잦았다.

그런 문제점을 해결하기 위해 만들어진 곳이 바로 군사 아카데미이다. 즉, 군부 내의 행정 관료를 양성하는 곳이라고 보면 된다. 그 특징 때문에 학생 수는 네 개 아카데미 중 가장 적었다.

그런 만큼 군 참모에 대한 교육도 이루어지고 있다. 전략 전술을 집중적으로 가르치는 곳은 기사 아카데미와 군사 아카데미뿐이니 검술에 관심이 없는 마일론이 진학할 곳은 당연히 군사 아카데미인 것이다.

아, 물론 아카데미를 졸업하지 않고 왕립학교만 졸업하더라도 어느 정도의 일자리는 구할 수 있다. 귀족 자제들이야 심심풀이 겸 교양, 그리고 다른 귀족 자제들과의 사교를 목적으로 학교에 다닌다. 하지만 평민 아이들은 그렇지 않다. 바로 출세라는 목표가 있는 것이다.

왕립학교만 졸업하더라도 그 목표는 어느 정도 이룰 수 있다.

1△년이라는 긴 시간 동안 나라에서 정한 정규 교육과정을 마쳤다는 것은 충분히 인정받을 만한 일인 것이다.

게다가 아카데미 졸업자의 수는 그렇게 많지 않았기에 그들이 부족한 부분을 메워줄 사람들이 필요한 것이다.

"열심히 해라. 우리 누나가 마법 아카데미에 다녀서 아는데, 아카데미란 곳 무척이나 힘들다고 하더라구. 네 목표를 이루려면 아카데미를 졸업해야 할 테니. 한 번 뜻을 정한 이상 포기하지 말고 최선을 다하라구."

잠시 아카데미에 대해 떠올린 나는 마일론의 어깨를 두드리며 격려해 주었다. 나의 격려에 마일론은 함박웃음을 지으며 힘차게 고개를 끄덕였다.

어제는 보지 못한 의외의 모습에 나는 마일론에게 작게 감탄했다. 이 녀석은 그저 놀려먹기 편한 그런 꼬마가 아닌 자신의 뜻과 신념을 가진 녀석이었던 것이다.

담임 선생님께서 아침 조례를 위해 교실에 들어오시면서 나와 마일론의 대화는 끝을 맺었다.

"그러니까, 네 말은 방과 후에 연무장을 사용하고 싶다 이거지?"

"네."

지금은 점심시간이다. 식당에서 식사를 마친 후 여유 시간을 이용해 교무실에 와서 연무장 사용을 신청하는 중이다. 연무장 관리를 담당하는 선생님은 알렉스 선생님이었다. 이것이 다행일지 불행일지는 모르겠지만 말이다.

"개인적인 수련이라면 집에서 해도 될 텐데? 오히려 연습 상대도 더 많고 말이지."

그렇게 말하는 알렉스 선생님의 눈이 묘하게 빛났다. 뭘 바라는지 한눈에 알 수 있었다.

"사실, 동급생 한 명을 지도해 주기로 해서요."

"호오? 그래? 친절하구나."

알렉스 선생님은 웃으며 말씀하시고 있지만 그 속에 칼을 감추고 있었다.

"안 될까요?"

내가 눈치를 보며 작게 묻자 알렉스 선생님은 턱을 괴고 잠시 생각에 잠기셨다. 난 왜 저러는지 다 알고 있었지만 짐짓 모르는 척 딴청을 피웠다.

"안 될 거야 없지. 일단 연무장을 관리하는 것은 우리 검술 선생들이고 내가 그 책임자니까. 내가 된다고 하면 되는 거지. 한데 말이야……."

역시나. 허락만 하며 된다는 말 뒤에 길게 늘어지는 저 은근한 어조, 그리고 저 은근한 눈빛.

"후아. 조건이 뭡니까?"

결국 항복한 것은 나였다. 아쉬운 쪽이 나니 별수있는가?

사실 꼭 학교 연무장을 쓸 필요는 없었다. 우리 집에 넓고 좋은 연무장도 있었고, 쉐이나네 집에도 분명 작은 연무장 정도는 있을 것이다. 아무리 문관 집안이지만 말이다. 설혹 없다 하더라도 정원 한쪽에서 가르치면 된다.

하지만 그 두 가지 모두 쓸 수 없는 방법이다. 일단 쉐이나를 우리 집에 데리고 갔다가는 형과 큰누나뿐 아니라 작은누나, 막내누나, 아버지, 어머니에 집안 시종, 시녀들 게다가 기사단 아저씨들까지 이 많은 사람들이 날 가만히 두지 않을 테니까. 그중 형과 큰누나의 공격이 가장 두려웠다.

그리고 쉐이나의 집에 가는 것도 수도의 귀족 사회에서는 며칠이면 소문이 쫙 돌아버린다. 그러면 당연히 집에서 형과 누나들에게 시달릴 것이다.

결국은 학교의 연무장을 사용해야만 하는 것이다. 그러기 위해서는 지금 눈앞에서 능글거리는 얼굴로 날 바라보고 있는 알렉스 선생님의 협조가 필요했다.

"역시, 이니안, 너는 말이 잘 통하는구나. 하하하."

나의 물음에 알렉스 선생님은 뭐가 그리 좋은지 크게 웃음을 터뜨렸다.

"뭐, 큰 조건은 아니고 방과 후 나랑 30분 대련. 물론 성적에는 안 들어간다."

결국 알렉스 선생님의 수련을 위해 봉사하라는 소리였다. 성적에도 안 들어가는데 대련이라니.

"휴. 그런데 다른 검술 선생님들은요?"

"아, 됐어. 책임자는 나니까 나랑만 해주면 돼."

불행 중 다행이었다. 하지만 이 좁은 학교에서 방과 후마다 알렉스 선생님과 대련하는 것이 소문이 안 날까?

"그래 봐야 며칠이면 소문이 쫙 퍼질 텐데요."

"흠, 그것도 그렇군."

"하루 한 시간, 일주일 세 번. 단 여기에는 조건이 있어요. 일단 내가 학교에서 다른 사람을 지도한다는 건 집에는 비밀. 그리고 다른 선생님들을 설득해서 입을 막아줄 것. 어때요?"

나의 제안에 알렉스 선생님의 얼굴은 눈에 띄게 밝아졌다. 하루 30분씩 5일 하는 것보다는 하루 한 시간씩 3일 하는 것이

나스니 당연한 반응이다.

"으음, 상당히 좋은 조건인걸? 하지만 다른 사람들의 입을 막는 것이라… 좋아! 까짓 거, 들어주지. 단 일주일에 세 번, 한 시간은 반드시 내줘야 한다."

"알았어요."

"여기 받아라. 연무장 열쇠다."

"예? 학생한테 줘도 되는 거예요?"

교섭이 끝나자마자 책상 서랍에서 연무장 열쇠를 꺼내 나에게 던져 주는 알렉스 선생님의 모습에 난 조금 놀랐다.

"물론, 안 되지. 하지만 넌 특별하니까. 게다가 연무장에 대해서만은 내가 전부 책임지니까. 교장 선생님이라도 간섭할 수 없어. 하하하!"

역시 알렉스 선생님다운 행동이었다. 아무튼 난 성공적으로 교섭을 마치고 연무장 열쇠를 얻을 수 있었다. 물론 공짜로 일주일에 세 시간씩이나 지도 대련을 해줘야 하지만 말이다.

내가 교실로 돌아오자 수업 시작을 알리는 종이 울렸다. 생각보다 교무실에서 시간을 오래 보낸 모양이다. 하긴 알렉스 선생님과 교섭을 하느라 시간을 많이 잡아먹기는 했지.

"형, 어디 갔다 온 거예요?"

"아, 검술 강습 일로 교무실에 좀."

내 말에 마일론은 고개를 끄덕이며 수업 준비를 했다. 나 역시 교과서를 책상 서랍에서 꺼내 수업 준비를 했다. 내가 책을 펼칠 때쯤 선생님께서 들어오셔서 지루한 수업이 시작됐다. 과연 이 수업을 제대로 들을 수나 있을까?

나의 걱정과는 달리 오후의 수업은 순조롭게 지나갔다. 생각보다 수업 내용이 재미있기도 했고 말이다. 그렇게 오후 3교시의 수업이 끝나고 오늘 하루 일과가 끝났다.

학교의 정규 일과는 끝이 났지만 나는 또 다른 일이 남아 있었다. 바로 쉐이나의 검술 강습.

담임 선생님의 종례가 끝나자 아이들은 서둘러 교실을 떠났다. 아이들이 거의 교실을 빠져나갔을 무렵에야 나는 느릿느릿 몸을 일으켰다.

"옷 갈아입고 연무장으로 와."

쉐이나에게 그렇게 말하고 교실을 나섰다. 나의 말에 쉐이나의 얼굴은 다시 발갛게 물들었다.

'정말 왜 저러지?'

쉐이나가 왜 그런 반응을 보이는지 궁금했지만 알 방법이 없었기에 탈의실로 향했다. 연무복으로 갈아입는 문제 때문에 마일론에게 물어 탈의실은 오후 7시까지 개방한다는 이야기를 들었다. 서클 활동인가? 그런 것 때문에 탈의실을 이용하는 학생들이 많아서 그런 거라고 했다.

옷을 갈아입고 연무장으로 가니 그 앞에 이미 쉐이나가 와서 기다리고 있었다.

"빨리 왔네?"

보통은 여자들이 남자보다 옷을 갈아입는 시간이 긴 법인데 쉐이나가 나보다 먼저 와있어서 조금 놀랐다. 집에서 겪은바에 의하면 여자들은 확실히 옷을 입는데 시간이 엄청나게 많이 걸렸는데 말이다.

나의 말에 쉐이나는 별말없이 고개를 끄덕였다. 얼굴은 여전히 붉게 물들어 있었다. 그래도 조금 나아져서 발갛다기보다는 분홍

빛에 가까웠다.

"그럼 들어갈까?"

나는 주머니에서 열쇠를 꺼내 연무장의 문을 열었다.

"어, 어떻게……?"

내가 연무장 열쇠를 가지고 있다는 사실에 놀랐는지 쉐이나가 짧게 물었다.

"이거? 뭐 별거 아니야. 제법 큰 대가를 치르긴 했지만 일단 가르쳐 주기로 했으면 연무장에서 제대로 해야 하니까."

내가 빙긋 웃으며 대답하자 쉐이나는 고개를 푹 숙였다.

"여어~! 빨리 왔구나!"

쉐이나가 먼저 들어가고 내가 연무장에 들어가려 할 때 알렉스 선생님의 소리가 들렸다.

"선생님도 빨리 오셨네요."

내가 들어가다 멈춰 서 인사를 하자 알렉스 선생님은 나의 어깨를 두드리며 말했다.

"에이, 이제 수업도 다 끝났는데 선생님이 뭐냐? 그냥 평소대로 아저씨라고 불러."

"그래도 아직 학교인데……."

"내가 언제 그런 거 따졌냐? 솔직히 너한테 선생님이라는 소리 들으니 온몸에서 소름이 돋더라, 야."

뭐가 어쩌고 어째? 이 아저씨가! 좋아, 오늘 죽을 각오 하시라구요. 그렇게 내가 마음속으로 각오를 다질 때 아저씨가 다시 입을 열었다.

"휘유~! 저 아이는 쉐이나 아니야?"

알렉스 아저씨가 쉐이나의 얼굴과 이름을 알고 있다니 의외였

다. 사람 이름과 얼굴 외우는 것을 극도로 싫어하고 또 잘 외우
지 못하는 아저씨가 알고 있다니 말이다.

"알고 있어요?"

"그래. 내가 비록 사람 이름하고 얼굴은 잘 못 외운다만 저런
유명인을 몰라서야 되겠니? 이리아와 함께 이 학교의 이대미인인
데 말이다. 그나저나 능력 좋은걸, 이니안? 오늘이 학교에 온 지
이틀째 아니던가? 그런데 벌써 이 학교의 이대미인 중 한 명과?
오호라~ 그러고 보니 그래서 집에는 비밀로 해달라고 했구나!"

그렇게 탄성을 터뜨리며 날 바라보는 알렉스 아저씨의 눈빛이
왠지 내가 아저씨에게 약점을 잡힌 것 같았다.

"아, 선생님."

내가 아저씨와 함께 들어서자 쉐이나는 아저씨를 보고 꾸벅 인
사를 했다.

"아, 반갑다. 열심히구나. 방과 후에 동급생에게 검술을 가르쳐
달라고도 하고 말이야."

아저씨의 말에 쉐이나는 얼굴이 발개져서 고개를 숙였다. 저러
는 걸 보니 얼굴이 발개지는 건 저 아이의 특징인 것 같았다.

"자, 이제 시작해 볼까?"

내가 그렇게 말을 꺼내자 쉐이나는 난처한 얼굴을 했다.

"왜?"

"저… 저가… 목검은 어… 어떻게 하구요?"

아하. 그 문제구나.

"당분간 목검 없이 할 거야."

"예?"

"너 아직 검술의 기본 동작도 다 제대로 못 익혔지?"

나의 물음에 쉐이나는 다시 한 번 얼굴이 밝아져서는 고개를 끄덕였다.

"뭐든지 기본이 중요한 법이야. 내가 수업 시간에 수학 문제를 못 풀어서 망신을 당했던 것도 수학에 기본이 없어서였어. 보다 근본적인 원인은 내가 수학을 싫어한다는 거지만 말이야. 마찬가지로 너는 지금 검술의 기본부터 다시 익혀야 해. 그러기 위해서는 먼저 몸동작부터 익혀야지. 그게 능숙하게 되면 그때부터 목검을 사용할 거야. 알겠지?"

"예."

나의 상세하고도 자상한 설명에 쉐이나는 고개를 끄덕이며 대답했다. 그때부터 나는 일단 기본 동작을 제대로 익히기 위한 몸동작들을 하나하나 가르쳤다. 생각보다 쉐이나가 몸치라 시간이 제법 걸렸다. 보통 15분이면 끝나는 설명을 무려 30분이나 했으니 말이다.

"좋아. 이제 대강이나마 자세가 잡혔어. 그럼 앞으로 한 시간 동안 반복해서 연습하는 거다. 알겠지?"

"예."

나의 말에 씩씩하게 대답한 쉐이나는 절도있게 한 동작 한 동작 연습했다. 아직 어설프기 짝이 없는 모습이지만 저 진지한 모습과 집중력은 내 마음에 들었다.

"그럼 이제 내 차례지?"

알렉스 아저씨가 나에게 다가오며 말했다.

"검은 가져 왔죠?"

"여기 있다."

알렉스 아저씨가 가검을 하나 던져 주었다.

"그럼 오세요."

"전력을 다해야 한다."

"그럼 1분도 안 돼서 끝나요. 살아서 잘 상대해 줄 테니까 빨리 오세요. 이미 시간은 가고 있다구요."

"에이, 치사한 녀석. 간닷!"

아저씨는 커다란 기합 소리와 함께 나에게 쇄도해 왔다. 역시 조장을 맡고 있는 실력다웠다. 조장 중에는 가장 떨어지는 실력이지만 말이다.

우리 집안에는 모두 여덟 명의 소드 마스터가 있다. 얼마 전까지는 일곱이었는데 큰누나가 소드 마스터가 되면서 그 수가 여덟이 되었다.

일단 아버지와 형, 나, 그리고 플라워 기사단 단장 아저씨와 세 명의 조장 아저씨들, 거기에 누나까지 모두 여덟이다. 물론 아버지는 그랜드 마스터시지만 소드 마스터의 수를 헤아릴 때도 포함되신다. 그렇게 여덟인 것이다. 아버지께서 그랜드 마스터시라 제외되면 일곱이고 말이다. 그리고 그 여덟 명이 우리 카일로니아가 보유한 소드 마스터의 수이기도 했다.

다섯의 조장 중 세 명이 소드 마스터고, 하나는 최상급의 소드 익스퍼트다. 알렉스 아저씨만이 상급의 소드 익스퍼트로 조장을 하고 있는 것이다. 그만큼 다른 조장들에게 열등감을 느끼는지 무척이나 열심히 수련했다. 그러니 나에게 이렇게 대련을 청하며 부딪쳐 오는 것이다.

그런 사정을 알기에 나도 최선을 다해 아저씨를 상대했다. 나와의 대련에서 무언가를 얻어 다른 조장 아저씨들 못지않은 실력을 키우길 바라면서 말이다.

일단 검을 섞기 시작하자 나도 아저씨도 모두 스스로를 잊어갔다. 그저 검을 휘두르고 베고 찌르는 동작 하나하나에 의식을 집중해 가며 그렇게 검 속으로 녹아들어 갔다.

서서히 아저씨의 호흡이 거칠어지기 시작했다. 검을 움직이는 속도도 점점 느려지기 시작했고 얼굴은 이미 땀으로 흠뻑 젖어 있었다. 나와 아저씨는 잠시간 물러서서 호흡을 골랐다.

물론 나는 그다지 호흡이 거칠어지지는 않았지만 아저씨는 쉬지 않고 숨을 몰아쉬었다. 그렇게 잠시 생긴 여유에 나는 쉐이나가 잘하고 있는지 그녀가 있는 곳으로 고개를 돌렸다.

그랬더니 하라는 연습은 하지 않고 나와 아저씨를 멀뚱멀뚱 쳐다보고 있었다.

"쉐이나."

"아, 예?"

"연습 안 하고 뭐해?"

나의 물음에 쉐이나는 우물쭈물 대답했다.

"저, 그게… 한 시간 30분 정도 지나서… 잠깐 쉴까 하고 오빠랑 선생님 대련을 구경하고 있었어요. 한 시간이 지났는데도 아무 말씀이 없어서요."

한 시간 30분이라고? 벌써 시간이 그렇게 지났나? 하긴 아저씨가 저리도 지친 걸 보면 그럴지도 몰랐다. 그리고 쉐이나가 나에게 거짓말을 할 이유도 없었으니.

"들었죠? 아저씨? 오늘은 30분 초과네요. 뭐 이 정도는 서비스해 드리죠."

나는 싱긋 웃으며 내 손에 있던 가검을 아저씨에게 던졌다.

"헉헉. 후아. 고맙다. 덕분에 제대로 수련한 것 같구나. 헉헉.

그런데 넌 어째 숨소리 하나 변하지 않냐? 헉헉!"

"무슨 말씀이에요? 저도 제법 호흡이 흩어졌다고요."

나는 쉐이나를 향해 몸을 돌리며 손을 흔들어주었다.

"어이구, 괴물. 헉헉헉!"

아저씨가 바닥에 주저앉는 소리와 함께 들린 작은 투덜거림에 나는 작게 웃었다.

"아, 미안. 너무 대련에 열중해서 시간 가는 것도 몰랐네."

"아, 아니에요. 너무… 머, 멋지던걸요."

"그래? 고마워."

그런데 이 아이는 왜 멋지다는 말을 하면서 저렇게 얼굴이 발개질까? 뭐 아무한테나 말할 때마다 얼굴이 발개지니 크게 신경 쓸 건 아니지만 말이다.

"그럼 아까 가르쳐 준 것들 다시 한 번 해볼래?"

나의 말에 쉐이나는 고개를 끄덕이며 신천히 내가 가르쳐 준 동작들을 보여줬다. 한 시간 30분이라는 시간 동안 열심히 연습했는지 처음 배울 때보다는 제법 나아져 있었다.

하지만 아주 조금인 정도다. 솔직히 한 시간 30분은 긴 시간이 아니다. 그동안 혼자서 연습해 봐야 얼마나 발전이 있겠는가? 그저 동작에 조금 익숙해지는 정도뿐이다.

"거기는 그렇게 하는 게 아니야. 잘 봐. 이렇게."

나는 내가 직접 시범을 보여주며 틀린 동작을 교정해 주었다. 나의 지적이 있을 때마다 쉐이나는 어떻게든 따라하려고 했지만 그게 쉬운 일인가? 당분간은 어려울 것이다.

그렇게 일 대 일로 개인 강습을 시작하고 다시 한 시간 정도 흘렀다. 가만히 구경하고 있던 알렉스 아저씨는 어느새 사라지고 없었다.

"좋아. 오늘은 여기까지. 여전히 동작을 어색해하는 거 같으니까 집에서도 열심히 연습해. 일단은 익숙해지는 게 중요하니까. 그렇다고 동작 마음대로 바꾸면 안 되고. 일단 기본 동작은 정확하게 하는 게 가장 중요하니까 말이지. 알겠지?"

"예, 수고하셨습니다."

"그래, 너도 수고했어."

나에게 인사를 하는 쉐이나는 땀에 흠뻑 젖어 있었다. 하긴 그 동작들을 쉬지 않고 계속하면 보통 힘든 게 아닌데 거의 두 시간 30분 동안 제대로 쉬지도 않고 계속 했으니……. 보기보다 집념이 있는 아이 같았다.

"그럼, 난 먼저 갈게."

그렇게 간단한 인사를 남기고 연무장을 나서는데 누군가 나를 부르는 소리가 들렸다.

"저… 이니안 형……."

고개를 돌려보니 파르미안이었다.

"응? 너 아직 학교에 있었니? 집에 갈 시간은 한참 지난 것 같은데. 그런데 무슨 일이야?"

내가 고개를 갸웃거리면서 묻자 파르미안은 주저주저하다가 입을 열었다.

"저, 집에 가려다가 형이 탈의실 쪽으로 가는 걸 보고 따라갔다가 연무복으로 갈아입고 나온 모습을 봤어요. 그래서 연무장에 왔더니 알렉스 선생님과 대련을 하시고 또 쉐이나에게 검술을 가르쳐 주시고 있더라구요. 저, 저에게도 검술을 가르쳐 주시면 안 될까요?"

어떻게 이 자리에 있게 된 것인지 설명을 한 파르미안은 가장 큰 목적을 나에게 말했다.

"응? 왜? 넌 이미 이 반에서 검술 실력이 제일 좋잖아? 쉐이나는 워낙 실력이 딸려서 나에게 부탁했다고 하지만 너는 왜 그러지?"

"전, 강해지고 싶어요. 강해져서 반드시 귀족이 될 거예요."

전혀 예상하지 못한 대답에 나는 일순 말문이 막혔다.

"기사 아카데미에 진학한다고 해도 평민으로서는 한계가 있어요. 바로 실력의 한계죠. 기사 가문의 아이들과 경쟁해서 상대가 될 수 없으니까요. 그래서 저는 죽어라 연습하고 또 연습했습니다. 왕립학교 때부터요. 하지만 결국 아카데미에 들어가면 뒤로 처지겠죠. 그들에게는 가문의 검술이란 게 있으니까요."

내가 가만히 쳐다보고만 있자 파르미안은 그렇게 시무룩한 얼굴로 자신의 말을 맺었다.

"왜, 귀족이 되고 싶지?"

"밟히지 않아도 되니까요."

나의 물음에 파르미안은 두 눈에 불을 켜고 대답했다.

"그게 무슨 말이지?"

"저는 평민입니다. 그것도 무척이나 가난하고 힘이 없는 평민이에요. 사실 저희 집은 지방 영지의 작지 않은 상회를 했었어요. 그런데 우리 집안이 가진 상권을 탐낸 그곳의 영주에게 짓밟혀 모든 재산을 잃고 겨우 수도로 들어와서 살고 있을 뿐이지요. 그래서 힘이 있어야 한다고 생각했어요. 귀족에게도 밟히지 않을 힘이."

조용히 이야기했지만 내 귀에는 절규로 들려왔다. 대체 무슨

실이 있었던 것일까?

"하나만 묻자."

"예."

"만일 너에게 힘이 생긴다면, 너와 너의 가족을 짓밟은 그 귀족보다도 강한 힘이 생긴다면 넌 어떻게 할 거냐?"

"아무것도 안 할 겁니다."

의외의 대답에 난 고개를 갸웃거렸다. 당연히 복수를 하겠다는 대답을 예상했기에. 힘이 있는 게 과거의 일에 대한 복수를 하지 않겠다니 그게 무슨 말인가?

"그게 무슨 말이지?"

"이니안 형은 카일로니아 최고의 귀족가 자제라 모르실 수도 있죠. 귀족으로서의 힘은 단순한 무력만이 아니에요. 가문이 지닌 힘이란 주위에 힘이 되어주는 가문들과 그 가문 자신의 전통이죠. 제가 힘을 얻어 귀족이 된다 해도, 강대한 무력을 지닌다 해도 그런 전통을 만들 수는 없으니까요."

파르미안의 말이 커다란 둔기가 되어 나의 머리를 강타했다. 나는 여태껏 생각해 본 적도 없는 일이었다. 나에게는 당연한 일이었으니까. 하지만 파르미안 같은 평민에게는 달랐다.

사실 나는 귀족과 평민의 차이를 거의 두지 않는다. 그건 우리 집안 내력이다. 초대 공작부터 이어 내려온 우리 집안만의 전통이라면 전통이다. 덕분에 우리 가문의 기사들은 타 가문에 비해 평민 출신이 절대적으로 많았다.

나는 집안에서 우리 집안의 모습만 보았기에 집 밖이 어떤 곳인지 몰랐다. 그리고 오늘 파르미안과 이야기를 하며 조금은 집 밖이란 곳을 엿본 것 같다는 기분이 들었다.

"하나만 더 물을게."

"예."

"그렇다면 힘을 가진다면 어디에 쓸 거지? 복수를 하지 않겠다면 말이야."

나의 물음에 파르미안은 잠시 생각에 잠기는 듯했다. 그리고 확고한 눈으로 대답했다.

"저 같은 이가 생기지 않도록 하는데 쓸 겁니다."

그의 대답에 나는 아주 예전 내가 처음 검을 잡을 때 아버지께서 나에게 해주신 말씀이 떠올랐다.

"이니안."

"네."

"넌 힘이 무엇이라 생각하느냐?"

"좋은 거요."

그렇게 대답했을 때 아버지는 잔잔한 미소를 보여주셨다.

"왜 그렇게 생각하지?"

"힘이 있으면 마음대로 할 수 있잖아요. 형도 힘이 있다고 날 마음대로 하고."

나의 대답에 아버지께서는 크게 웃으시며 내 머리를 쓰다듬어 주셨었다.

"푸하하하. 이니안은 이슈데인이 싫은가 보구나? 하지만 이슈데인이 너한테 그러는 건 다 사랑하는 동생이라 그런 거란다."

그때 그 말씀만큼은 아직도 이해할 수 없고 이해하고 싶지도 않았다. 만일 아버지의 말씀대로 형이 나를 너무나 사랑스러운 동생이라 생각해서 그런다면 형은 변태다.

"이니안, 힘이란 건 말이다. 죄악이란다."

"예? 죄악이요? 그거 나쁜 거 아니에요? 힘은 좋은 거잖아요. 왜 죄악이에요?"

나의 물음에 아버지께서는 나를 살짝 들어 당신의 무릎에 앉히셨다. 그리고 자상한 목소리로 말씀하셨다.

"세상에는 힘이 강한 사람이 많을까, 약한 사람이 많을까?"

"약한 사람이요."

"그렇다면 그 약한 사람들에게 강한 사람은 어떤 존재일까?"

"으음… 엄청 부럽지 않을까요?"

"그렇기도 하겠지. 하지만 약자들에게 있어 강자란 그가 가진 힘을 어떻게 쓰느냐에 따라 전혀 다른 존재란다. 힘을 가졌다고 약자를 괴롭히면 악한이요, 힘이 있어 그 힘으로 약자들을 보호해 준다면 그는 선한 사람이지. 적어도 약자의 입장에서는 말이다."

아버지의 말씀에 당시 나는 무척이나 혼란스러웠다.

"으음, 하지만 강자라고 처음부터 강자가 아니잖아요. 다들 그만큼 노력해서 그런 거 아니에요?"

"그 말은 맞다. 하지만 세상에는 그 노력할 기회조차 가지지 못한 약자들이 많단다. 넌 아직 어려서 모르겠지만."

"으음, 어려워요."

내가 머리를 헝클어뜨리며 투덜거렸을 때 아버지는 무척이나 크게 웃으셨다.

"아하하하하. 아직은 어려운가 보구나. 하지만 이니안, 이것만은 기억해라. 힘이란 것은 힘이 있는 자들을 위해 존재하는 것이 아니다. 힘이 없는 자들을 지키기 위해 존재하는 거란다."

그렇게 말씀하신 아버지께서는 나를 땅에 내려주셨다. 당시 너무나도 높은 곳에 있던 아버지의 얼굴을 한껏 올려다보며 난 그 작은 입으로 말했었다.

"무슨 말씀인지 모르겠지만 알겠어요. 힘은 약자를 위해 사용할게요. 그리고 아버지 말씀대로라면 형은 악한이에요."

그렇게 말하고는 나는 쪼르르 뛰어갔었다, 등 뒤로 들리는 아버지의 커다란 웃음소리를 들으며.

잠시 옛일을 떠올리는 사이 파르미안은 초조한 눈으로 나를 쳐다보고 있었다. 솔직히 그때 아버지께서 하신 말씀을 아직 다 이해하지는 못하고 있다. 하지만 파르미안의 대답은 아버지의 말씀을 떠올리게 만들었다. 그렇다면 힘을 사용하는 방법을 알고 있다는 것이겠지.

아버지는 힘을 가지기 위해 노력하고 싶어도 노력할 기회조차 허락받지 못한 사람이 있다고 하셨다. 아마 내 눈앞에 있는 파르미안 같은 이들이라 생각된다.

갈구하고 노력할 준비는 되어 있지만 기회가 없는 이들. 아마도 그런 이들이 우리 집 밖에는 많겠지? 지금 그런 이들 중 한 명이 나에게 손을 내밀고 있었다. 그렇다면 그 손을 잡아주어야 한다. 나는 적어도 그것이 힘을 가진 자의 의무라고 배우고 알고 있으니 말이다.

"알았어, 가르쳐 주지. 내일부터 방과 후에 옷 갈아입고 이리로 와, 목검 챙겨서."

나의 말에 파르미안은 조용히 눈물을 흘렸다.

"감사합니다, 정말 감사합니다."

그러곤 연신 고개를 조아리며 인사를 했다. 기쁨이 지나치면 눈물이 흐른다는 건 알고 있다. 하지만 얼굴에 아무런 변화도 없이 그저 눈물만이 흐르다니……

이런 이야기는 들어본 적이 없었다. 너무나 기쁜 상황이 닥치면 안면 근육이 굳어버리기라도 하는 걸까?

"됐어. 나에겐 그리 힘든 일이 아니니까 그만 해. 계속 그러면 안 가르쳐 준다!"

나의 말에 파르미안은 굽혔던 허리를 펴고 고개를 들어 눈물을 훔쳤다. 그리곤 활짝 웃었다. 너무나 보기 좋은 웃음이다. 나의 얼굴에도 절로 웃음이 떠올랐다.

파르미안, 처음 볼 때부터 마음에 드는 녀석이었다.

그렇게 우리 둘의 대화가 끝나자 쉐이나가 슬금슬금 눈치를 보며 나왔다. 아마 우리 둘의 대화 때문에 나오지 못하고 눈치를 보고 있었던 것 같다.

"들었지? 내일부터는 같이할 거야."

"네."

내가 웃으며 이야기하자 쉐이나도 웃으며 대답했다.

"그럼, 난 갈게. 둘 다 내일 보자구. 그리고 쉐이나 빨리 안 씻으면 감기 걸린다. 땀을 너무 많이 흘렸어."

그 말과 함께 나는 가벼운 걸음으로 탈의실을 향했다. 옷을 갈아입고는 집으로 향할 때 하늘은 이미 붉게 물들어 있었다.

"좋구나, 이런 풍경도."

노을에 물든 하늘 아래의 수도 거리가 이렇게 운치있는 줄은 미처 몰랐다. 가끔은 이런 거리를 걸어보는 것도 좋을 듯했다.

"이야~ 아빠 멋지다!"

아이덴이 하루 치 일기를 끝마치는 문장을 읽으며 감탄했다. 하지만 네이라는 조용했다.

"왜 그래?"

아이덴은 동생의 자못 심각한 얼굴에 고개를 갸웃거리며 물었다.

"으음, 이건 분명 무언가 있어. 일기의 내용을 바탕으로 보면 그 쉐이나라는 사람, 분명 아빠를 좋아했었어. 눈치라고는 하나도 없는 아빠가 전혀 알아차리지 못했을 뿐."

"응? 정말? 난 전혀 모르겠던데?"

말도 안 된다는 얼굴로 자신을 바라보는 오빠의 얼굴에 네이라는 작게 한숨을 내쉬었다.

"후우… 오빠도 앞날이 훤히 보인다."

아이덴은 그런 동생의 반응에 왠지 모르지만 살짝 열받았다.

"쳇!"

"뭐, 내가 곁에서 단련 시켜줄 테니까 오빠는 아빠처럼은 안 될 거야."

골이 난 오빠의 표정이 재미있다는 듯 웃으며 네이라는 아이덴을 달랬다.

아이덴이 아홉 살로 오빠고 네이라는 일곱 살로 동생이다. 분명 그랬다.

658년 10월 28일

학교를 다니기 시작하고 나서 어느새 한 달이라는 시간이 흘러 있었다. 이제 학교 생활에 어느 정도 적응을 해 나름대로 재미있게 보내고 있는 중이다. 다음 달에 이번 학기 중간고사가 있다는 걸 빼면 말이다.

화창한 일요일 아침부터 시험 생각으로 기분을 망칠 순 없지. 아직 시험 때까지는 시간이 많이 남았고 말이다.

오늘은 모처럼 저택 지하 연무장에 들어가기로 한 날이라 꿀꿀한 생각은 멀리 던져 버리고 연무복으로 갈아입었다. 그동안 날씨가 그다지 좋지 않아 일요일이 이렇게 화창했던 적은 없었다. 해서 오늘 지하 연무장에 들어가기로 했는데 하필이면 오늘 날씨는 쾌청 그 자체였다. 어째 내가 무언가 하려고 하면 운이 안 따라 주니 왜 이런지 모르겠다.

지하 연무장을 향해 계단을 내려가면서 제법 많은 시종, 시녀들과 마주쳤다. 웃으며 인사를 하고는 계속해서 내려와 마침내 시종도 시녀도 안 보이는 계단에 이르렀다.

이곳부터는 우리 가문의 금지다. 사이몬이라는 성을 가진 남자만이 올 수 있는 곳이다. 여자도 올 수가 있긴 한데 그럴 경우는 시집을 안 가든지, 아니면 남편이 사이몬의 성으로 바꿔야 한다. 그 경우 남편은 이곳에 오지 못한다.

그토록 철저히 보호하는 곳이다. 이곳에 대한 권리는 철저히 우리 가문에만 있음을 초대 국왕께서도 인정해 주셨다. 초대 공작이신 진 케이 사이몬 공작께서 국왕께 드린 유일한 청이었다.

문 한가운데 있는 꽃문양, 지하 연무장에 딸린 서고의 책에 따르면 매화라는 꽃이라고 한다. 이 대륙에서는 볼 수 없는 꽃이라고.

나는 문 앞에 다가가 정해진 순서대로 매화 문양을 눌렀다. 기관진식이라는 건데 마법의 힘을 사용하지 않고 그저 기계의 힘만을 사용한 아주 정교한 장치다. 아마 왕궁에도 이런 장치는 없을 것이다.

이 문을 지날 때마다 나는 초대 공작님의 능력에 감탄한다.

곧 요란한 소리와 함께 문이 열렸다. 내가 안으로 들어서서 잠시 있자 곧 문이 닫혔다. 들어온 지하 연무장의 구조는 간단하다.

우선 마법등이 빛나는 넓은 공간. 이곳이 연무장이다. 연공실이라고도 한다. 매일같이 사용할 수만 있다면야 학교의 실내 연무장을 부러워할 이유가 없겠지만 이곳은 한 달에 고작 네 번 정도 들어올 수 있다.

그것도 미리 아버지께 말씀드려야 한다. 그러면 아버지께서 기관을 움직이는 법을 알려주신다. 기관을 여는 방법은 매일 바뀐다. 그리고 또 하루에도 세 번씩 바뀐다. 결국 기관은 여는 방법은 모두 1095가지다. 그러니 정해진 날, 정해진 시간에만 들어갈 수 있는 것이다.

아버지라고 그 모든 방법을 알고 계시는 것은 아니다. 다만 그 계산법을 알고 계시는 것뿐. 계산법은 당대의 공작과 작위 계승자만이 알고 있다. 즉, 나는 모른다는 소리다.

하지만 나도 다섯 개 정도의 기관 작동법을 알고 있다. 정해진 날, 정해진 시간만 말이다. 하지만 그것도 5년에 한 번씩 바뀐다니 내가 알고 있는 방법으로 들어갈 수 있는 것도 앞으로 고작해야 열 번이 넘지 않는다.

연무장 옆에는 제법 큰 방이 하나 있다. 바로 지하 서고다. 이곳에 있는 책들은 우리 사이몬 가의 전부라 해도 과언이 아니다. 초대 공작께서 보존 마법을 걸어서 보관해 둔 어마어마한 분량의 책들.

초대 공작님은 이곳에 있는 책들을 관리하시고 읽으시는 걸로 노후를 보내셨다고 한다. 이곳에 있는 책들은 도둑맞아도 큰 상관이 없었지만 그래도 가문의 보물. 경비가 철저했다.

도둑맞아도 상관이 없다는 것은 우리 가문이 무공이 빠져나갈 걱정이 없다는 말일 뿐이다. 하나하나에 초대 가주님의 정성과 혼이 깃든 책들이 어찌 소중하지 않겠는가.

책에 쓰여진 문자들은 대륙 공용어가 아니다. 아니, 이 세계에는 없는 문자라고 할까? 한자(漢字)라고 하는 뜻글자이다. 우리 집안의 사람만이 알고 있는 문자이다. 왜 굳이 이렇게 어려운 글자를 만들어냈는지 모를 일이다. 덕분에 우리 가문의 무공이 빠져나갈 일이 없기는 하지만 말이다.

말을 배우면 대륙 공용어보다 한자를 먼저 배운다. 그래야만 가문의 무공을 익힐 수 있으니 말이다.

나는 지하 서고로 들어가 늘 보던 책을 뺐다. 요즘 수련 중인 검법서이다. 이미 내용은 다 외우고 있지만 이렇게 책으로 다시 한 번 읽다 보면 미처 깨닫지 못했던 부분을 깨닫게 되기 때문에 들어오면 늘 이 검법서부터 읽는다.

가지고 나갈 수 없기에 이곳에서만 읽는다. 어렸을 적에는 이곳에서 아버지께서 직접 무공을 전수해 주시기도 했는데 요즘은 혼자서 수련한다.

이제 나의 경지면 스스로 깨닫는 것이 더욱 중요하다는 아버지의 말씀 때문이다.

내가 요즘 익히고 있는 검법은 사신검(四神劍)이라는 것이다. 지난번 큰누나와의 대련에서 느낀 게 있어서 이 지하 서고를 뒤지던 중 우연히 발견한 검법이다. 일단 검법의 명칭이 마음에 들어 읽기 시작했는데 그야말로 숨겨진 보물이었다.

이 검법이면 형도 이길 수 있을 거라는 생각에 요즘에는 이십사수매화검의 수련보다는 이 새로운 검법을 익히는데 전력을 다하고 있다.

내가 아는 범위에서는 사신검은 최고의 무공이다. 이 무공을 내가 발견한 것은 그야말로 행운인 것이다.

그동안 우리 가문의 수많은 사람이 다녀간 지하 서고에서 어떻게 이런 일이 일어날 수 있었을까? 그건 초대 공작님의 유언 때문이다.

'스스로 찾아서 익혀라.'

가문의 대표 무공으로 몇 가지를 정해주시고 나머지 서책에 대해서는 그런 말씀을 남기셨다. 덕분에 수많은 공작들이 있었지만 그분들의 대표 검술은 달랐다. 물론 이십사수매화검만큼은 다들 끝에 이르도록 익히셨다.

지금 형과 아버지도 다른 검법술 하나 더 익히고 계신다. 그게 무엇인지는 모르지만 말이다. 아들에게도 안 가르쳐 주는 어찌 보면 좀 치사한 방식이다.

하지만 나도 사신검을 얻었으니 이제는 별 상관이 없다고 할까?

아무튼 지금 내가 할 일은 이 사신검을 제대로 익혀서 형의 콧대를 꺾어주는 거다. 물론 큰누나에게도 복수를.

그렇게 다짐을 하고 있는데 지하 연무장의 기관이 작동하는 소리가 들렸다. 이게 어떻게 된 일이지? 분명 오늘은 내가 사용한다고 했는데……

나는 한 번 더 읽은 사신검의 검법서를 책꽂이에 꽂아두고 서둘러 연무장의 입구로 향했다.

"메이린 누나!"

연무장의 문이 열리며 들어온 사람은 막내누나였다. 누나는 여자다. 너무나 당연한 사실이다. 그러니 이곳에는 들어오지 못할텐데. 설마?

"누나가 어떻게 여기에 들어온 거야?"

머리를 스치는 생각을 확인하기 위해 다급히 누나에게 물었다.

"어머? 이니안, 오늘 네가 들어와 있었니? 몰랐네."

"그런 게 중요한 게 아니잖아. 어떻게 누나가 여기 들어올 수 있는 거야?"

나를 발견하고서 놀란 누나에게 나는 내가 궁금해하는 것 다급히 다시 한 번 물었다.

"어떻게 여기에 들어오긴 문 열고 들어왔지."

"그런 이야기가 아니잖아!"

내가 속이 타서 다시 한 번 묻자 누나는 입을 가리고는 작게 웃었다.

"킥, 킥킥. 알았어, 이니안. 대답해 줄게. 너도 알고 있잖아. 이 지하 연무장에 들어오는 조건. 난 그 조건대로 했을 뿐이야."

"그럼 시집 안 갈려고?"

내가 어이가 없어 묻자 어느새 다가온 막내누나는 내 뒤통수를 후려쳤다. 힘없는 그 작은 주먹에 맞아봐야 별다른 충격이 없었지만 난 최대한 아픈 척했다. 그러지 않으면 때린 누나가 얼마나 무안하겠는가?

"아아! 아야! 왜 때려?"

"그러면, 안 때리면? 멀쩡하고도 평범한 레이디의 혼삿길을 막으려는데 왜 안 때려?"

누나의 말에 난 눈을 동그랗게 뜰 수밖에 없었다.

"그러면……?"

내가 말을 길게 늘이자 누나는 두 눈을 크게 뜨고 고개를 힘차게 끄덕였다.

"당연히 데릴사위지."

"……."

"어머? 왜 그러니? 너 설마 이 누나의 능력을 못 믿니?"

내가 아무런 말도 못하고 입만 벌린 채 서 있자 누나는 나를 바라보며 물었다.

이건 아니다. 이건 악몽일 거야. 막내누나에게서 큰누나의 모습이 살짝 겹쳐 보이다니. 저 근원 모를 자신감은 우리 집안에서는 큰누나의 전유물이다. 그런데 막내누나가 저런 모습을 보이다니!

"누나·· 방금 큰누나 같았어."

"응? 아, 그래서 그렇게 쉴어 있었던 거야? 이니안, 너 큰언니가 무섭긴 정말 무서운 모양이구나. 뭐 같은 자매니끼 닮을 수도 있는 거 아니겠니? 어서 들어가자꾸나. 난 지금 보고 싶은 책이 잔뜩 있단 말이야."

누나는 내게 손을 흔들어주고는 지하 서고를 향했다.

"누나 서고에 책을 보려고 들어온 거야?"

"당연하지. 난 무공에는 관심이 없는걸. 지하 서고의 책 절반 이상이 무공서적이라지만 나머지 4할 정도는 다른 책이라구. 난 그걸 읽는 게 목표고. 정말 엄청난 지식이란 말이야."

누나의 말에 난 고개를 저었다. 과연 막내누나다웠다.

"그래서 얼마나 읽었는데?"

"이제 한 6할 조금 넘게?"

"벌써?"

"응."

역시 막내누나는 천재다. 저 많은 책이 이제 4할도 채 남지
않았다니.

"그런데 어떻게 내가 여기 있는 줄 몰랐어? 아버지께서 말씀
안 하셨어?"

그러다가 나는 막내누나가 내가 이곳에 들어와 있었던 것을 몰
랐다는 사실을 깨닫고 누나 곁에 다가가 물어보았다.

"몰랐어. 그냥 열고 들어왔거든."

"스응. 그랬구나."

나는 고개를 끄덕이다가 무언가 놀라운 사실을 놓쳤다는 것을
깨달았다.

"뭐야! 그럼 지하 연무장 문을 언제든지 열 수 있다는 말이
야?"

그 사실을 깨닫고 크게 외치자 누나는 귀를 양손으로 막았다.

"시끄러워, 얘. 그건 당연하지. 이 지하 연무장을 만든 기관에
대한 책도 있었는걸. 난 그걸 모두 익혔고 말이야. 그러니 언제든
지 드나들 수 있어."

"아버지도 아셔?"

"응."

"근데 아무 말씀 없으셔?"

"응."

이건 조금 위험했다. 아버지와 형 이외에 이 지하 연무장을 마
음대로 드나들 수 있는 사람이 있는데 아무런 제재를 하지 않으
시다니. 누나를 못 믿는 것은 아니지만 이곳에 있는 것들은 그
가치가 너무 엄청났다. 만약이란 것이 있는 법이니 조심 또 조심

해도 지나칠 건 없었다.

하긴 알아도 제재를 할 수 없는지도 모른다. 이곳의 기관 작동 방법을 아는 사람은 초대 공작님이 유일하셨으니. 그 이후로는 겨우 문을 열고 닫는 법만 전해 내려올 뿐이다. 그러니 막내누나를 제재하려고 해도 할 수 있는 방법이 없었던 것이다.

아, 이제 이곳 기관에 대해 하는 사람이 한 사람 늘어난 셈인가?

"이니안, 너 수련 안 해? 여기 수련하러 온 거 아니야?"

내가 그런 생각에 누나를 물끄러미 바라보고 있자 이 책 저 책 빼보던 누나가 날 보며 말했다.

"아, 해야지."

내가 당황해서 대답하자 누나는 빙긋 웃었다.

"쇄? 내가 볼까 봐? 뭐 난 봐도 상관없지 않아? 봐도 뭔지 모르잖아."

누나의 말에 나는 대답할 말을 못 찾고 끙끙거리고 있었다.

"어머? 대단한 무공인가 봐, 그 사신검이라는 거? 네가 이리 조심하는 걸 보니까."

누나는 두 눈을 깜빡거리며 책꽂이에서 책 한 권을 빼보며 말했다. 내가 경악에 휩싸여 온몸이 뻣뻣하게 굳든 말든 상관하지 않고 말이다.

"어, 어떻게?"

놀란 내가 띄엄띄엄 말하자 누나는 별거 아니라는 듯 다시 한 번 방긋 웃었다.

"이 책만 꽂혀 있는 모양이 다른 책이란 미묘하게 달랐거든. 오늘뿐만 아니라 내가 들어올 때마다. 그게 한 달쯤 전부터였지?

오빠랑 아버지는 이미 다른 검법을 익히고 있으니 이 책을 빼봤을 사람은 너뿐이잖아, 내가 안 봤으니까. 그래서 살았지, 뭐."

"……"

태연히 말하는 누나의 모습에 난 도무지 정신을 차릴 수가 없었다. 꽂혀 있는 상태의 미묘한 차이라니 난 아무리 봐도 알 수가 없는데 누나는 어떻게 그걸 알 수 있는 것인지.

"그렇게 놀랄 것 없어. 난 거의 매일 이 서고에 오고 또 책꽂이를 꼼꼼히 살피니까 알 수 있는 거지. 너처럼 책 찾느라고 이 책 저 책 뺐다 꽂았다 하지 않으니까. 그리고 너 이 책을 고른 후부터는 와서 이것만 빼서 보고는 다시 꽂았지? 이 서고의 책들은 모두 보존 마법이 걸려 있지만 책꽂이에는 걸려 있지 않다구. 사신검이라는 책이 꽂혀 있는 책꽂이 부분만 유독 먼지가 없으니까 쉽게 알 수 있었지."

정말 대단한 사람이다, 막내누나는. 어쩌면 우리 집안에서 가장 뛰어난 사람은 막내누나가 아닐까? 지금까지는 형이라 생각했는데 막내누나도 그에 못지않은 것 같았다.

잠깐, 형과 막내누나의 능력이 비슷하다고? 그렇다면 막내누나가 발견한 걸 형이 발견 못할 리가 없었다.

"저, 그럼 혹시 형도?"

나의 불안이 물음이 되어 내 입 밖으로 나왔다. 그런 나의 모습을 바라보던 막내누나는 다시 한 번 생긋 웃어주었다.

"걱정마, 오빠는 몰라. 오빠는 두 번째 검법을 익힌 후에는 서고에 거의 들어오질 않는걸. 얻을 건 다 얻었다나? 더 이상은 능력이 안 된다면서 말이야. 그게 벌써 2년 전인걸."

누나의 말에 나는 안도의 한숨을 내쉬었다.

"그 검법 무척이나 강한가 봐? 오빠에게 들키지 않으려고 하는 정도면. 오빠를 이길 수 있을 것 같아?"

"당연하지. 이 사신검은 보물 중의 보물이야. 아, 누나!"

"알았어. 비밀 지켜줄게."

내가 말을 꺼내기도 전에 내가 무슨 말을 할 것이라는 걸 알았다는 듯 누나는 한쪽 눈을 찡긋했다.

"저기, 그런데 혹시 형이 어떤 검법 익혔는지도 알고 있어?"

내가 슬며시 묻자 누나는 검지손가락을 좌우로 흔들며 딱딱한 어조로 말했다.

"안 돼, 안 된다고. 너는 네가 익힌 검법을 알리기 싫어하면서 왜 오빠가 익힌 건 알려고 하지? 나는 모르거니와 알아도 안 가르쳐 줄 거야."

"그, 그래도… 형은 천재고… 나는……."

"그만. 너도 충분히 천재야. 열다섯에 소드 마스터가 천재가 아니면 누가 천재겠니?"

칫, 그럼 형은 괴물천잰가? 하긴, 괴물천재 맞다, 형은.

내가 시무룩해하자 날 물끄러미 바라보던 누나가 슬며시 입을 열었다.

"으음. 그러면 힌트를 조금 줄까?"

"응?"

나는 두 눈을 초롱초롱 빛내며 누나를 바라보았다.

"얘는, 그렇게 보지마. 부담스럽잖아. 나는 검법에 대해서는 잘 모르지만 검법만 익히려고 하지마."

"응? 그게 무슨 말이야?"

"그러니까 검법 이외에도 검법을 보조해 주고 검법의 위력을 극대화시켜 줄 수 있는 다른 무공도 찾아서 익히라구. 왜 우리 가문 무공도 이십사수매화검만 있는 게 아니잖아? 오행매화보는 검법이 아닌 보법이라구. 이 서고에 이십사수매화검보다 뛰어난 검법이 있듯이 오행매화보보다 뛰어난 보법도 있겠지."

누나의 말에 내 머리를 강타하는 충격이 있었다. 그동안 나는 검으로 형을 꺾는 것에만 너무 집착하다가 작은 나무만을 보고 있었다. 대결이라는 큰 숲은 보지 못한 채 검법이라는 작은 나무에만 얽혀 있었던 것이다.

"아! 알았어, 누나. 고마워."

"그럼, 어서 연무장으로 가서 수련이나 열심히 해. 난 책 읽어야 하니까 방해하지 말고."

나는 고개를 크게 끄덕여 주고는 지하 서고를 나왔다. 그런 나의 한 손에는 가검이 들려 있었다. 이곳에 내려오면서 미리 챙겨온 것이다.

지하 연무장은 그냥 아무것도 없는 넓은 지하 광장이다. 서고 옆에 딸린 조그만 방에는 보존 마법이 걸린 벽곡단이라는 것이 있다. 곡식으로 만든 작은 구슬같이 생긴 음식인데 하루에 세 개 정도면 끼니를 대신 할 수 있다. 그리고 지하수를 연결한 작은 샘도 있어서 마음만 먹는다면 이곳에서 일 년 정도 지내는 것은 문제도 아니다.

하지만 서고의 책과 그 방의 물과 벽곡단이 지하 연무장의 모든 것이다. 즉, 병기가 아무것도 없다. 그래서 내려오면서 가검을 챙긴 것이다.

연무장 한가운데로 온 나는 검을 들어 천천히 청룡검의 세 초식을 연마하기 시작했다.

방울방울 떨어지는 나의 땀이 검끝에 맺혔다. 하지만 난 그런 사실도 잊고 열심히 검을 움직였다. 이제 시작이기에 더욱더 노력해야 했다.

"이니안."

그때 귀로 나의 이름을 부르는 막내누나의 목소리가 들렸다.

"이만 가자. 벌써 저녁때야. 점심도 건너뛰었다구."

응? 벌써 시간이 그렇게 됐나? 나는 검을 움직이는 걸 멈추고는 몸을 돌려 연무장의 입구로 향했다. 그곳에는 이미 막내누나가 먼저 와 있었다.

"에휴, 이 땀 좀 봐. 정말 열심히 했나 보네."

나의 얼굴을 본 누나는 품에서 손수건을 꺼내 얼굴을 흠뻑 적신 땀을 닦아주었다. 그러면서 언제 기관을 작동시켰는지 문이 서서히 열렸다. 저택의 1층에 올라왔을 때, 불어오는 바람이 그렇게 상쾌할 수가 없었다.

"역시, 메이린 고모는 대단해."

아이덴이 고개를 끄덕이며 중얼거렸다.

"그러게. 그런데 그 사신검이라는 거, 아빠가 익히고 있었어?"

"아니, 아빠가 익힌 검법이랑 달라."

네이라의 물음에 아이덴이 고개를 저으며 대답했다.

"대체 어떻게 된 거지?"

네이라는 고개를 갸웃거리며 일기장으로 시선을 돌렸다.

658년 11월 1일

"오늘도 열심히 공부하느라 모두들 수고 많았다. 이번 주도 벌써 끝났는데 다들 알고 있듯이 2주 후면 중간고사다. 알아서들 철저히 대비하고 있을 거라 믿는다. 그럼 오늘 종례는 여기까지."

청천벽력과도 같은 말씀을 남기시고 담임선생님은 교실 밖으로 나가셨다. 그 한마디에 나는 침울의 끝이 어디인지를 충분히 느끼고 있었다. 그런 나의 어깨를 옆에 앉은 마실론이 툭툭 쳤다.

"형, 어떻게 할 거예요?"

"응? 뭘?"

갑작스러운 물음에 내가 고개를 갸웃거리면서 묻자 마실론이 빙그레 웃으며 대답했다.

"뭐긴요. 중.간.고.사. 말이죠. 1학기 첫 시험인데 잘 봐야 하지 않겠어요? 게다가… 음… 또 형은 우리보다 두 살이나 많잖아요."

마실론의 말에 나의 걱정은 도를 더하고 있었다. 이 녀석의 말대로 잘 봐야 할 텐데.

"뭐, 어떻게든 되겠지."

한숨 섞인 나의 말에 마실론은 손을 세차게 흔들었다.

"그렇게 낙관할 문제가 아니라구요. 왕립학교의 시험이 얼마나 어려운 데요."

"그래?"

그래 봤자 편입 시험 정도이겠거니라는 생각에 나는 대수롭지 않게 대답했다.

"어, 그래 봤자 편입 시험 정도겠지, 라고 생각했죠? 방금?"

가끔 느끼는 건데 이 녀석은 정말 무섭다. 어쩜 그렇게 내 생각을 정확하게 짚어내는지……

찔끔한 나의 얼굴을 보며 마실론은 씨익 웃으며 고개를 끄덕였다.

"역시, 그럴 줄 알았어요. 하지만 너무 만만하게 보지 마세요. 편입 시험은 어디까지나 최저한의 학력을 알아보는 시험이라구요. 게다가 귀족들의 체면을 고려해서 상당히 쉽게 나오죠. 본 시험은 거기에 비할 바가 아니라구요."

팔짱을 턱 하니 끼고 자신만만하게 말하는 마실론의 모습에 나는 커다란 충격을 받았다. 편입 시험보다 어렵다고? 나에겐 편입 시험도 충분히 어려웠다. 물론 답을 밀려 써서 6학년이 되긴 했지만 말이지.

"어떻게 하지, 그러면? 너도 알다시피 내가 공부를 한다고 하긴 했는데… 자신이 없네."

"특히 수학 말이죠?"

마실론은 나의 약점을 정확히 알고 있는 녀석이었다. 이 녀석의 말에 나는 힘없이 고개를 끄덕였다.

"방법이 있죠."

한 쪽 눈을 찡긋하며 살며시 말하는 마실론을 향해 나의 고개는 급격히 들어올려졌다. 녀석의 말은 나에게는 어둠 속의 한줄기 광명이나 다름없었다.

"뭔데? 뭐야?"

양어깨를 세차게 흔들며 묻자 마실론은 손을 들어 나를 진정시켰다.

"잠깐만요. 진정해요, 형."

다급한 마실론의 말에 나는 그의 어깨에서 손을 떼자 그 관성으로 마실론은 요란한 소리를 내며 뒤로 넘어졌다. 나는 깜짝 놀라서 마일론을 일으켜 세웠다.

"괜찮아?"

"아, 아야… 너무한 거 아니에요? 방법을 알려주겠다는 사람에게?"

"아, 미안. 너무 흥분해서. 그래 그 방법이라는 게 뭔데?"

내가 양손을 가운데로 모으며 미안한 감정을 잔뜩 힘주어 얼굴에 들이밀자 녀석의 기세가 조금 누그러졌다.

"사실 학교에서 배우는 과목이 좀 많죠. 그걸 다 잘할 수도 없구요. 게다가 몇몇 과목은 오로지 실기만으로 평가하죠. 일주일 동안 수업없이 시험만을 치면서 말이죠."

"그렇다고 들었어."

"형, 솔직히 사람으로 태어나서 그런 걸 다 잘하는 게 가능하다고 생각해요?"

진지한 마일론의 물음에 난 진지하게 고개를 끄덕였다.

"응. 우리 형이 있잖아."

"큭. 형, 지금 그런 재미없는 말을 농담이라고 하는 거예요? 이슈데인 선배가 어디 사람입니까?"

하긴 그렇긴 하다. 마일론은 나에게 사람으로 태어나서라는 조건을 걸고 이야기했는데 내가 그 조건을 무시해 버렸으니… 그런데 형은 사람이 아니면 대체 어떤 존재일까? 단순히 괴물이라고 하기에는 그래도 형인데 조금 미안한 생각도 들었다.

"그래서, 예로부터 왕립학교의 학생들은 몇몇이 보여서 작은 스터디 그룹을 만들어요. 서로 자신있는 과목을 가르치면서 모자라는 것을 보완하는 거죠."

"호오? 그런 방법이 있구나."

마일론의 말에 나는 중간고사를 무사히 넘길 수 있는 돌파구를 찾았다.

"하.지.만. 형이 들어갈 스터디 그룹 따위는 없어요."

"응? 그게 무슨 말이야?"

돌파구를 찾았던 생각에 하늘을 가벼이 노닐던 내 기분은 지하까지 추락해 버렸다. 그만큼 마일론의 말은 충격적이었다.

"이미 스터디 그룹은 모두 차버렸거든요. 새로이 끼워줄 여지가 없죠. 게다가 형처럼 잘하는 게 검술뿐인 사람은요."

듣고 보니 그랬다. 아직 나는 나의 실력을 검술을 제외하고는 아이들에게 제대로 보여주지 못했다. 학교에 다니기 시작한 지 어느새 한 달이 훌쩍 넘었는데도 말이다. 워낙 조용히 지내서 그런 것인가?

"그럼 어떻게 하지?"

"방법이 있죠."

조금 전에 했던 것과 완전히 꼭 같은 말이다. 그랬기 때문일까? 마일론을 바라보는 나의 눈이 조금 사나워졌다. 나의 눈길을 느낀 것인지 마일론은 이마에 땀이 조금 맺힌 상태로 빠른 속도로 설명했다.

"하지만, 놀랍게도 우리 반에 그런 스터디 그룹에 들지 않은 아이가 몇 있어요. 그 아이들을 모아서 새로이 만들면 되죠. 이슈데인 선배도 혼자였는걸요. 그리고 또 이슈데인 선배보다는 못한 감이 있지만 그에 비견될 만한 천재가 있잖아요."

마일론의 시선을 따라 나는 고개를 돌렸다. 그곳에는 이제 탈의실로 가려는 쉐이나가 있었다.

"쟤도 스터디 그룹 없어?"

"부족한 게 없었으니까요, 지금까지는."

나의 물음에 마일론은 빙긋 웃었다.

"흐음, 그렇단 말이지?"

이제야 마일론이 말한 방법이 무엇인지 감이 잡히기 시작했다.

"그 외에도 현재 스터디 그룹이 없는 사람은 저랑 파르미안이 에요. 다들 형과 관계가 깊은 사람이죠."

"어쩌다가?"

"파르미안이야 원래 혼자 놀기 좋아하던 녀석이고요. 저는 전략, 전술을 제외한 과목에는 관심도 없었고 혼자 해도 적당한 성적은 나왔으니까요."

정말이지 그럴듯한 이유였고 그럴듯한 녀석들만 스터디 그룹이 없었다.

"그러면 난 쉐이나에게 부탁만 하면 되겠네. 그렇지 않아도 내가 검술을 가르쳐 주고 있으니까."

내가 가만히 중얼거리자 마일론이 나를 보며 기이한 미소를 지었다.

"그러지 말고 아예 형이 스터디 그룹을 만들면 어때요?"

"응? 겨우 두 명으로?"

"왜요, 둘이 더 있잖아요."

어라? 가만 보니 이 녀석, 지금까지 말한 의도가… 전략, 전술이 좋다고 하더니 벌써부터 이런 쪽으로만 머리가 비상하게 돌아가는구나.

"넌 성적에 관심없다며?"

내가 자신의 의도를 간파했음을 알아차린 마일론은 멋쩍은 웃음과 함께 머리를 긁적였다.

"그래도 이제 고학년이니까요. 왕립 군사 아카데미에 입학하려면 성적 관리에 들어가야죠."

마일론의 대답을 들은 나는 고개를 절레절레 흔들 수밖에 없었다. 녀석의 목적은 이것이었다.

왕립아카데미에 들어가려면 입학 시험도 중요하지만 왕립학교에서의 성적도 중요했다. 특히나 각 아카데미의 전공이 되는 과목들의 기초 성적이 중요했는데 그 과목들은 6학년부터 배우게 된다. 그렇다고 다른 과목의 성적을 안 보는 것도 아니었다.

즉, 6학년 성적부터는 아카데미에 들어가기 위해서는 우수하게 받아둘 필요가 있다는 것이다.

결국 그러기 위해서는 이제 마일론 이 녀석도 슬슬 다른 과목 성적에 신경을 써야 하는 것이다. 그러기에 가장 좋은 방법은 스터디 그룹인데 아까 자신이 말했다시피 이미 자리가 남은 스터디 그룹은 없었다.

한데, 학년에서 가장 우수하다는 쉐이나 역시 스터디 그룹이 없었으니 쉐이나와 잘 엮기만 하면 마일론 자신에게 많은 도움이 될 것이다. 그런데 아까 말했다시피 쉐이나는 아쉬울 게 없는 아이다. 단 하나, 검술을 제외하고는. 하지만 검술에 실력이 없기는 마일론 역시 쉐이나와 수위를 다투었기에 별 소용이 없었다.

그래서 마일론 이 녀석은 쉐이나에게 검술을 가르치는 나를 이용한 것이다. 내가 스터디 그룹을 만들고 쉐이나에게 말하면 당연히 들어올 것이다, 내가 쉐이나에게 검술을 가르치고 있으니까. 거기에 자신도 들어가면 된다는 계산인 것이다.

참, 생각하면 할수록 녀석다운 술책이었다. 아니, 잔머리라고 해야 하나? 그 잔머리에는 감탄을 했지만 솔직히 기분은 별로 좋지 않았다. 결국 나를 이용하려고 한 것 아닌가? 나는 누가 자신의 이익을 위해 나를 이용하는 걸 가장 싫어한다. 그렇게 커왔다.

자존심 하나면 왕가를 제외하고는 최고라는 사이몬 가문의 자랑스러운 아들이다. 그런 내가 누군가가 나를 이용하려 하는 걸 좋아할 리 있겠는가.

"후우… 마일론."

"예."

갑자기 나의 기세가 변했다는 걸 느꼈는지 마일론은 조용히 대답했다.

"너는 이 반에서 나랑 가장 가까운 사이라고 할 수 있다. 어쩌다가 내가 편입한 첫날같이 앉게 된 인연이지만 말이다."

"네."

"처음이니까 내가 그냥 넘어갈게. 그리고 너에게 말해둔 적도 없으니까."

내 말에서 무언가 심상치 않음을 느낀 것인지 마일론은 아무런 말없이 묵묵히 나를 바라보았다. 하지만 눈빛은 가늘게 떨리고 있었다.

"난, 누군가가 나를 이용하려 하는 걸 가장 싫어한다. 물론 나를 이용하려는 사람이 내가 충성을 바쳐야 할 국왕 폐하라면 다르겠지만 말이다. 나는 그런 얄팍한 수를 가장 싫어해. 아니, 증오한다고 하는 게 더 정확할 거다. 앞으로 나에게 무언가 바라는 게 있다면 그냥 부탁해라. 친구로서 내가 해줄 수 있는 것이면 가급적 들어주도록 노력할 테니까 말이야."

"미안해요, 형."

마일론은 그냥 고개를 숙이고 있었다. 내가 아무 말도 안 했기에. 그 한마디만을 한 채 가만히 있었다. 마일론과 나 사이에는 시간이 정지한 듯했다.

무척이나 괘씸했지만 또한 이 반에서 나와 가장 친한 친구이다. 그리고 몰랐을 테지, 내가 어떤 사람인지를. 그래서 이번 한 번만 용서해 주기로 했다.

"후우… 봐주는 건 이게 처음이자 마지막이다."

"옛!"

마일론의 활기찬 대답에 나는 고개를 가로저었다. 정말 변화무쌍한 녀석이다, 언제 그렇게 풀이 죽어 있었냐는 듯 저 기운찬 모습이라니.

"그럼 따라와라. 이왕 말이 나온 김에 오늘 그 스터디 그룹을 만들지, 뭐."

"헤헤. 고마워요, 형."

나는 교실을 나서 연무장으로 향했다. 이미 연무장의 문은 열려 있었다.

파르미안을 가르치기 시작한 다음부터는 이런 일은 파르미안이 자청했기에 이미 열쇠를 그에게 넘긴 터였다. 무엇보다 가장 큰 이유는 연무장을 사용한 첫날 문을 안 잠그고 돌아간 것이지만 말이다.

내가 연무장에 도착함과 동시에 수련은 여느 때와 마찬가지로 진행되었다. 먼저 알렉스 아저씨와 대련을 한 시간 했고, 그사이 파르미안과 쉐이나는 각자 연습했다.

그리고 아저씨와의 대련이 끝난 후 둘을 두 시간 정도 가르치는 걸로 검술 강습은 끝을 맺었다. 강습이 끝난 후 나는 파르미안과 쉐이나에게 스터디 그룹 이야기를 꺼냈다.

"좋아요."

쉐이나는 흔쾌히 허락했다. 이제 쉐이나는 이야기를 할 때 말을 더듬지도 얼굴이 붉어지지도 않았다. 그런데 처음에는 왜 그런 것일까?

"파르미안, 너는?"

"형이 하자고 하는데 저도 해야죠."

파르미안은 빙그레 웃으며 대답했다.

"아, 그리고 이 녀석도 같이 해도 되겠지?"

한쪽에서 멀뚱멀뚱 서 있는 마일론의 목을 잡아 앞으로 끌어당겼다.

"물론이죠."

둘 모두 흔쾌히 대답했다.

"그럼 이만 갈까?"

내가 돌아서며 말하자 쉐이나가 주저주저하며 입을 열었다.

"저, 저… 저…가……."

응? 쉐이나는 또 말을 더듬으며 얼굴이 붉어졌다. 최근에는 볼 수 없었던 모습이라 약간 어리둥절했지만 그냥 들었다.

"고, 공부할 게 많아요. 그런데 스터디 그룹은 너무 늦게 만들었구요. 괜찮다면… 이번 주말에는 저, 저… 희 집에서 다, 다 같이 공부하는 게 어때요?"

말을 마친 쉐이나는 새빨개진 얼굴을 푹 숙였다.

저게 뭐 대단한 말이라고 저렇게 힘들게 말하는 걸까?

"난 괜찮아. 너희는?"

"저희도 괜찮아요."

그 대답으로 내일은 쉐이나의 집에서 다 같이 공부하는 걸로 결정났다. 그 결정이 내려졌을 때 쉐이나의 입에는 작은 미소가 걸렸지만 누구도 알아차리지 못했다. 나를 빼고는 말이다.

"으음… 제법인데? 공부를 가장해 자연스럽게 자기 집으로 아빠를 불러들이다니?"

네이라는 어느새 작은 주먹을 꼬옥 쥐고는 눈에서 불을 뿜고 있었다. 자신은 본 적도 없고 알지도 못 하는 사람이다. 게다가 이 일기에 적힌 내용은 모두 자신들이 태어나기 전의 일인 것이다.

"왜 그래?"

동생의 행동에 아이덴이 고개를 갸웃거리면서 물었다. 일기를 읽을수록 동생의 행동을 이해할 수 없었다.

"몰라도 돼. 오빠가 어떻게 여자의 오묘한 심리를 알겠어? 그나저나 이 쉐이나라는 사람, 순진한 척하지만 상당한 여우잖아?"

네이라가 일기장을 넘기기 위해 뻗는 손끝이 살짝 떨렸다. 아마 자신의 아빠를 노린 엄마 이외의 여자 때문이리라.

네이라는 일곱 살이다.

안녕하세요. ^^

이제 5권도 끝입니다. 이번 권은 제법 두껍죠?

다음 권인 6권이 완결인고로 하고 싶은 이야기를 다 넣으려다 보니 책이 조금 두꺼워졌네요.

네?

그러면 1, 2, 3, 4권을 좀 더 쓰지 왜 막판에 와서야 이렇게 분량을 늘리느냐고요?

드릴 말씀이 없네요. 다 마감을 넘기기에 급급했던 저의 게으름 덕이라고 할까요? ^^;;

특히나 외전의 경우는 이번 권은 제가 생각했던 분량을 조금 줄였습니다. 책이 너무 두꺼워져도 곤란할 것 같아서요.

본편 못지않게 많은 분량을 자랑하는 외전에 당황하시는 분들은 없으실지 걱정이 되네요.

2, 3, 4, 5권의 외전만 합쳐도 너끈히 책 반 권 분량을 넘으니 이거 페이지를 날로 먹으려는 수작 아니야? 라고 생각하시는 독자 분들도 계시겠지요. (먼 산)

하지만 그런 것은 아닙니다.

이미 읽고 계신 분들은 아시겠지만 일기 형식으로 진행되고 있는 외전은 이니안의 어린 시절 이야기입니다. 1권에서 이니안이 열여덟 살에 어떠한 일이 있었다는 단서만 주고 그 일에 대한 언급은 없지요.

바로 그 일에 대해 접근해 가는 것이 외전입니다.

6권 완결권의 외전이 끝맺음을 할 때는 1권 초반의 내용으로 이어집니다. 처음에는 어린 시절 이야기부터 차차 써나가려다가 그러면 글이 너무 지루해질 것 같아서 외전으로 따로 뺀 이야기입니다.

어떻게 이번 후기는 외전에 대한 이야기만 했네요. 보통 때 제가 즐겨 쓰는 후기의 형식인 소설의 주인공들과의 작은 콩트 같은 것이 아닌, 그저 저의 혼잣말로 후기를 쓴 것도 처음 같습니다.

앞으로는 이렇게 제가 독자 분들께 전하고 싶은 말을 전하는 후기를 쓰려 합니다, 가디언 소드는 다음 권으로 끝이겠지만 가디언 소드가 아닌 다른 소설에서도요.

아, 그렇다고 주인공들과의 콩트를 전혀 안 하겠다는 것은 아닙니다. 그것도 가끔은 있을 거예요. 하지만 그때는 후기를 따로 쓸 겁니다. 이렇게 쓰는 것도 좋은 것 같아서요.

아, 작가 후기는 절대 페이지를 채우기 위한 작가의 꼼수가 아닙니다. (먼 산…)

그럼, 완결권인 6권에서 뵙겠습니다. (_ _)

청어람 판타지의 재도약!!

혁신과 참신함으로 무장한
새로운 판타지 전문 브랜드의 탄생!

「알바트로스」
Albatros

판타지계의 커다란 근간을 이뤄온 청어람 판타지 소설!
새로운 브랜드 「알바트로스」라는 커다란 날개를 달고
거대한 웅비를 시작합니다.

알바트로스는 판타지의, 판타지를 위한 개척자이자 도전자로 존재하겠습니다.
알바트로스는 형식적이고 나태해진 판타지계의 구습을 벗어나겠습니다.
알바트로스는 판타지계의 도약을 위한 든든한 날개 역할을 묵묵히 수행합니다.
알바트로스는 변화와 혁신을 통해 새롭게 태어날 환상 공간입니다.
알바트로스는 판타지를 아끼고 사랑하는 이들을 향한 청어람의 굳은 약속입니다.

청어람 판타지 장편소설

『비커즈(BecaUse)』를 초월한 신개념 스타일리쉬 판타지의 재림!

러쉬 / 손제호 지음

손제호 판타지 장편 소설

리쉬

단언한다!
이제부터 러쉬(Rush)의 시대다!

Rush : 돌진[맥진]하다. 쇄도하다. 돌격하다. 급습하다.

손제호 특유의 럭셔리 스타일!
누구도 넘볼 수 없는 기발한 상상력의 압승!
잘 버무려진 유쾌한 웃음과 명쾌한 즐거움의 조합!

2004년 최고의 화제작 『비커즈(BecaUse)』를 탄생시킨,
이 시대 최고의 스타일리시 스페셜리스트 손제호의 최신 역작!

유행이 아닌 자유추구 -
WWW.chungeoram.com

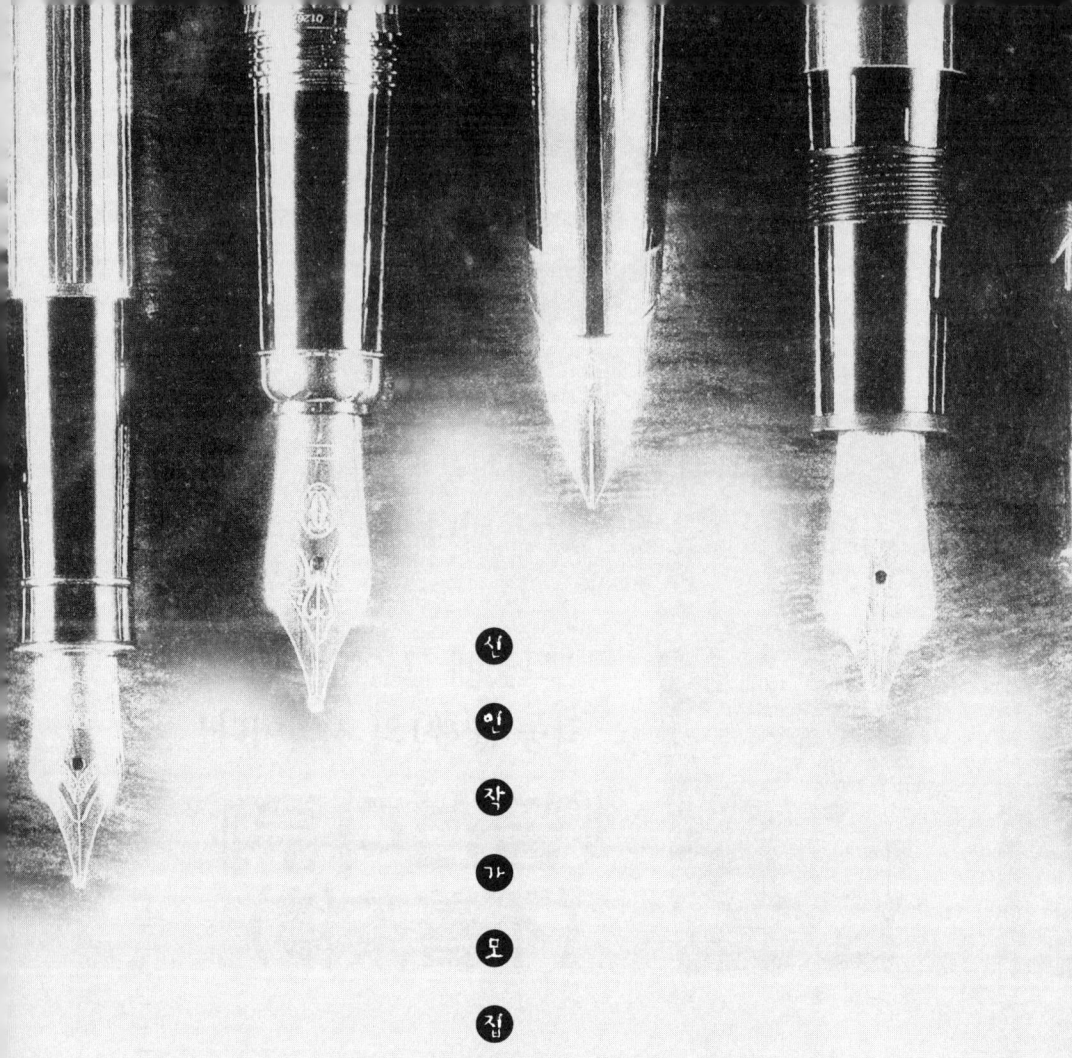

신

인

작

가

모

집

시작이 반이라고 했습니다.
작가의 길에 대한 보이지 않는 벽을 과감히 깨뜨리십시오!
청어람은 작가 지망생 여러분들의
멋진 방향타가 되어드리겠습니다.

저희 도서출판 청어람에서는
소설 신인 작가분들을 모집합니다.
판타지와 무협을 사랑하시는 분들의 많은 참여를 바랍니다.
소정의 원고(A4용지 150매)를 메일이나 우편으로 보내주시면
검토 후 출판 여부를 알려드리겠습니다.

주소:경기도 부천시 원미구 심곡1동 350-1 남성B/D 3F 우편번호420-011
TEL:032-656-4452 · **FAX**:032-656-4453
http://**www.chungeoram.com**
e-mail:chungeoram@chungeoram.com